古典詩歌研究彙刊

第十四輯

龔鵬程 主編

第16冊

清初詠物詩研究（下）

劉利俠 著

國家圖書館出版品預行編目資料

清初詠物詩研究（下）／劉利俠 著 — 初版 — 新北市：花木
蘭文化出版社，2013〔民 102〕
目 4+188 面；17×24 公分
（古典詩歌研究彙刊 第十四輯；第 16 冊）
ISBN 978-986-322-459-4（精裝）
1. 詠物詩 2. 清代詩 3. 詩評
820.91   102015002

ISBN-978-986-322-459-4

9 789863 224594

古典詩歌研究彙刊
第十四輯　第十六冊　　　　　ISBN：978-986-322-459-4

清初詠物詩研究（下）

作　　　者　劉利俠
主　　　編　龔鵬程
總　編　輯　杜潔祥
出　　　版　花木蘭文化出版社
發　行　所　花木蘭文化出版社
發　行　人　高小娟
聯絡地址　235 新北市中和區中安街七二號十三樓
　　　　　　電話：02-2923-1455／傳眞：02-2923-1452
網　　　址　http://www.huamulan.tw 信箱 sut81518@gmail.com
印　　　刷　普羅文化出版廣告事業
初　　　版　2013 年 9 月
定　　　價　第十四輯 17 冊（精裝）新台幣 24,000 元
　　　　　　　　　　　　　　　　　　版權所有·請勿翻印

清初詠物詩研究(下)

劉利俠 著

目次

第五章　錢謙益詠物詩研究

　　錢謙益（1582～1664）字受之，號牧齋，是清初詩歌大家。其《初學集》、《有學集》、《投筆集》存詩 2300 餘首，其中詠物詩共計 300 餘首。錢氏詩歌造詣深厚，在清初詩壇享有極高的聲望。他的詠物詩雖算不得豐厚，但絕對有其風格。其詩歌用極具表現力的語言，激奏出最強勁的亂離之音。結合其複雜的身世背景和多面人格，給人一種獨特而耐人回味的藝術美感。

第一節　錢謙益詠棋詩研究

　　對一個詩人來說，其作品中最常見的意象，既是審美旨趣的體現，也是內心世界的折射。錢謙益的詠物詩中，出現得最多也最爲集中的是詠棋詩。這些詩歌不但貫穿其人生的各個重要階段，而且與其政治浮沉、人生挫敗緊密關聯，可謂其心理歷程的眞實記錄。在清初詩人中，錢謙益是行爲思想最爲複雜矛盾的人，對其一生的評價，更是眾說紛紜，毀譽不一。本文無心於成一家之言，只嘗試從一個全新的角度，通過對其詩歌中「棋」意象的內涵發掘，闡釋其人格與人生。並且，從文學史的角度，對其詠棋詩的藝術成就稍作分析。

一、錢謙益的詠棋詩創作

　　錢謙益的詠棋詩主要集中在入清之後的《有學集》和《投筆集》

中。前集中往往以「觀棋」命名,有《觀棋六絕句》(卷一《秋槐詩集》)、《後觀棋六絕句》(同上)、《京口觀棋六絕句》(卷四《絳雲餘燼詩》)、《武林觀棋六絕句》(卷五《敬他老人詩》)及《後觀棋六絕句》(卷十二《東澗詩集上》)。《投筆集》中的圍棋詩,則主要指《後秋興》每疊八首詩中的第四首,共十三疊計十三首詩。此外,亦有少數散見於其他詩卷中。

在這些圍棋組詩中,最早的當屬《秋槐詩集》中的《觀棋六絕句》和《後觀棋六絕句》。此卷作者自注「起乙酉年,盡戊子年」,即順治二年(1645)至順治五年(1648)年。詩中又有:「秦淮寒潮」、「白門楊柳」,及「秋風」、「落葉」等意象,可推斷詩人此時當在南京,且為秋季。翻檢牧齋年譜,其自述云:「戊子歲,余羈囚於金陵。」(《有學集・新安方氏伯仲詩序》)〔註1〕故此二組詩當作於戊子秋,黃毓祺起師失敗,牧齋受牽連入獄獲釋,在南京遭受管制之際。這在常人眼裏可堪唏噓的遭遇,對詩人來說,卻是一次重大的政治轉折。自牧齋於弘光朝率眾降清,這位一度以三朝元老自居而又久負盛名的文壇巨子,在士林與民間,都落得聲名狼藉。清廷的冷落,更使其倍受打擊。辭官回家的三餘年,是牧齋一生中最黯淡無望的時期。起於丁亥三月的這場不期之禍,使這位年近花甲的詩人在身體上雖然遭受了一些困苦,卻緩解了其積鬱已久的恥痛,並且迎來了民眾的同情之心。「乳山道士林茂之,僂行相慰問。」〔註2〕白門遺老林古度的造訪,對錢謙益來說,是一個振奮人心的信號,預示自我形象的重新樹立有了可能。此時的江南,抗清運動正值高潮。鄭成功聲勢大振,永曆朝也隨之建立,且此刻重要的政治風雲人物瞿式耜與鄭成功一樣,都出於錢氏門下。這些,又一次將一個美好的政治前景展現在了錢謙益面前,再次點燃他幾近熄滅的政治熱情。創作於此期的《觀棋六絕句》與《後觀棋六絕句》,便是此種情緒的體現。這些詩中,詩人以棋局為喻,指點當時的政治局勢,意氣奮發、激情洋溢。「局中敵對神仙

〔註1〕錢謙益《錢牧齋全集》第五卷,上海古籍出版社,2003年版,頁843。
〔註2〕錢謙益《錢牧齋全集》第五卷,上海古籍出版社,2003年版,頁843。

手，輸與樵夫會看棋」(《觀棋其二》)〔註3〕、「四句乘除老僧在，看他
門外水西流」(《觀棋其六》)，此時的詩人，彷彿坐觀棋局的世外高人，
已將全盤勝算了然於胸。出於自身的原因，詩人將情感過分傾向於抗
清的一方，「眼底三人皆國手，莫將鼎足笑英雄」(《後觀棋其二》)，「重
瞳尚有烏江敗，莫笑湘東一目人」(《觀棋其三》)。然而，棋局最終並不
能與風雲突變的政治形勢等同，一個棋場上掩殺日久的高手，面對政
治問題，也往往判斷錯誤。甲子輪迴，已到了順治五年，新朝的局面
已日益穩定，而永曆王朝日益散發出的腐朽氣息，昭示著其與其他南
明政權同樣的宿命。最終，面對大勢將去的局面，詩人全然沒有了置
身局外的悠然，「老夫袖手支頤看，殘局分明一著難」(《後觀棋其三》)，
「空庭落葉聲如掃，爭似盤中下子遲」(《後觀棋其一》)。「殘局」是對
低迷的抗清形勢的生動比喻，「一著難」、「下子遲」是詩人再次的迷
失，而如掃的落葉，象徵詩人又一次落空的期許。

　　《京口觀棋六絕句》自注云：「起辛卯，盡一年。」可知，此詩
寫於順治八年秋詩人於鎮江之時。題下雖為「為梁溪奕師過百齡作」，
其實依然是託物言志。這一時期，反清形勢依然暗淡，清兵攻陷桂林，
瞿式耜殉國，永曆王朝大勢已去，東南只剩鄭成功一枝獨秀。在這組
詩中，詩人的情感基調是看不到希望的悲觀：「明燈相照渾如夢，空
局悠然未有期」(《京口觀棋一》)；「年來覆盡楸枰譜，局後方知審局難」
(《京口觀棋二》)。此處，「輸與樵夫會看棋」的自信已然不復存在，而
「此日江山紆白髮，一枰殘局兩函經」(《京口觀棋六》)，則轉而哀歎人
生之悲了。

　　《武陵觀棋六絕句》載於《有學集》卷五《敬他老人詩》。其自
注：「起甲午年，盡乙未秋」，跨度為兩年。據考證，這一時期，牧齋
並無有關武陵的遊歷，而此處「武陵」，當為「武林」〔註4〕。據載，

〔註3〕文中所引錢謙益詩歌皆出自《錢牧齋全集》，上海古籍出版社，2003
　　　年版。
〔註4〕陳祖言《從金陵到虞山：錢謙益圍棋詩中的心理路程》，《常熟理工

牧齋「七十二歲。季春，遊武林，復往金華。」（金鶴沖《錢牧齋先生年譜》）〔註5〕此次出行，陳寅恪考訂爲「馬進寶生子，牧齋親往金華致賀。」〔註6〕「順治十六年鄭成功、張煌言率師北伐，經馬防區直至金陵城下，而馬進寶按兵不動」〔註7〕。此次的勝利中牧齋的遊說功不可沒。可見，這組詩的創作，正值牧齋「奔走國事」的時期，所以處處關合抗清局勢。「急需試手翻新局，莫對殘燈覆舊棋」（《武陵觀棋一》），「滿盤局勢若爲眞，賭賽乾坤一番新。」（《武陵觀棋二》），「黑白分明下子時，局中兩兔已雌雄。」（《武陵觀棋三》）。在詩人眼裏，復明的成功就在眼前，就在一著勝算之中。此時的詩人，雖以觀棋者自居，卻並非冷眼相待，其內心激蕩的熱情，儼然一個運籌帷幄、決勝千里的操盤高手。

從時間上來說，《東澗詩集》的《後觀棋六絕句》「起壬寅，盡一年」，作於康熙元年，詩人八十一歲之時。而收在《牧齋雜著》中的《後秋興》，則起於己亥（順治十六年），終於癸卯（康熙二年），其詩作大多早於《後觀棋》，故先加論說。《後秋興》共十三疊，每疊八首，其第四首皆爲圍棋詩。這一構思的靈感源自於杜甫《秋興》八首第四首：「聞道長安似弈棋，百年世事不勝悲。」詩歌創作的前期，正值鄭成功、張煌言北伐破瓜洲、鎮江，直逼金陵，捷報頻傳，抗清形勢一片大好之時。詩人的狂熱也達到了頂點，「殺盡羯奴才斂手，推枰何用更尋思」。「殺盡羯奴」這樣的字眼，在牧齋詩中僅此一例，即使在遺民詩中也難得一見，足以見證詩人此刻內心的亢奮和對北伐成功所報的堅定信心。「還期共覆金山譜，枹鼓親提慰我思」（《後秋興八首之三第四首》），詩人甚至幻想，在古稀之年，與柳氏一起奔赴沙場，並肩作戰。此種豪情壯志，將組詩的情感推向了高潮。這一時期，詩人雖然身在局面，卻時時關注著局勢的發展。

學院學報》（哲學社會科學），2009 年第 1 期。
〔註5〕錢謙益《錢牧齋全集》第八卷，上海古籍出版社，2003 年版，頁 946。
〔註6〕陳寅恪《柳如是別傳》，三聯書店，2001 年版，頁 1065。
〔註7〕陳寅恪《柳如是別傳》，三聯書店，2001 年版，頁 1065。

由來國手算全勝，數子拋殘未足悲。
小挫我當嚴警候，驕驕彼是滅亡時。
中心莫為斜飛動，堅壁休論後起遲。
換步移形須著眼，棋於誤後轉堪思。
（《後秋興八首之二第四首》）

詩中，以棋局喻戰鬥形勢。既有對戰爭必勝的信心，又有對前方戰場熱切的期待，希望將帥能夠勝不驕、敗不餒，加強防禦，善於總結，以奪取最後的勝利。然而，世事往往又不如人意。不久之後，鄭成功由於輕敵而兵敗金陵，形勢急轉直下。隨著政治激情的退去，牧齋陷入了更深一層的絕望，「身世渾如未了棋，桑榆策足莫傷悲」（《後秋興之四第四首》），「起手空論一著棋，明燈空局黯生悲」（《後秋興之五第四首》）。

《後觀棋六絕句》作於康熙元年，八十一歲之時，鄭成功病逝，永曆帝被絞殺。此時的詩人，已看不到任何的希望，「棋局袈裟伴杖藜」，是牧齋晚景的真實寫照。

二、錢謙益詠棋詩的思想內涵

1、對清初抗清形勢的真實記錄

錢謙益大量的圍棋詩創作，賦予了這一題材豐富的內涵。以棋局喻複雜多變的政治形勢，自老杜《秋興》始。而牧齋的圍棋詩，真實地記錄了抗清各個時期的形勢，具有強烈的時代特徵，較之杜詩更為深入，體現的內容也更為豐富。「空庭葉落聲如掃，爭似盤中下子遲」（《後觀棋六絕句》其一），是牧齋戊子秋出獄後，對時局的體驗，反映了當時抗清形勢的低迷和各方僵持的現實；「眼底三人皆國手，莫將鼎足笑英雄」（同上其二），此處則以三足鼎立比喻鄭成功與永曆朝聯手對抗清廷的形勢。順治十一年，牧齋為抗清事業奔赴金華，遊說總兵馬進寶。此次策反，不失為一次扭轉乾坤的好棋，為復明的成功帶來了希望，「滿盤局面若為真，賭賽乾坤一番新」（《武陵觀棋》其二），「黑白分明下子遲，局中兩兔已雄雌」（同上其三）。其中雖然有詩人

過於樂觀的估計，但此招一出，對今後鄭成功、張煌言大舉進攻江南
而馬進寶按兵未動不加抵抗，起著決定性的作用。圍棋詩中，詩情最
爲高漲的當爲《後秋興》的前幾首。順治十六年，清廷調兵前往雲南
圍剿永曆帝，鄭、張二人乘虛而入，勢如破竹，兵臨金陵，激起了南
方各界空前的抗清熱情，而此時的牧齋，也表現得極爲樂觀。其《後
秋興》第一疊第四首如下：

> 九州一失算殘棋，幅裂區分信可悲。
> 局內正當侵劫後，人間都道爛柯時。
> 住山師子頻申久，起陸龍蛇撇捩遲。
> 殺盡羯奴才斂手，推枰何用更尋思。

詩歌前面六句，對明亡以來的歷史做了沉痛的回憶，後兩句一逞胸
懷，贊頌了滅清指日可待的大好前景，其中「殺盡羯奴」是牧齋甚至
清初詩歌最豪邁而直露的抗清宣言。詩中，句句不離「棋局」：「殘局」
喻明亡之後的形勢；「侵劫」本爲圍棋術語，用來借指滿族的入侵，
以及國家所遭受的劫難；「爛柯」是與圍棋相關的重要典故，以此來
喻天崩地坼、滄海桑田的巨變；以棋局結束之後的「推枰」，暗指抗
清的最後勝利。然而，政治與棋局，都充滿了太多的不確定。不久以
後，鄭、張兵敗金陵，永曆朝滅亡，永曆帝出逃緬甸，並於康熙元年
被緬人俘虜，獻於吳三桂，最終殺害於昆明。於此之時，牧齋寫下了
《後秋興》第十三疊，其四云：

> 自古英雄恥敗棋，靴刀引決更何悲。
> 君臣鼇背仍同國，生死龍湖肯後時。
> 事去終嗟浮海誤，身亡猶歎渡江遲。
> 關張無命今猶昔，籌筆空煩異代思。

這可以看作是一首悼亡詩。是年，鄭成功於臺灣逝世。詩人將其比作
一個「敗棋」的弈者，既歌頌了他勇赴國難的英雄氣概，又抒寫對他
的一招失算而敗走臺灣，致使抗清失敗的痛惜。最後以關、張、孔明
喻之，抒發英雄生不逢時的感慨。這些，都突出了牧齋圍棋詩對社會
現實的觀照。

2、政治情懷和人生感慨的抒寫

錢謙益在以棋喻時局之外，也將自我的身世之感寄於棋理之中，抒寫自我特殊的人生體驗。雖然牧齋觀棋詩大都見於入清之後的詩集中，但「棋局」意象卻在之前的《初學集》中已經出現。

> 秋窗晴日影遲遲，午夢初醒黍罷炊。
> 獨對空枰嘗斂手，每臨殘局更談棋。
> 霜清狡兔爭營窟，月白驚烏盡揀枝。
> 一著雖低差較穩，且依旁角守茅茨。

（《丁卯十月書事四首》之三）

此詩作於天啓七年，時詩人因名列《東林黨人同志錄》遭遇御史陳以瑞彈劾銷籍南歸，可以說，這是牧齋政治生涯中最早的一次重大挫折。詩歌借棋事比喻人生的失意及面對困境的態度。「獨對空枰常斂手」，是詩人自感苦心經營、一腔熱望付諸東流的感歎；「每臨殘局更談棋」，是對自我未來前途的探尋；而一「差較穩」的棋招，則一方面是仕途遭難、歸隱家園的無奈，另一方面也蘊含詩人最終不肯放棄、韜光養晦以待時機的意味。不久以後，機遇降臨到牧齋面前，而更深一層的失意也隨之而來。崇禎即位，清除閹黨，牧齋官復原職，應召赴闕。這是一次充滿希望的入京。然而世事難料，就在牧齋正準備入閣拜相之際，卻受到了政敵的誣告，落得個「回籍聽勘」的下場。作爲一個失寵於有所作爲的年輕皇帝的老臣來說，預示著政治生涯的從此暗淡。「事到抽身悔已遲，每於敗局算殘棋」（《十一月初六召對文華殿旋奉嚴旨革職待罪感恩述事凡二十五首》其五），前詩中的「殘局」已徹底變成了「敗局」，詩人的絕望是可想而知的。

甲申之變，展現在錢謙益來面前的，是一個全新的棋局，出現了許多可供運籌的契機。沉寂已久的牧齋，在國家板蕩之日，積極趨走，在弘光朝擔任要職。新朝的覆滅，使得牧齋無力應對這猝然的失敗，走出一招抱憾終身的敗棋。牧齋投降清廷，自思能得居顯位，但卻事與願違，倍感屈辱之下，只能辭官回家。然而，亡羊補牢，爲時晚矣，與政治的失意相伴的更是晚節不保和聲名狼籍。這一時期，是牧齋一

生中最黑暗的時期，懊悔、憤恨複雜、矛盾地相交織，使他決心焚棄筆墨，不再進行詩文創作，即「甲申三月之後，誓斷筆硯。」

此種心境，一直延續到順治四年那場突如其來的牢獄之災。新的政治契機，給了他新的希望，之後的「觀棋」詩，是這一時期的重要創作。

> 當局休論下子遲，爭先一着有人知。
>
> 由來國手超然處，正在推枰斂手時。(《觀棋絕句六首》其一)
>
> 飛角侵邊劫正闌，當場黑白尚漫漫。
>
> 老夫袖手支頤看，殘局分明一着難。(《後觀棋六絕句》其四)

一般認為，此類詩是牧齋對當時抗清形勢的審度，而沈德潛卻說：「此牧齋自傷末路也。殘局自有勝著，只是人不肯尋耳」〔註8〕，道出了這些詩歌所包含的深層意蘊。懸想當年牧齋降清，身敗名裂，而又年事已高，對自我前途的絕望是難免的。白門遺老林古度等人的垂青，使他看到了重塑道德形象的可能，看到了在風雲變化的時局下重新實現自我的希望，也再一次點燃了他投身政治的熱望。這些詩中，詩人透露出了希望雖有，但仍需苦心經營的心曲。但是，面對抗清力量的逐漸削弱，牧齋也難免不了困惑和迷失：「明燈相照渾如夢，空局悠然未有期」(《京口觀棋六絕句》其一)，「年來覆盡楸枰譜，局後方知審局難」(同上其二)。同時，詩人也感到壯心難酬的悲哀：

> 狠石千年局已陳，孫劉只合賭侵分。
>
> 不過幾着粗能了，賺殺人間看弈人。(《京口觀棋六絕句》其五)
>
> 金山戰罷鼓桴停，傳酒爭誇金鳳瓶。
>
> 此日江山紆白髮，一枰殘局兩函經。(同上其六)

前詩通過對孫劉謀略的否定，抒寫「時無英雄」的感慨；後詩則引抗金名將韓世忠的事迹，抒發對英雄功業的嚮往，並自述孤獨寂寥的生活狀態，「殘局」正是其人生失意的寫照。牧齋是一個具有堅韌決心的人，任何時候，都不會放棄實現自我的渴望。即使在八十餘歲所寫

〔註 8〕沈德潛《清詩別裁集》，上海古籍出版社，1984 年版，頁 9。

的詩中，依然是「皓首觀棋興未闌」（《東澗詩集上·後觀棋六絕對》其五），依然慨歎「拂袖登壇盡年少，爭如宿將解論兵」（同上其一）。所以，在人生的後幾年，當他回首過去，自然避免不了內心的悲憤：「廿載光陰四度棋，流傳斷句和人悲。」（《後秋興》第十一疊其四）對於才華卓著而又砥礪一生的人，這薄微的收穫，確是令人悲戚。

3、自我形象的生動塑造

牧齋以棋局喻世，將人生比作棋局，同時從下棋、觀棋的角度，完成了自我形象的塑造。甲申以前的圍棋詩中，詩人「獨對空枰嘗斂手，每臨殘局更談棋」（《丁卯十月書事四首》之三），是一個在棋局中落敗下來的弈者，眉頭緊鎖卻毫不甘心，尋求著挽回的良策，內心深處充滿了自信。明亡之後，降清經歷的恥辱，使其一度陷於人生的幻滅之中，不寫詩，自然也無從談棋。順治四年之後，恢復了政治信心的牧齋內心雖充滿了狂熱，但表現得極為冷靜。他並不願意自此就作一個博弈者，因為紛亂的時局充滿了太多的不確定。此刻，他更願意做一個旁觀者，「局中敵對神仙手，輸與樵夫會看棋」（《觀棋絕句六首》其二），以保持進退的自如和一種悠然的姿態。而此時，那些活躍於政壇的風雲人物，鄭成功、瞿式耜，都是其得意門生。這一局面，使得他自我塑造為帷幄中運籌策劃的世外高人成為可能。那「冠鸜巾鶍」、高深莫測的形象，使得牧齋內心得到了極大的滿足感。隨著局勢的白熱化，牧齋的興致也變得高漲，冷眼旁觀已經無法再滿足他的熱切，「急需試手翻新局，莫對殘燈覆舊棋」，詩人禁不住要自持黑白，一顯身手了。「袖中老手還拿撤，只合秋原去臂鷹」（《武陵觀棋六絕句》其六）。現實中的沙場太遠，詩人想像蘇詞的景象，在獵場「聊發」老夫的狂放。乙亥之時，鄭成功、張煌言戰果喜人，牧齋更是積極奔走，歷經了難以想像的艱辛：

　　身世渾如未了棋，桑榆策足莫傷悲。

　　孤燈削柿丸書夜，間道吹簫乞食時。

　　雨暗蘆中雙槳急，月明江上片帆遲。

荒雞喚得誰人舞，只爲衰翁攪夢思。(《後秋興》第四疊其四)
詩歌將人生比作棋局，不到生命的終結，都要積極應對。詩境雖顯得
淒迷，但透過朦朧的詩歌技巧，讀者足以透視出一個不甘心於衰老，
策馬揚鞭投身抗清活動的志士形象。「孤燈削柿丸書夜」，指「順治六
年錢謙益給瞿留守送去一封密信，爲南明軍事行動進行策劃」〔註9〕；
「間道吹簫乞食時」，「指順治七年錢謙益遊說馬進寶事」〔註10〕；「雨
暗」兩句，「指錢謙益於順治十六年八月小舟夜赴鄭成功軍營商量，
幫助策劃軍事事」〔註11〕；「荒雞」句，則是詩人爲抗清事業憂思、
操勞的寫照。更多時候，牧齋所感受到的是明亡的不可挽回，於是「白
頭燈影涼宵裏，一局殘棋見六朝」(《後觀棋六絕句》其三)，「惆悵杜鵑
非越鳥，南枝無復舊君思」(《後秋興》十二疊其四)。對舊朝的懷戀和對
故君的拳拳之心，便是典型的遺老情懷了。

三、錢謙益詠棋詩中的人生境界

西晉曹攄《圍棋賦》云：「昔班固造奕旨之論，馬融有圍棋之賦，
擬軍政以爲本，引兵家以爲喻，蓋宣尼之所以稱美，而君子之所以遊
慮也。」可見，在最早的論述中，圍棋被賦予了鬥智運籌的兵家色彩
和儒家濟世憂懷的思想。然而，在與圍棋有關的詩詞創作中，這種強
烈的現實意味逐漸淡化，呈現出別樣的文化意蘊。

白居易「山僧對棋坐，局上竹陰清」(《池上二絕》)〔註12〕，杜甫
「楚江巫峽半雲雨，清殿疏簾看弈棋」(《七月一日題終明府樓二首》其
二)，將弈棋之境的清雅幽靜描繪到極致，集中突出了弈者與觀者超
然於塵外，虛靜而靈動的精神世界。蘇軾「紋枰坐對，誰究此味。空
鈎意釣，豈在魴鯉」〔註13〕，道出了落子之間無窮的妙理與樂趣。又

〔註 9〕裴世俊《錢謙益詩選》，中華書局，2005 年版，頁 238。
〔註 10〕裴世俊《錢謙益詩選》，中華書局，2005 年版，頁 238。
〔註 11〕裴世俊《錢謙益詩選》，中華書局，2005 年版，頁 238。
〔註 12〕以下所錄唐詩皆出自《全唐詩》，中華書局，2008 年版。
〔註 13〕以下所引宋詩皆出自《全宋詩》，北京大學出版社，1998 年版。

如黃庭堅《弈棋二首呈任公漸》其二：

> 偶無公事客休時，席上談兵校兩棋。
> 心似蛛絲遊碧落，身如蜩甲化枯枝。
> 湘東一目誠甘死，天下中分尚可持。
> 誰謂吾徒猶愛日，參橫月落不曾知。

　　在山谷看來，「坐隱不知岩穴樂，手談勝與俗人言」（同上其一），圍棋之樂，不僅勝於應付俗務，而且遠遠超出於山水之樂。圍棋的妙處，在於置身於黑白之間，心遊於物外，達到深思飛揚，物我兩忘的境界；在於徜徉於奇妙無窮的精神世界中，任時光流轉，獲得一種奇妙的生命體驗。「心似蛛絲遊碧落，身如蜩甲化枯枝」兩句，自古被認為是對弈者神情姿態最生動的描繪。

　　在這些詩歌中，詩人更多將棋作為一種具有高尚的文化品位的意象，賦予其一種飄忽逸遠的氣質，最終實現自我旨趣的寄託。總體來說，道家的心遊物外、致遠寧靜是圍棋詩所表現的主要美學精神。而王安石「莫將戲事擾真情，且可隨緣道我贏」（《棋》），自是一種遊戲人生的態度，帶有明顯的佛家空幻、隨緣的意識，但「我贏」兩字，卻透露出詩人最終的不能盡悟，更顯出率直的一面。

　　杜甫《秋興八首》之四中：「聞道長安似弈棋，百年世事不勝悲」是一個「擬軍政以為本，引兵家以為喻」的例子，但即使在歷代詩歌中都不多見。圍棋對於杜甫，也只是個幸手拈來的比喻，本無需深究。但若要考查起來，此處確有濟世憂懷的儒家情感在。錢謙益《後秋興》在每疊第四首都以棋局抒情，明顯沿襲老杜傳統。但錢詩圍棋意象的大量使用，以及以棋喻世事、喻人生、展現自我，不論從數量還是思想內涵的豐富性，都遠遠超乎於杜詩，而且與傳統圍棋詩的審美旨趣表現出極大的不同。牧齋何以對「棋局」情有獨鍾，而「棋局」詩的創作何以能貫穿其人生的各個重要階段，這確是一個值得探究的問題。

　　一個詩人詩歌中的標誌性意象，是其審美意識的集中體現。「美是客觀方面某些事物性質和形態適合主觀方面意識形態，可以交融在

一起而成爲一個完整形象的那種性質。」﹙註14﹚所以，考察一個意象形成的深層根源，必然從詩人本身的思想意識著手。丁功誼在《錢謙益文學思想研究》一書中，從晚明心學盛行說起，對影響錢謙益的社會思潮進行深層的探究。他認爲：「晚明心學盛行的時期，正是錢謙益渴望吸納新思想的青少年時期，晚明心學不可避免地會對錢謙益造成影響。」﹙註15﹚心學是理學與釋道調合的產物，既強調儒家的社會責任感，又追求個體生命的自足和自適。在晚明惡劣的政治環境之下，濟世的願望只能流於虛無，心學也變得「過於強調重內輕外、不染塵累」，從而「心學幾近於禪學了」。莫林虎在《儒佛融合對錢謙益詩歌創作的影響》一文中說：「三教融合在不同的時代、不同的人物有不同表現，產生不同的結果。在我們的視野裏，錢謙益在接受三教融合的思想影響時呈現出一種特別的景象，這種景象影響了錢謙益的人生道路，既而也影響了他的詩歌創作。」﹙註16﹚這裏所說的「特別景象」尤其耐人尋味。中國傳統的知識分子，總是在儒、釋、道三者中糾纏。以儒處世，以道修身，佛家治心。但總體來說，儒是筋骨，道是血脈，釋只是一種姿態。李白、蘇軾、曹雪芹無非如此。甚至在心學盛行的晚明，最以荒誕恣狂名世的李贄，又何嘗不是語酸而心熱。錢謙益的「特別」在於，他身處於「流於佛禪」的心學盛行時期，並且從小生長在理佛氣氛濃厚的家庭，六七歲便以高僧爲師，「佛門發明本心、性本虛寂的思想在他心中紮下了根，並成爲他日後接受晚明心學的思想基礎」。這一點，與包括王陽明在內的心學家有本質的不同，後者是在對理學的批判中走近釋道（禪），前者則是以禪心迎候心學，自然是釋爲骨，爲內，爲原則。在以上所提到的莫文、丁文中，都涉及到了重要的一點，那就是牧齋對泰州學派管志道心學的主

﹙註14﹚朱光潛《朱光潛全集》第 5 卷，安徽教育出版社，1987 年版，頁 71。
﹙註15﹚丁功誼《錢謙益文學思想研究》，上海古籍出版社，2006 年版，頁 12～13。
﹙註16﹚莫林虎《儒佛融合對錢謙益詩歌創作的影響》，宜春學院學報（社會科學版），2007 年第 5 期。

動接受。其在《管公行狀》中云：「謙益少游於梁溪，故獨喜獨公之書，私淑者數年。丁未之秋，執弟子禮，侍公於吳郡之竹堂寺。」並且於此文中，對管氏哲學作了最精闢的論述：「縱橫體認，專求向上，本儒宗以為業，資禪理以治心，視世間詩文著述，不啻如空華陽焰矣。……照見古往今來，一切聖賢，處世經世，乘願乘力，與時變化之妙用。」這既是對管氏思想的闡發，也可看做牧齋對自我人格性情最貼切的剖析。以禪「治心」，對大多數的文人來說，只是撫慰其痛苦心靈的良藥。而對牧齋來說，卻是一種顛撲不破的人生真諦。空無是牧齋心中一切身外之物的共同性質；「乘願乘力」即追求適意人生，是其觀照自我的基本原則。牧齋並不能超然於塵外，「專求向上」是其展示於世人最積極的姿態。然而，不論其著文立說，不論其營求功名，其出發點已不再是儒家濟世或謀道，更多時候是出於對自我的欲求和人生恣意自適的滿足。以求官為例，牧齋曾毫不掩飾地說：「愛酒令人狂，愛官令人鄙」，「我本愛官人，侍郎不為庳」。儒家對士大夫所要求的「修身、齊家、治國、平天下」，在牧齋變成了純粹的對「官」，即地位和權力的狂熱，而其中嚴正而崇高的社會責任意識被拋棄，自然也少了面對世間萬物的款款深情。

> 坡公養子怕聰明，我為癡呆誤一生。
>
> 還願生兒狷且巧，鑽天驀地到公卿。(《反東坡洗兒詩》)

此詩雖為戲題，但著實道出詩人性情。嚴迪昌在《清詩史》中評價牧齋「深於權術，所望在入閣」(註17)，並且引用黃人的《牧齋文鈔序》中語：「觀其點將東林，蒙叟有天巧星之目。而其一生之倖得倖失，卒之進退失據者，皆以巧致之。」一個「巧」字，可說「攫住牧齋心魄」，也是對管氏「四無」心學中追求適意、善惡泯絕的哲學在現實人生中的生動闡釋。

如果說，前人「圍棋」詩中，所突出彰顯的是道家物我合一的飄逸；那麼，牧齋筆下的「棋局」，即是其在管氏心學指導下，儒釋結

〔註17〕嚴迪昌《清詩史》，浙江古籍出版社，2002年版，頁363。

合，「以佛代儒，以無爲本」的處世觀的文學體現。可以說，是主觀意識與客體特徵的完美契合。

牧齋詩中，以「棋局」喻人生，以「棋局」喻政治，首先源自於其面對人生追求快意的遊戲心理。棋在中國的文化中，本來就是一種遣興娛樂的工具。鬥智鬥勇、傾覆無常的對抗，弈者可以時時體會到充滿新鮮感的精神刺激。在黑白對峙、勝負兩分之時，作爲戰勝者更可得到極大的心理滿足。在現實中，牧齋更像一個時代的弄潮兒，對宦場的角逐、對政治的成功都充滿了極大的興趣。明末屢次入仕，清初投福王、降清廷，後又爲永曆政權和鄭、張奔走，他都投入超常的熱情。「廿載光陰四度棋」（《後秋興》第十一疊第四首），在牧齋眼裏，甲申之後的數次重大行動，更像四場酣暢淋漓的棋場拼殺；「可憐紙上楸枰局，便是軍前畫笐時」（《後秋興》第七疊第四首），而爲永曆朝出謀劃策，也是一步精心策劃的棋著。與之相對，牧齋對平淡無趣的生活充滿了厭倦。面對低迷的政治，詩人會感到一種無所作爲的孤獨和失落：「棋罷何人不說棋，閒窗覆較總堪悲」（《後秋興》第六疊第四首），「挑燈畫紙已無妻，棋局袈裟伴杖藜」（《後觀棋六絕句》其三）。其次，圍棋博弈的性質，也與牧齋面對人生、政治的投機態度相符合。牧齋雖寫圍棋，卻處處關合人事，而且多用「賭」字，「白身誰似羊玄保，賭得宣城太守回」（《觀棋絕句六首其五》）。不經意之間，透露了牧齋順治四年之後積極投身抗清的初衷，仍然脫離不了「博官」二字。「滿盤局面若爲眞，賭賽乾坤一番新」（《武陵觀棋六絕句》其二），「蕭疏齒髮凋殘日，突兀乾坤賭賽時」（《後秋興》第五疊第四首）。對於明末清初紛亂的局勢，詩人總是靜觀其變，每一次付諸行動，便是一次對機遇的把握，一次孤注一擲的賭博。其三，世事難料、人生無常，恰似棋局變幻不測，正是了悟了此理，造就牧齋面對挫折、失敗的堅韌精神。「由來國手超然處，正在推枰斂手時」（《觀棋絕句六首》其一）。人生在任何時候，總有出奇制勝的妙招，總有扳回敗局的機會。這正是順治四年，已近古稀的牧齋又一次積

極投入政治的精神指導。即使在風燭殘年的八十餘之後，牧齋對政治的熱情從未消退，「皓首觀棋興未闌，青袍關尹肯休官」（《後觀棋六絕句》第五首），「身世渾如未了棋，桑榆策足莫傷悲」（《後秋興》第四疊第四首）。此種精神，著實令人敬佩。其四，也是最爲重要的，是牧齋的處世態度與圍棋哲學頗多相同之處。

> 吾觀善弈者，握子多顧慮。
> 推枰斂手時，黑白在何處？
> 古來當局人，多爲一著誤。
> 縱負國手名，豈知拙工趣。（《送張老還溧陽》）

此詩見載於《初學集·卷五》，自題「起崇禎元年戊辰，盡六月」。時牧齋 47 歲，雖未經歷明末的磨難，但其價值觀念已根深蒂固。詩歌將人生比作博弈，將自己比作「善弈者」，比作「國手」，這也是以後詩中常用的比喻。詩中，最耐人尋味的是「推枰斂手時，黑白在何處」一句。既包含了佛家虛無的人生觀，也有一種無論「黑白」，只問結局的意蘊在。對弈之時，盤中黑白歷歷，推枰之時，只有勝者和敗者，至於當時如何落子、誰是誰非，最終看來恍如隔世。「古來當局人，多爲一著誤」，自有詩人遭遇政治挫敗的憤恨在，但又未嘗不是在闡釋一種別樣的觀念。勝敗兩分之時，只有成者與敗者，至於一招一式，又何用再論？而弈者的快感，在勝敗之外，更有「拙工」的區分。自然，在「拙」與「工」之間，詩人更欣賞作爲「工」者的意趣。這首詩，可以看作牧齋一生行事的注腳。

　　佛家思想是牧齋人格建構的基石，在他看來，人生虛幻如一場棋局，自我本心的觀照是核心。這種極端的自利與自適，消解了我與物的真情，模糊了道德的界線。所以，在牧齋筆下，政治形勢永遠如棋局，只有拼殺的雙方，不分你我，無論是非。「黑白分明下子時，局中兩兔已雌雄」（《武陵觀棋六絕句》），「眼底三人皆國手，莫將鼎足笑英雄」（《後觀棋六絕句》其二）。牧齋永遠是冷眼觀世，在他筆下，抗清者與清廷如難決雌雄的雙兔，如鼎足而立的三國，沒有感情上親疏和立場上的偏向。泯滅了「黑白」，對於自我人生，牧齋自然也沒有自省，

沒有恥恨。所以，牧齋的詩中，對自己在易代之際的進退失據，甚至隻字未提。

當然，也不能忽視儒家對牧齋的影響。與一般禪家追求空靈靜寂、灑脫圓潤的旨趣不同，牧齋選擇了頗具儒家特徵的人生姿態，積極入世，博取功名，以此來作爲自我的實現。但是，較之他人，內心虛無的牧齋顯得一身輕鬆，能「鑽天驀地」，能以「工拙」爲趣，只論成敗，無論過程和手段。後人知此，當不會慨歎其降清，不會憤恨其與姦人爲伍，當然也不會疑惑其後來積極抗清、資助鄭張的舉措。也無怪乎有論者對牧齋晚年「苦恨孤臣一死遲」(《後秋興》第十二疊第四首)的自我表白嗤之以鼻了。

第二節　錢謙益的其他詠物詩

圍棋詩外，牧齋還有不少優秀的詠物詩作。其晚年的紅豆詩、落葉詩和雁字詩，在抒寫忠貞情懷之外，極爲婉轉地透露了詩人作爲貳臣的隱秘心理，內涵深刻厚重，體現了高超的表現技巧和老成練達的藝術風格。其早期的《初學集》，雖爲前朝作品，但對於瞭解其在明末政治環境中的處世心態，把握牧齋複雜的人格性情也極爲重要。

一、錢謙益《初學集》中的詠物詩

《初學集》是牧齋於明代所作，起於泰昌元年九月，終於崇禎十五年，記錄了詩人明末的宦海沉浮和心理感受。這一時期的詠物詩，題材較爲廣泛，並且隨著詩人各個時期心境的變化，表現出情感、風格的多樣性。

1、詠柳詩

在《初學集》中，最早出現的詠物詩是兩首《河間城外柳》：

日炙塵霾轍跡深，馬嘶羊觸有誰禁？

劇憐春雨江潭後，一曲清波半敝陰。(其一)

長條垂似髮鬖鬖，拂馬眠衣總不堪。

　　昨夜月明搖漾處，曾牽歸夢到江南。（其二）

　　牧齋《嫁女詞四首・自序》中說：「余初登第，旋奉先人諱，里居奉母，垂十有一年，乃詣闕補官。」他 25 歲中舉，29 歲及第，正值父喪，由於閹黨的阻撓，守喪之後長期不得補官，其間又險遭陷害，直到泰昌元年，才得以補翰林院編修原官。此次賦閒，長達 11 年。兩詩即作於還朝北上之時。此刻詩人的內心極為複雜：一方面對入朝為官充滿了期待，另一方面又對複雜的政治鬥爭有一種畏懼、厭倦的心理。詩人途經河北，行道邊的垂柳，已沒有柔嫩裊娜的身姿，顯得有些頹敗。烈日的炙曬、風塵的侵染、牲畜的損傷，詩人由物及人，奔波的疲憊、羈旅的愁思油然而生。於是，憶起了家鄉春雨中的幽靜江岸、優雅的綠蔭和月下蕩漾的柔條，思念之情難以抑制。品讀此詩，既有對道邊敗柳的真實描繪，也有對其旅途勞頓的生動展現。若更深一層，讀者還能體會到詩人「對浪擲年華、拋殘歲月的不滿和牢騷，有不平之意」〔註18〕。這是兩首感物傷懷、情景交融的詠物佳作。

　　牧齋入清前，對「柳」有一種偏愛。曾作《柳絮詞》6 首、《柳枝》10 首。這些雖為樂府舊題，他人以寫艷情為主，但牧齋卻能緊扣命題，澆自我胸中塊壘，頗顯化用之工。《柳絮詞》作於天啟七年，《柳枝》作於崇禎十年，其時詩人仕途受挫，賦閒在家。前組詩中，借柳絮的柔軟與潔白，抒寫對大明王朝的一腔癡情，「白於花色軟於綿，不是東風不放顛」（《柳絮詞》其三），「郎似春泥儂似絮，任他吹著也相連」（同上），「隨風乍可粘泥死，莫作浮萍逐水移」（其四）。東風、春泥是對「郎」的貼切比喻，而「郎」又未嘗不是「君」的最佳指代。「柳絮新歌續《柳枝》，情塵如浪淚如絲。沈園柳老綿吹盡，夢斷香銷向阿誰」（《柳絮詞》其六），又蘊含著詩人對政治浮沉的諸多感慨和年華拋擲的遲暮之歎，以及對朝廷的連綿不盡的渴盼與幽思。

　　《柳枝》中詩人依然以柳自比，「花信樓前風暗吹，紅欄橋外雨

〔註18〕裴世俊《錢謙益詩選》（《河間城外柳二首》題解），中華書局 2005
　　　年版，頁 7。

如絲。一株顛頇無人見，肯與人間縮別離？」(《柳枝》其一) 自身不知經歷了多少離別苦楚，又怎去安頓他人之悲？這株在風雨中飄搖卻無人理會的弱柳，是詩人淒涼孤寂的內心寫照。「樹旁空有傳書使，蝕葉成文好寄誰？」(其三) 則是詩人心緒無處申訴的歎息。

> 莫將拋擲怨年華，也傍開花也落花。
>
> 河畔青青比芳草，長隨蕩子到天涯。(《柳枝》其七)

這是以怨婦逆來順受的口氣對朝廷的自我表白。任時光荏苒，保持平和的心態，沒有抱怨，只是一顆不曾改變的癡心。

> 彎彎月掛柳梢頭，新葉如眉月似鉤。
>
> 看取月圓明鏡照，展開眉葉萬重愁。(《柳枝》其八)

此詩的比喻極為巧妙：新葉如眉，千萬片新葉便成了美人眉間未曾舒展萬重愁緒；「彎月」、「月圓」，月的盈缺，是人間的離別與相聚。只有當月圓人聚之時，詩人的萬重惆悵才會一掃而光。君臣遇合的主題在這裏表現得含蓄、蘊藉，彎月、柳葉的輝映，又使整首詩充滿了清麗、柔媚的美感。

> 長養成陰自有期，飛花飛絮莫傷悲。
>
> 楚江萍實大如斗，好是蟠桃結子時。(《柳枝》其十)

如果說前面詩中所暗含的政治意味還顯得難以察覺，那麼，有了這首詩，一切顯得明瞭了。「長養」即「長揚」，舊秦宮，有垂楊數畝，因以為名。此處是借柳抒志，以柳成蔭於長揚，喻己被朝廷所用，「自有期」則是一種對自我見用的信心。後兩句用宋文帝時事，亦表此意。

2、詠梅詩

在諸多花品中，牧齋寫梅最多，有近 20 首。這些梅詩，大致可分為詠梅、賞梅兩類。《臘梅六首》屬前一類，現撮錄其一：

> 羅浮曾見夢中身，鬌髻新粧改麴塵。
>
> 雀啅乍驚三月露，蜂歸暗簇十分春。
>
> 染成宮樣宜金屋，剪出花房惱玉真。
>
> 寂寂銅瓶愁對汝，扣門還憶縞衣人。

此類詩歌多以描繪和讚美臘梅之形神、姿色為主，又略有自喻、寄託

之意。如上引詩中，「縞衣人」已頗令人思忖，而那寂寂的梅花未嘗
不是失意詩人的寫照。再如其二中「莫以黃中笑梔貌，狗蠅今日遍江
鄉」，已明顯地含有對世俗和朝臣的諷刺，而「風味為君傳譜牒，晶
明終自恨平章」，言雖名傳史冊，但卻遭頗受非議，清白之身無人欣
賞。此句可以看作牧齋後半身的讖語。

牧齋還有一首紅梅詩頗具風致：

> 萬樹漫山玉雪中，一株獨自笑芳叢。
> 新粧不是緣施赤，薄怒應看近發紅。
> 聊貶高寒遮俗眼，暫先穠艷領春風。
> 調羹至竟誰能事，枉竊年華媚化工。
>
> 《奉慈庵紅梅一株嫣然獨出感而有作》

在漫山雪白的梅林中，一株紅梅卓然獨秀。詩人以別樣的眼光，格物
明理，「聊貶高寒遮俗眼，暫先穠艷領春風。」雖為梅花，卻不似寒
梅那樣一味孤傲，能放下架子去迎合世俗，用一種積極入世的精神引
領春光。詩人讚美它「調羹至竟誰能事」？對那些只知自我欣賞而虛
度青春的人物嗤之以鼻。此中，未嘗沒有牧齋隨波逐流、汲汲營求的
人格性情的自然流露。

第二類梅詩主要創作於崇禎初年。思宗登基，閹黨覆滅，加之牧
齋已聞說即將被新主召見，心情自然大好，「三年噩夢已塵沙，又向
東君感物華」（《西山看梅歸舟即事》）。於是，有了遊覽的心境。這年的
早春，牧齋興致勃勃暢遊山水名勝。「釣船游屐須排日，先踏西山萬
樹梅」（《崇禎元年元日立春》），因為梅花是最昭示春天氣息的「物華」。

> 吳山環西南，其山秀而嶧。鬱盤起玄墓，迤邐屬西磧。
> 梅花生其中，居然好宮宅。譬彼冰雪姿，綽約處姑射。
> 回環具區水，粘天浸寒碧。空濛滋霜根，浩渺蕩月魄。
> 湖山畜氣韻，煙雲發芳澤。所以西山梅，迥出凡梅格。
> 我來早春時，發興蠟雙屐。探奇忘晴雨，尋花越阡陌。
> 茫茫梅花海，上有花霧積。不知何處香，但見四山白。
> 籃輿度花杪，登頓旋已易。恍忽如夢境，愕眙眩遊迹。
> 縱覽乘朝暾，留連坐日夕。殘陽掛煙樹，橫斜似初月。

清游難省記，勝情易追惜。還恐梅花神，芒芒笑逋客。
（《十七日早晴過熨斗柄登茶山歷西磧彈山抵銅坑還憩眾香庵》）

前人寫梅，不過一枝、一株，而未見寫漫山遍野之梅。僅此一點，牧齋此詩已屬首創。「迴環具區水，粘天浸寒碧。」寫出梅花依水綻放，林壑之幽美與花樹之繽紛輝映，使讀者彷彿置身於茂密梅林之中。那花枝與碧空的相互交織，便是一幅奇絕之景。「茫茫梅花海，上有花霧積。不知何處香，但見四山白」四句，寫白、寫香，從大處著眼，境界極為開闊。「花霧」一詞，展現出梅林的無邊無際和其所營造的濃鬱氣氛，極為貼切和傳神。而且，此詩寫梅，不是靜態描繪，而是以遊蹤為線索，兼顧時間、空間的變換。「縱覽乘朝曒，留連坐日夕。殘陽掛煙樹，橫斜似初月。」極寫遊興之高。「藍輿度花杪，登頓旋已易」，頗具老杜「我行已水濱，我僕猶木末。」（《北征》）的神韻，以山之形勝，贊梅林之幽曲。此外，詩歌對西山之梅的描繪「譬彼冰雪姿，綽約處姑射」，「空濛滋霜根，浩渺蕩月魄」，「湖山畜氣韻，煙雲發芳澤」，突出體現出山梅不同於庭梅的風神、幽姿，讀之令人神往。總之，此詩借春日梅林之美，表現遊興之高，抒寫春回大地，前程似錦的美好感受。詩境優美，手法獨特，堪稱清初詠梅典範。

3、春 詩

牧齋《初學集》中，春詩有近 50 首，遠遠超出詠夏、秋、冬三季之作。較早的一組春詩作於崇禎元年正月，政治的新氣象使牧齋此組詩充滿了歡欣和希望。《元日立春》中，詩人寫道：「淑氣和風應候來，王春元朔併相催。故知青帝攢新令，不是天公厭兩回。」既是立春，又是元日，這絕妙的徵兆，寄寓著詩人對國家和個人前程的美好期許。而「王春」、「青帝」的雙重指向，使此詩的政治色彩更加明顯。「受歲酒應羞白髮，向陽花欲笑寒灰」，雖不無詩人的自我解嘲，但卻毫無淒涼可言，相反是一腔熾熱、老當益壯的自我表白。

遲日同雲更合圍，東皇何事發陰機。
李梅冬實原非分，雪霰春深故作威。
繞樹鶯雛應罷語，漫天柳絮敢爭飛。

老農劇喜遺蝗盡，旋覺陽和轉褐衣。(《春雪》)

題下作者自注「記元年二月十九日事也」。詩人將一次重要的政治事件比作春日裏的一場大雪。這裏的「東皇」與「青帝」一樣，都以春神喻崇禎。首兩句看似寫景，陰雲堆積，霰雪驟降，實述除奸事，突出上下齊心，「日」是君，「雲」是臣；三四句回寫事件緣由，有以新誅舊，以明除暗之意；五六句寫整頓朝綱，「鶯雛」、「柳絮」是對亂國者的絕好比喻；最後兩句抒寫自己歡喜的心情，感到龍恩浩蕩，應召還朝之日已在眼前。

　　然而，崇禎新政對於牧齋來說，直是一場春夢而已。太多的激情和期許，最終換來的是更深層的失意。崇禎元年，「七月，應召赴闕」，「十月，會推閣臣」。崇禎二年，便捲入了政治漩渦，遭人攻訐，而崇禎皇帝偏聽而不信公論，牧齋處境極為險惡，最終「奉命革職，回籍聽勘」。這年的春天，詩人雖身處京城，卻感覺不到一絲的溫暖。在幾首春詩中，詩人寫道：「林鶯口噤思宮樹，官柳眉舒向御溝。獨有城南羈旅客，與春無分又添愁」(《十三日立春》)；「春明門外亦長安，不省陽春到此難」(《覓春》)。「以我觀物，物皆著我之色彩」，詩人眼中的春景，也沒有了往日的明媚，「朔氣逡巡辭弱柳，光風瑟縮辟崇蘭。西山翠比愁眉鏃，上苑紅如粉本看。」(同上) 春日的陽光照耀不到幽僻的叢蘭，而早春的寒氣依然對弱柳不依不饒；上苑的花紅柳綠永遠是別人的風光，只有西山的凝結著無限愁緒的冷翠屬於自己。「物候驚柔綠，心情怕軟紅」(《春風》) 是詩人面對春光的了無意緒；「可憐春未老，送我向江東」(同上)。此次的回籍，是詩人心中刻骨的傷痛。

　　在漫長的崇禎後期的十數年中，牧齋一直在政治無望中度過，被迫息心事物，過著閒適的隱居生活，這一時期的春詩，現實性明顯減弱，代之以人生的感悟和對痛苦的自我排解。

今年送春誰最歡？纍臣生還棲故園。

驚心軟紅付塵夢，照眼柔綠開清尊。(《四月初六日送春作》)

南翔青簡猶未沫，吳門黃閣今何在？
與君莫漫羨朱門，朱門春多白日昏。
氍毹夜月愁眉樣，屈膝屏風舞袖魂。
不若春宵酌春酒，促席行杯遞爲壽。
明燈簫管度新曲，夜雨盤餐剪春韭。

（《迎春曲春夜別陽羨蔣澤疊》）

在這些詩中，詩人似乎已經擺脫了「怕軟紅」的心境，能夠坦然面對春天的美好。對於一個半世潦倒的政客，「生還棲故園」確是人生一大樂事，更何況又有好友、美酒、閒田和時蔬相伴，無需「愁眉樣」、「屈膝舞」，豈不自在自適？只是，其中能有詩人幾分心聲，讀者亦無從得知。然而，戰亂的濃雲又逐漸地逼近，「今年送春誰最惡？燕齊鳥烏巢虜幕。壯士白骨枝戰場，內人紅袖歸沙漠」（《四月初六日送春作》），預示著牧齋精心營造的平靜將又一次被打破。

4、禽、獸、蟲詩

春日花柳在牧齋的筆下，大多是一種自我的抒寫。《初學集》中，還有一些詩，通過飛蟲、獸類、禽類的描寫，來隱射社會現實。如《群狐行》：

一狐縊死鏁琅璫，一狐縊死懸屋梁。
群狐作孽兩狐當，公然揶揄立道旁。
昔日群狐假狐勢，一狐爲宰一狐帝。
一朝狐敗群狐跳，殺狐烹狐即爾曹。
兩狐就縊皆號咷，狐不生狐乃生梟。
狐已死，梟尚肆，捕梟作羹亦容易。
群狐群狐莫嬉戲，夜半晻忽雷火至。

這首詩真實記錄了閹黨的覆滅過程，堪稱「詩史」。「明思宗上臺伊始，即將魏忠賢放置鳳陽，魏閹於途中畏罪自殺，熹宗乳母客氏也被處死，其餘黨羽相繼伏法，閹黨土崩瓦解，人心大快，朝政有了轉機。」〔註19〕詩歌以群狐比閹黨，以殺狐、烹狐喻閹黨的可悲下場。又以群

〔註19〕裴世俊《錢謙益詩選》，中華書局，2005 年版，頁 21。

狐的號咷、相殘，生動地展現了政治鬥爭的酷烈。最終詩人指出，群狐雖死，餘孽尚存，警告其終將自取滅亡。整首詩將詩人對亂國姦佞的切齒之痛抒寫得淋漓盡致。與此詩相類，還有《鵲巢行》亦寫黨爭。「樹上老鴉群作惡，奪我鵲巢反啄鵲。鵲群苦少鴉苦多，多架春成柾作窠。拚將我巢爲汝室，啞啞聒耳聽不得。」詩作於崇禎二年入閣失敗之後。結合當時情形，鵲巢當指詩人及其支持者的苦心經營，鴉群指當時攻訐牧齋等人的溫體仁之流。最終的結果是「鴉群自笑鵲自哭，注目寒空且攫肉」，清流遭誣，姦佞得逞，令人唏噓。

此外，牧齋曾作《蟲詩》12 首。詩有自序，提及其友禾髯《蟲賦》37 篇，元稹《七蟲詩》21 章，稱其題旨「蓋亦荀卿子請陳佹詩之意。」並且說「余之意即微之之意，亦即禾髯之意也。」「佹詩」，即針砭時弊之詩，此亦牧齋詩的創作主旨。詩 12 首，多用比法，以蟲喻人，諷刺世俗。如第一首《蜘蛛》：

　著物橫絲巧，謀身長踦周。
　螫人惟果腹，送喜又當頭。
　映日文偏著，漫天網不收。
　禁持憑鼠婦，吞噬莫相尤。

詩以蜘蛛比譬那些爲了一己私利，光張羅網，殘害他人，卻又兩面三刀、媚上惑主的姦佞之人。

再如其三《蟬》：

　貂尾同文彩，緌冠用羽儀。
　塗泥羞末品，鳴噪競高枝。
　聒耳熒絲竹，如簧亂鼓吹。
　何須誚瘖瘂，饒舌正堪嗤。

此處諷刺那些出身微末，善於攀附的小人，揭露其身居高位，卻只會信口雌黃，危言中傷的惡劣行徑。在這些詩中，詩人往往能抓住各個物類的外形特徵、生活習性，以此發揮，鮮明生動地刻畫世相，不一而同，寫盡眾生之相。

二、錢謙益《有學集》中的詠物詩

起於乙酉的《有學集》、《投筆集》中，詠物詩的題材有所減少，且多爲抒寫亡國幽思和報國之志，情感悲愴、沉痛，風格可謂大變。其代表作品如圍棋詩、紅豆詩等。

1、紅豆詩

紅豆詩作於牧齋晚年，由《和胎仙閣看紅豆花詩八首》和《紅豆詩十首》組成。「錢謙益於順治十一年購置常熟白茆鎮芙蓉莊，因莊中種植著一顆紅豆樹，故又名紅豆莊。柳如是後來曾長期居住在這裏。」〔註20〕紅豆，本爲男女之情、相思離別的最佳寄託，況且此樹又與牧齋的風流韻事有關。以常情推理，此組詩歌必然是輕艷柔媚的兒女情長。但牧齋卻將亡國的特殊背景融入其中，抒寫自己對大明王朝的拳拳之心。

《紅豆花詩》作於順治十八夏天，據錢曾和詩題目所云：「紅豆樹十年不花，今夏忽放數枝，牧翁先生折供胎仙閣」。詩中雖不乏對紅豆花形色的描繪，如其二：「花房交絡帶香纓，竊白輕黃暈不成。記取中央華藏處，流丹一點自分明」，但其中的「流丹一點」分明有某種指示，其中深意，品味其中一首便可得出：

　　草木爲兵記歲華，平泉花木盡泥沙。
　　未應野老籬前樹，湧出金輪別種花。

「金輪」爲佛教用語，本爲印度戰爭中兵器，後指一種能夠征服四方的無敵力量出現時的徵兆。結合時事，適逢當時鄭成功、張煌言北伐形勢大好之時，「平泉草木」指那些先後失敗的抗清力量，而紅豆花便具有了鄭、張光復河山的象徵意義。其二中的一點「流丹」，便是詩人及抗清志士的赤膽忠心了。再如第六首：

　　金尊檀板落花天，樂府新翻紅豆篇。
　　取次江南好風景，莫教腸斷李龜年。

此詩化用杜甫《江南逢李龜年》意。江南，落花時節，面對同樣的國

〔註20〕高章採《官場詩客》，北京，中華書局，2004 年版，頁 204。

仇家恨，故而顯得貼切、自然。

《紅豆詩》題稱，「紅豆樹二十年復花，九月賤降時結子，纔一顆，河東君遣僮探枝得之，老夫欲不誇爲己瑞其可得乎，重賦十絕句示遵王。」可見作於九月，時值牧齋 80 歲壽辰。紅豆樹 20 年結一子，況明亡已近 20 年，與柳如是結縭又爲 20 年，此等巧合，實屬罕見。故柳氏遣人摘取獻上，作爲祥瑞之兆，一則祝壽，二則更有纏綿情意在其中。詩人雖云「誇爲己瑞」，實則將這美好的徵兆與亡去的明王朝的命運聯成一片，抒發政治情感。

> 旭日平臨七寶闌，一枝的皪般流丹。
> 上林重記虞淵譜，莫作南方草木看。（《其九》）

詩人筆下，這棵紅豆已不再是尋常草木，而是生長上林，供奉皇室的珍異，多了一層流落草莽的身世背景，打上了亂離時代特殊的政治烙印。

> 千葩萬蕊業風凋，一捻猩紅點樹梢。
> 應是天家濃雨露，萬年枝上不曾銷。（其六）

「天家」、「雨露」以喻皇恩，那枝頭的「一拈猩紅」便是詩人感念君恩、心繫舊朝的情感的外化。

> 齋閣燃燈佛日開，丹霞絳雪奉壓枝催。
> 便將紅豆興雲供，坐看南荒地脈迴。（其七）

牧齋篤信佛教，晚年更是潛心佛理。此處詩人將紅豆作爲供物，祈求佛日中開，大地回春。此處的紅豆是詩人強烈的光復欲念的凝結，是希望的寄託。

《紅豆詩》中，最值深味的當爲以下兩首：

> 秋來一棵寄相思，葉落深宮正此時。
> 舞輅歌移人既醉，停觴自唱右丞詞。（《其四》）

> 朱囁唧來赤日光，苞從鶉火度離方。
> 寢園應並朱櫻獻，玉座休悲道路長。（《其五》）

要理解此二詩，必要與唐代詩人王維並讀。其中原因，不僅有詩中提及的「右丞詞」，並以紅豆寄託相思的字面原因，而且牧齋與王

維，有頗爲相似的身世淵源。顧炎武《日知錄》有如下議論：

> 古來以文辭欺人者，莫若謝靈運，次則王維，……王維爲
> 給事中，安祿山陷兩都，拘於普施寺，迫以僞署。祿山宴其
> 徒於凝碧池，維作詩曰：「萬戶傷心生野煙，百官何日再朝
> 天？秋槐葉落空宮裏，凝碧池頭奏管絃。」賊平，下獄，
> 或以詩聞於行在，其弟刑部侍郎縉請削官以贖兄罪，肅宗
> 乃特宥之，責授太子中允。……今有顚沛之餘，投身異姓，
> 至擯斥不容，而後發爲忠憤之論，與夫名污僞籍而自託乃
> 心，比於康樂、右丞之輩，吾見其愈下矣。
>
> （《日知錄・文辭欺人》）

丁功誼在《錢謙益文學思想研究》一書中分析道：

> 錢謙益著有《秋槐詩集》、《秋槐詩別集》，此兩集分別收錄
> 了他在乙酉年到戊子年、乙未冬到丙申春寫的詩。「秋槐」
> 出自王維「秋槐葉落空宮裏，凝碧池頭奏管絃」詩句，顯
> 然，錢謙益以王維自況。顧炎武指斥王維，實際上把矛頭
> 對準了錢謙益。〔註21〕

錢謙益既有《秋槐詩集》，還有《紅豆詩集》三卷，可作爲牧齋
與右丞淵源的又一佐證。此處，拋開「以文辭欺人」的話題，且對所
舉兩詩作一分析。《其四》中，「葉落深宮」化用《凝碧池》，此詩作
爲右丞接受僞職後自我開脫的藉口，抒寫對舊朝的懷念。牧齋乙酉投
降清廷，多處引用此詩，自有自我洗刷、自我表白之意。此詩借紅豆
寄託相思，所思之人，即是牧齋表白的對象。王維「紅豆生南國，春
來發幾枝。願君多採擷，此物最相思」，可見所思者或在南方，又與
「葉落深宮」相比照，當爲退守雲南的永曆帝。也就是說，此詩借紅
豆起興，表達對永曆王朝的思念，同時也包含著對自己雖然降清卻心
係舊國的表白。《其五》用意頗爲明顯，化用王維《敕賜百官櫻桃》：
「總是寢園春薦後，非關御苑鳥銜殘」，及杜甫《解悶》：「炎方每續
朱纓獻，玉座應悲白露團」。想像著將這鮮紅的果子獻給千里之外的

〔註21〕丁功誼《錢謙益文學思想研究》，上海古籍出版社，2006 年版，頁
189。

桂王，希望對方能夠接受自己的一片赤誠。

2、落葉、雁字及其他

牧齋《初學集》多寫春景，而《有學集》則以秋景居多，這與當時社會氣氛與詩人內心的感受有關。在諸多秋興詩中，《和盛集陶落葉詩》二首堪稱佳作。

> 寒林萬樹怨蕭騷，只爲中庭一葉凋。
> 波下洞庭齊颯沓，風高榆塞總飄搖。
> 平原縱獵埋狐窟，空谷虛弦應鳥巢。
> 最是風流殷太守，不堪惆悵自攀條。（其一）

> 秋老鍾山萬木稀，雕傷總屬刦塵飛。
> 不知玉露涼風急，只道金陵王氣非。
> 倚月素娥徒有樹，履霜青女正無衣。
> 華林慘澹如沙漠，萬里寒空一雁歸。（其二）

順治二年（乙酉），牧齋受黃毓祺事牽連，被捕入獄，後改獄外監管。此次居南京，多有故人尋訪，與盛集陶、林古度、何寵明等「循故宮，踏落葉，悲歌相和」。此二首便是與盛集陶的和詩。與白門遺老酬唱，自然是抒寫亡國之悲。前一首從大處著手，將明亡之後的社會形勢與詩人的深哀劇痛打成一片。其中以「一葉雕零」喻明王朝的敗亡，涉及江南雕敝，各路抗清力量風雨飄搖，以及滿清軍隊燒殺擄掠，百姓倉皇流離的社會現實。其二的內涵更爲豐富，融入了易代之悲和詩人自我的切身感受。詩中以「素娥」、「青女」自比，抒寫自己在明亡之後失去政治依靠，心靈找不到寄託的迷惘和孤獨，較爲眞實地體現了傳統士大夫在易代之際的精神失落。詩歌處處不離葉落的蕭索之景，借景抒情，情景交融，具有較強的藝術感染力。

《橘社吳不官以雁字詩見示凡十二章戲爲屬和亦如其數》作於順治十三年，這一時期，牧齋積極參與抗清行動，與遺民往來甚密，唱和較多。「雁字」即雁飛排成的「人」或「一」字。元謝宗可曾作《雁字》詩，其中有「一畫寫開湘水碧，數行草破楚天青。雲箋冷

印蟲書迹。煙墨濃摹鳥篆形」諸句，以書法藝術來比喻雁行變化的陣勢，極為生動形象。牧齋此組詩，亦用謝詩手法，更在雁行書法之外，融入了自我的情志。

> 天門誅蕩屢經過，鳳鷙鷲翔共揣摩。
>
> 飛過碧空真跡在，影留寒水草書多。
>
> 隨身八法皆成永，破體雙鉤慣學戈。
>
> 為問世間摹揚手，硯凹作臼欲如何。（其三）

詩歌看似將雁陣飛行的各種姿態，比作絕妙的筆法變換，讚美雁陣和書法。實則將自我的人生態度蘊含其中，表現出一種積極用世，渴望成就功名、實現卓越人生的心志。而「天門誅蕩」則暗指中原板蕩的社會現實，「屢經過」則又有詩人自身的遭逢身世在裏面，透露出詩人以雁自喻的初衷。再如這首：

> 陽九文章暗刲灰，帝令陽鳥捧書來。
>
> 筆過華頂初驚落，文到衡陽始卻迴。
>
> 尺一詔將梟乙辨，三千牘為鷙行裁。
>
> 雲飛莫歎孤騫翼，鴻業深資潤色才。（其五）

此處以鴻雁傳書暗指詩人與永曆朝的交往。順治六年，牧齋為瞿式耜出謀劃策，並受命於永曆帝。「三千牘」指牧齋寄書瞿留守；「尺一詔」指永曆帝詔書；而「鷙行裁」是詩人渴望為國效力；「梟乙辨」則是對永曆帝不計前嫌的感激。最後兩句充滿了對自我才華和前途的自信。牧齋作詩多用典故，此詩更是句句皆有出處，且都與雁有關，集中體現了詩人的博學與才思。

此外，牧齋曾作《桂殤詩》四十五首。詩前自序云：「桂殤，哭長孫也。」這是一首悼亡詩，因其孫小名桂哥而名之。一般認為，其中已然有悼抗清名將瞿式耜之意。這些詩歌中的一部分可以看作詠物詩，此處試舉兩例：

> 桂闕荒涼月輦歆，銀輪天子眼迷離。
>
> 不知誰弄吳剛斧，砍斷中央桂一枝。（其十三）
>
> 兔泣蟾愁天老悲，月宮樹倒更攀誰。

　　秋風從此無才思，不爲人間生桂枝。(其十五)

　　詩歌將永曆（桂王）政權比作月宮，以月中桂樹喻瞿式耜，突出其在朝廷中中流砥柱之作用，抒寫詩人面對瞿氏軍敗身死，永曆政權從此無望的巨大悲痛，依舊突出了其對朱明王朝的一腔赤誠。

第六章　吳偉業詠物詩研究

　　「梅村體」是吳偉業（1609～1671，字駿公，號梅村）在唐人歌行基礎上開創的一種新詩體。形式上，語言華麗、格律工整，押韻流轉有度；內容上，「吸取了元白歌行長篇敘事的特點以反映明清之際的重大歷史題材」，〔註1〕表現出強烈的現實主義精神。「梅村體」以詩紀史，「始終堅持以人作爲自己敘述對象的創作思想」。〔註2〕其所涉及人物，上到帝王嬪妃，下到名妓藝人，頗得太史公「閭巷之人入傳」的風神。吳偉業寫人，有以人爲題者，如《圓圓曲》、《王郎曲》、《楚兩生行》等，也有以相關的名物、住所、地方爲題者，如《宮扇》、《詠拙政園山茶花》、《九峰草堂歌》、《悲松山》等。後類詩歌，雖也以人物事件爲最終表現主體，但往往由物及人，感物傷懷，甚至以物喻人，鋪陳體物的成份也不少，具有較明顯的詠物詩特徵。以下，筆者即從詠物詩的視角，對此類詩歌的思想內涵、藝術成就作一簡單的分析。

第一節　「梅村體」詠物詩中的生命意識

　　在「梅村體」詠物詩中，物並非表現主體，而是一種藝術手段。

〔註1〕霍有明《清代詩歌發展史》，陝西人民出版社，1993年版，頁52。
〔註2〕伍福美《吳梅村詩歌藝術新論》，華中師範大學出版社，1998年版，頁84。

與平常的詠物詩不同,「梅村體」拉長了詩歌篇幅,展開了廣闊的社會場景,並融入自我內心的諸多感慨,既提升了詠物詩的情感境界,又極大地豐富了這一詩體的現實內涵。在眾多的「梅村體」詠物詩中,還凸顯著一個重大的文學主題——生命。不論是抒寫物是人非的生命感慨,還是感物懷人中蘊含的生命思考和關懷,以及渲染風物中所透露出的對生活的無限熱愛,都集中體現了詩人超乎於他人的感性而強烈的生命意識。

一、感懷今昔,係一代之興廢

靳榮藩評《宮扇》:「此首於詠物中感慨今昔。」〔註3〕伍福美認為《宣宗御用飷金蟋蟀盆歌》「也是一首借物抒懷,感慨今昔的作品」〔註4〕。可以說,「感慨今昔」是梅村體詠物詩總體的情感基調。梅村身處在易代之際,又生活在受創最為嚴重的江南。舊物摧頹、故人稀疏是一個方面,其自身所遭遇的政治失敗,以及入清後的諸多變故,是構成梅村詩蕭索、悲情的基調的主要因素。「半面猶存蛺蝶圖,空箱尚記霓裳疊」(《宮扇》),「漆城蕩蕩空無人,哀螿切切啼王孫」(《宣宗御用飷金蟋蟀盆歌》)。詩人最擅長通過眼前的舊物,抒寫一種物是人非的亡國之思,及對大明王朝的深切懷念。又如《田家鐵獅歌》詠田宏遇家門獅。田宏遇為崇禎寵妃田貴妃的父親,《永和宮詞》稱其「霍氏驕奢竇氏專」。可見,身為外戚,其驕縱奢侈的作風是崇禎十數年一道令人難以忘懷的政治風景。但是,在帝命難保的社會動亂中,這些顯貴的驟然敗亡,也最能演繹大廈崩摧的悲哀和世事的滄桑。詩人以田氏門前鐵獅子為視角,充分展現其在前朝無上的尊貴、奢靡,以及氣焰之囂張。然而,「省中忽唱田蚡死,青犢明年食龍子」,農民起義爆發,崇禎帝自縊。覆巢之下豈有完卵,門前的獅子也落得個「霜

〔註3〕 吳偉業著、李學穎集評標校《吳梅村全集》,上海古籍出版社,1990年版,頁61。
〔註4〕 伍福美《吳梅村詩歌藝術新論》,華中師範大學出版社,1998年版,頁126。

摧雨蝕枯藤纏」、「眼鼻塵沙經幾載。」這獅子如同老杜《曲江》中的
「高冢麒麟」一樣，是王朝興廢、豪門敗亡的雙重悲劇的有力見證，
具有最為貼切的象徵意蘊。

二、物是人非，歎人生之無常

　　當然，繫一代之興亡只是詩人感傷情緒的一個方面。更多時候，
梅村將這種物是人非的對比，和士大夫所經歷的宦海沉浮和命運多舛
結合起來，抒寫一種對故舊的懷戀和對人生無常的慨歎。這些詩歌的
主人公，往往是詩人熟識的親友，他們或者仕明，或者仕清，或者捲
入政治的紛爭不能自拔，或者遭人攻訐慘遭殺戮。對於這些已無緣再
見的故人，詩人或者?物思人，或者重遊舊地而黯然神傷。如《鴛湖
曲》，詩人自注：「為竹亭作」。「鴛湖」即嘉興府南湖，梅村友人吳昌
時在此構築別墅，並築亭日「竹亭」。吳昌時是明末黨爭的犧牲品，
崇禎十六被斬首。梅村曾於崇禎十三年與竹亭會於南湖，而順治四
年，當詩人故地重遊，是「白楊尚作他人樹，紅粉知非舊時樓」，故
人已逝，館閣易主。「烽火名園蹦狐兔，畫閣偷窺老兵怒」，這帶有鮮
明戰亂印記的蕭條和冷落，使詩人禁不住追憶起「主人愛客錦筵開，
水閣風吹笑語來」的溫暖和此處曾經的繁華。

　　　　畫鼓隊催桃葉渡，玉簫聲出柘枝臺。
　　　　青靴窄袖嬌裝束，脆管繁弦競追逐。

　　麗辭鋪排下的繁華與今昔的蕭索對比，激起了詩人對人生苦樂
無常的悲歎，「人生苦樂皆陳迹，年去年來堪痛惜」。這種悲劇性的
感受，是「梅村體」詠物詩的主要旋律，「可憐雙載中丞家，門貼淒
涼題賣齋」（《後東皋草堂歌》），「感舊思今涕淚多，荒雞喔喔催人寢」
（《九峰草堂歌》）。梅村將這種悲情的體驗，推而廣之，即使在那些曾
經尊貴至極的帝王身上，也屢見感慨：「莫歎君恩長斷絕，比來舒卷
仍鮮潔」（《宮扇》）。宮扇詩，以班婕妤《團扇歌》影響最著。「棄捐
篋笥中，恩情中道絕。」歎君恩之無常，是這一詩題最傳統的內涵。
而梅村此詩卻能翻出新意，在人與物的對比中，感悟人不如物的悲

哀。可見，在梅村的詩歌中，沒有尊卑，沒有賢愚，平等的「生命」是其觀照人類的唯一視角。

三、悲天憫人，對戰爭的強烈批判

「生命」是「梅村體」詠物詩的共同主題。梅村的詩中，充滿了對生命遭受摧殘的悲憫：「舊內漫懸長命縷」（《宮扇》），歎崇禎之縊；「新宮徒貼闢兵符」（同上），傷永曆之戮；「珠衣五翟悲秦女」（同上），指祖籍長安的田貴妃了。當然，對生命最大規模的殺戮莫過於戰爭。所以，梅村詩中具有強烈的反戰情緒。《宣宗御用蟋蟀盆歌》中寫到：「一寸山河鬥蠻觸，五千甲士化為塵」。這裏，沒有對前朝、新政的任何偏袒，將矛頭直接指向的是戰爭的雙方，指向的是那些為了滿足自我貪欲而塗炭生靈的政治豪強。更多時候，「棘門霸上皆兒戲」，是對荒淫無度的明統治者，對他們不顧國家安危、百姓死活而縱奢淫逸導致社會動亂的強烈譴責。《松山哀》可以稱得上反戰詩的傑出代表：

> 拔劍倚柱悲無端，為君慷慨歌松山！盧龍蜿蜒東走欲入海，屹然搘柱當雄關。連城列障去不息，茲山突兀煙峰攢。中有壘石之軍盤，白骨撐距凌嶄屼。十三萬兵同日死，渾河流血增奔湍。豈無遭際易，變化須臾間。出身憂勞至將相，征蠻建節重登壇。還憶往時舊部曲，喟然歎息摧心肝。嗚呼！玄菟城頭夜吹角，殺氣軍聲震寥廓。一旦功成盡入關，錦裘跨馬征夫樂。天山回首長蓬蒿，煙火蕭條少耕作。廢壘斜陽不見人，獨留萬鬼填寂寞。若使山川如此閒，不知何事爭強弱！聞道朝廷念舊京，詔書招募起春耕。兩河少壯丁男盡，三輔流移故土輕。牛背農夫分部送，雞鳴關吏點行頻。早知今日勞生聚，可惜中原耕戰人！

題名為「松山哀」，並不僅僅借松山的一點干係，「哀」明之亡國，也不是因此來聲討某位投降將軍的叛國罪行。詩歌所「哀」者「松山」也，「哀」松山之山河所遭受的戰火連年，「哀」松山之百姓在戰爭中流離喪命、白骨布露於荒野。詩歌從松山山河的雄奇說起，

盧龍層疊聳立，形成山海關的天然屏障，而關內紙醉金迷的生活，令多少人神往。這一切，注定松山必然是野心家的虎窺之地，也注定松山難以擺脫連年征戰的可悲命運。「中有壘石之軍盤，白骨撐拒凌嶒屹」，所以，這裏的固若金湯，是堆積如山的白骨所築。這裏，有多少人是貪欲的驅使，又有多少人被無辜地捲入。「天山回首長蓬蒿，煙火蕭條少耕作。廢壘斜陽不見人，獨留萬鬼填寂寞。」死者已逝，生者何為？「一旦功成盡入關，錦裘跨馬征夫樂。」這九死一生所換來的狂歡，是如此的淺薄和短暫，因為任何的成功都注定了最終的失敗。「若使山川如此閒，不知何事爭強弱！」這裏有詩人最為沉痛的叩問。「江山如此多嬌，引無數英雄競折腰。」山河多嬌，而「折腰」的代價，卻是江山變色、滿目瘡痍。那些貪婪的人們，面對如此蕭索，又能得到什麼？政客的思維總令人匪夷所思。松山本為滿族故地。清初，為了消除戰爭帶來的荒涼，清政府下令兩河之地百姓遷往關外。於是，更多的人流離失所，松山的災難無盡地蔓延。此處，沒有任何的政治偏向，只有悲憫，只有控訴，控訴戰爭，悲憫生命。

四、命運多舛，對文人命運的悲觀體驗

「梅村體」詠物詩雖寫他人，但卻有詩人自我人生的深刻印記。崇禎四年，梅村「二月會試，舉第一名」；「三月十五日殿試」，「又高中榜眼，授翰林院編修」。製詞云：「陸機詞賦，早年獨步江東；蘇軾文章，一日宣傳天下」，「時人以為無愧」。當時的梅村只有 23 歲，可謂科場得意，年少氣盛。然而，明末凶險的政治環境，使得他在所難免地捲入了黨爭，險遭不測。於是，退隱之心漸起。崇禎朝的最後幾年，戰亂逼近，梅村閒居在家，未曾赴任。鼎革之後，弘光朝相招，梅村洞悉君主昏庸、朝臣傾軋，知事不可為，在任僅兩月便告歸還家。順治九年，清廷下招才令，梅村被迫仕清，頭尾不過三年。權力傾軋的殘酷再一次給他留下了深刻的印象。後十數年，梅村雖隱居鄉里，卻飽受清「科場案」、「錢糧案」、「奏銷案」等政治迫害的衝擊。可以

說，梅村少時恃才傲物，懷抱遠志，是明清之際險惡的政治和動亂所帶來的觸目驚心的災難，使他對政治有了既冷峻又悲觀的認識。梅村詠物詩中所寫，多爲政治鬥爭的失敗者，且都有著極爲悲慘的結局。《鴛湖曲》的主人公吳昌時，慘遭棄市。在定罪之前，曾歷經廷審，「帝怒甚，御中左門親鞫昌時，折其脛。」〔註5〕這場由崇禎下令、太監實施的嚴刑逼問，將明代政治的血腥和粗暴演繹得令人髮指。《吾谷行》中孫暘：「十五即擅文譽。丁酉魁選遭謗，見收下刑部，獄榜掠。適其兄承恩狀元及第，走馬入西曹，暘捀鈬臥階下，相抱哭失聲。」及嚴訥裔孫陸貽吉：「壬癸進士，官給事中，爲舉子居閒事發，立收繫，腰斬於市，家產籍沒，妻子流尙陽堡。」初入仕途，便捲入飆風激浪，豈不可歎。梅村詩中，對政治的殘酷作了深刻地揭示，「鉤黨幾家傳舊業，干戈何地著平泉」（《雕橋莊歌》），「花開連理古來少，並蒂同心不相保」（《詠拙政園山茶花》）；「東市朝衣一旦休，北邙抔土亦難留」（《鴛湖曲》）。

　　集中體現梅村對士子惡劣的生存環境清醒認識的詩歌是《白燕吟》。在南京松江府華亭縣，有明初大詩人袁凱的墳墓。袁凱以《白燕》詩聞名於世。牧齋友人單恂隱居於此，並築白燕庵。此詩即寫單恂。順治十六年，鄭成功兵敗。清政府追究責任，捕殺多人，此所謂「海上之獄」。單恂亦受牽連，飽受摧殘，最終幸免於死。單恂爲崇禎十三年進士，明亡後「解組歸田」。隱身於山水，依然不能幸免於難，故而詩《序》中說：「鴻飛冥冥，爲弋者所篡」。脫獄還鄉後的單恂，依然時時感到潛伏的種種危機，詩人在結尾寫到：「頭白天涯脫羅網，向人張口爲愁多。啁啾莫向斜陽語，爲唱袁生一曲歌。」此處用袁凱的典故。袁凱於洪武年間受明太祖迫害。不得已僞裝瘋癲，得免職歸家。常背戴方巾，倒騎烏犍，盤桓山水間，以避監視。於此詩人亦呼告朋友要言語謹愼，以免再生禍患。

〔註5〕吳偉業著、程穆衡原箋、楊學沆補注，《吳梅村詩集箋注》，頁161。

「明代的政治暴虐」〔註6〕，使文人對政治產生了極端的恐懼心理。於是，退而求其次，隱逸也是個不錯的選擇。但是，他們的不幸在於，生活在一個這樣的時代，政治動盪，江山易主。新朝為了自己的穩定，連那些遠離紛爭的「逸民」也不放過。單恂的遭遇便是個證明。梅村自己，也多次捲入了政治風波，幾乎難保。「君不見，抱石沉、焚山死，被髮佯狂棄妻子；匡廬峰、成都市，欲逃名姓竟誰是」；「武陵洞口聞野哭，蕭斧斫盡桃花林。仙人得道古來宅，刼火到處相追尋。」（《退谷歌》）充分揭示了明清之際士大夫所面臨的生存危機。

五、仕與隱的兩難，生命價值的追問

「梅村體」詠物詩中所涉及人物，形形色色，不一而同，但悲劇的基調是相通的。每一個人物命運的展現，都是梅村對人生價值的一次痛苦而深刻的考問。其實，對於這一時期的知識分子，本不存在抉擇的兩難，因為仕也罷，隱也罷，都是身不由己。吳昌時在入京之初，躊躇滿志，是「長安富貴玉驄驕，侍女熏香護早朝」（《鴛湖曲》），但與此同時，他「吩咐南湖舊花柳，好留煙月伴歸棹」（同上），做好了功成身退的準備。哪知「轉眼浮生夢」，一旦身敗，已無處可退。趙南星曾與「晚節最勝」的「歸田太宰」梁夢龍交遊甚好，做著「歸田」的好夢，但也同時感到「此是君恩憂老臣，後來吾輩應難遇」（《雕橋莊歌》）。最終在與閹黨的爭鬥中慘敗，貶戍代州，卒於戍所，只落得家園荒蕪。

那麼，是否有幸逃脫羅網，享受林棲的清閒，就會得到內心的寧靜呢？《九峰草堂歌》中的諸乾一是梅村筆下的隱士，「九峰主人青溪曲，上清謫受金門祿。一鞭槐市撼鳴珂，脫下朝衫友麋鹿」。諸乾一「取第後未仕」的灑脫作風令無數人傾倒。但是詩人卻寫道：「我輩漫應誇隱遁，此君猶復困蓬蒿。小圓涉趣知能賦，中歲離愁擬續騷。」問此君愁為何來，卻原來是放不下「赤烏臣主真相得」和「儒將雍容羽扇

〔註6〕趙園《明清之際士大夫研究》，北京大學出版社，1999年版，頁1。

風，歌鍾椒戟王侯宅」的陳年舊夢，歎惜中依然有「寶玉空埋劍影寒」的「千古愁」。這種幽憤之聲，也同樣打動了詩人，「我聽君談意悽哽，停樽不御青燈耿」。看來，傳統價值觀糾結在他們內心，永遠難以釋懷。於是，那些能夠在政治鬥爭中遊刃有餘，身與位雙雙得以保全的人，頗為詩人稱道。《退谷歌》中，梅村盛贊孫北海：「飲君酒，就君宿，羨君逍遙之退谷。花好須隨禁苑開，泉清不讓溫湯浴。中使敲門為放鷹，羽林下馬因尋鹿」，艷羨之意溢於言表。然而，如此境遇是否就算完美？答案依然是否定的。因為，這裏還有一個致命的問題。能在官場保持不敗者，已然要屈尊逢迎，放棄人格，何況出入於兩朝，必然擁有「兩截人」的尷尬。在「大節有虧」的輿論壓力之下，他們的內心更不能坦然。《退谷歌》中「丈夫蹤迹貴狡獪，何必萬里遊崆峒」。「狡獪」已不無對其人格之諷刺。《雕橋莊歌》敘前朝名宰梁夢龍之孫梁慎可事。詩中寫在京見面情景：「今年相見在長安，據鞍卻笑吾衰矣。盡道新枝任棟梁，不知老幹經風雨。自言年少西韓生，幽并游俠皆知名。酒酣箕踞聽鼓瑟，射麋擊兔邯鄲城。天生奇質難自棄，一朝折節傾公卿」。此時的詩人，正處在被迫仕清的時期，對「折節」者最能感同身受。詩歌不僅展現了西韓在新朝的尷尬處境，而且通過將其壯年與垂暮的性情對比，展現出政治和現實對人性的摧殘和扭曲，其中也蘊含著詩人對自己尷尬處境的思考和內心痛苦的表白。

可以說，在梅村詩中，對人生價值的探究是真誠和積極的，雖然最終並無結果。詩人只有將一切對人生的美好想像，賦予神道的幻想，去作一個暢遊鴻蒙的仙者，擺脫所有現實的痛苦，「願君授我長生訣，攜向峰頭萬仞看」（《九峰草堂歌》）。但這又是如此地虛妄，其所折射出的，是無處突圍的黑暗和難以擺脫的悲哀。這悲哀，既屬於這個特殊的時代，也是人類所共承擔的。

第二節　「梅村體」詠物詩藝術探析

　　「梅村體」詠物詩的創作指歸，不是存史紀人的敘事，而是探究

命運、寄託悲劇感受的抒情。敘事是抒情的手段，敘事又往往是在某物的啓發下展開，由物及事，由事及人，抒寫感慨，是典型「觸物興辭」的「興」的筆法。如《團扇》一篇，由篋中御賜團扇想到賜扇之事，通過賜扇事抒寫對君恩的眷戀、對興亡的感慨和對亡國之君命運的歎惜；《鴛湖曲》通過故地重遊，念及當年盛況，感今日之凄涼，引發對吳昌時悲劇命運的探究和同情；《松山哀》由松山的荒涼蕭條，追述戰爭興廢，抒發對慘遭屠戮的生靈的悲憫和對戰爭的控訴。「興」雖是「梅村體」詩歌的基本構架，但卻不是唯一的方法。「梅村體」在拉長篇幅的基礎上，動用了多種傳統的詠物詩技巧，借物抒情，既避免了純粹敘述的枯燥，又準確生動地使詩人的情感得以表現，賦予詩歌婉轉含蓄的詩歌韻味，極大地增強了藝術感染力。

　　總體來說，「梅村體」詠物詩的主題意象大致可分爲四類：一、前朝舊物，如《宮扇》、《宣宗餵金蟋蟀盆歌》、《田家鐵獅歌》、《勾章井》等；二、山莊園林，如《後東皋草堂歌》、《汲古閣歌》、《鴛湖曲》、《吾谷行》、《九峰草堂歌》、《雕橋莊歌》等；三、城市地方，如《悲滕城》、《瀘州行》、《茸城行》、《松山哀》等；四、雜物，如《詠拙政園山茶花》、《白燕吟》、《百花驄歌》、《木棉吟》等。〔註7〕以下，筆者即選取其中兩部代表作品加以分析。

一、引小物以寓大旨的《宣宗御用餵金蟋蟀盆歌》

　　面對前朝舊物，遺民更多會產生一種懷舊的情緒。梅村身上自然擺脫不了一些遺民的情愫，但認識卻不完全受此桎梏，這也是梅村在清初詩史上取得突出地位的原因吧。宣宗餵金蟋蟀盆，會讓人自然而然想到宣宗朝舊事，或亦如蒲松齡《促織》般與某些政治的失當相聯繫，發出某種程度上的社會批判。梅村詩既包含此，卻不拘泥於此，而是通過友人的這一小小藏品，將王朝興廢的感歎、歷史政治的思考

〔註7〕「梅村體」中亦有《洛陽行》，詠福王朱常恂，其封地在洛陽。此詩
　　　中直書其事，詠物成份較少，故不取。

和對人生價值的探究打成一片，鎔鑄成了一篇情、事、理完美結合的
傳世佳作，可謂引小物寓大旨的典範。為討論需要，現全文移錄如下：

宣宗在御昇平初，便殿進覽齒風圖。
煖閣才人籠蟋蟀，晝長無事為歡娛。
定州花甕賜湯沐，玉粒瓊漿供飲啄。
餭金髹漆隱雙龍，果廠雕盆錦香褥。
欻飛著翅逞腰身，玉砌軒鬐試一鳴。
性不近人須耿介，才堪卻敵在僄輕。
君王暇豫留深意，棘門霸上皆兒戲。
鬭雞走狗謾成功，今日親觀戰場利。
坦顙長身張兩翼，鋸牙植股鬣如戟。
漢家十二羽林郎，蟲達封侯功第一。
臨淮真龍起風雲，二豪螟蛉張與陳。
草間竊伏竟何用，竈下廝養非吾羣。
大將中山獨持重，却月城開立不動。
兩目相當振臂呼，先聲作勢多操縱。
應機變化若有神，僄突彷彿常開平。
黃鬚鮮卑見股栗，垂頭折足亡精魂。
獨身跳兔追且急，拉折攀翻只一擲。
蟛蜞塞外蠕蠕走，使氣窮搜更深入。
當前拔柵賭先登，奪采爭籌為主人。
自分一身甘瓦注，不知重賞用黃金。
君王笑謂當如此，楚漢雌雄何足齒。
莫嗤超距浪輕生，橫草功名須致死。
二百年來無英雄，故宮瓦礫吟秋風。
一寸山河鬭蠻觸，五千甲士化沙蟲。
灌莽微軀亦何有，捉生誤落兒童手。
蟻賊穿墉負敗誉，戰骨雖香嗟速朽。
涼秋九月長安城，黑鷹指爪愁雙睛。
錦韝玉繋競馳逐，頭鵝宴上爭輸贏。
鬭鴨欄空舞馬死，開元萬事堪傷心。

秘閣圖書遇兵火，廠盒宣窯賤如土。

名都百戲少人傳，貴戚千金向誰賭？

樂安孫郎好古癖，剔紅填漆收藏得。

我來山館見雕盆，蟋蟀秋聲增歎息。

嗚呼！漆城蕩蕩空無人，哀螿切切啼王孫。

貧士征夫盡流涕，惜哉不遇飛將軍。

詩歌可劃分為四部分。第一部分，從宮闈豢養蟋蟀的風氣起筆，極力渲染蟋蟀盆的豪華、蟋蟀日居飲食的奢靡，以及促織之戲對社會和政治所造成的惡劣影響，具有強烈的批判意味。「楚王好細腰，宮人皆餓死」，宣宗的特殊愛好引導社會的風尚，不僅造成了人力、物力的浪費，而且嚴重扭曲了社會的價值觀。鬥雞走狗得道昇天，秉正剛直者備受冷落和殘害。朝綱混亂，軍政大事玩弄於姦佞小人之股掌，國無寧日，民不聊生。君王對微末之蟲寄予「深意」的貴蟲而賤人，反襯出明代皇權統治的極端暴戾，及其士大夫生存狀態的極端惡化，「諸臣晨入暮出，累累若重囚，道途觀者無不泣下。」(《明史》卷一八九)〔註8〕於此，「蟋蟀盆」所蘊含的社會性內涵已得以充分的發揮。即便就此作結，也堪稱傑作。

第二部分以開國名將徐達、常遇春作比，寫蟋蟀格鬥情景。突出其能征慣戰和陷身殺敵、不求回報、死而後已的赤膽忠心。第三部分筆鋒一轉，回到現實。王朝敗亡，蟋蟀流亡草莽，更有甚者被蟻類所滅，促織盛事不復存在。新朝初立，又一番歡娛情景。第四部分寫蟋蟀盆流落民間，詩人睹物長歎，感慨今昔。

表面看來，詩歌句句不離蟋蟀：養蟋蟀、鬥蟋蟀、由蟋蟀所引起的政治失敗和詩人的追述和歎息。但仔細品讀，除第一部分詩意顯露外，其餘皆有深意。第二部分看似以人喻物，實則以物喻人，展現明太宗開國情景。其用意，一般以為以創業之不易批判後世皇孫之荒淫誤國。其實未得要旨。詩歌不論寫太宗滅張（士誠）陳（友

〔註8〕張廷玉《明史》，中華書局，1974年版，頁5021。

諒），以「螟蛉」言二人之不堪一擊，還是寫功臣戰將拼殺，只見其驍勇慣戰，都未突出「艱難」二字。詩歌一方面在渲染以徐達、常遇春為代表的開國名將不甘草伏，積極投身政治的忠勇。另一方面又以「何足齒」、「須致死」，揭示出君主對臣下態度的傲慢和輕視。兩方對比，詩人的匠心呼之欲出。開國之時，那些所謂的功臣在君王心目中的地位無如宣宗豢養的蟋蟀，格鬥撕咬，「奪采爭籌為主人」，滿足主子這樣那樣的貪欲，討取幾倍殘羹冷炙，最終也免不了遭人猜忌，性命難保。太平盛世，更是鳥盡弓藏、兔死狗烹。文臣的謀略和戰將的驍勇已成為擺設，甚至連蟋蟀的地位都爭取不到，被嫌棄、被踐踏，被殺戮。可悲的是，那些忠勇之士，卻從來不肯醒悟。「草間竊伏竟何用，甕下廝養非吾群」，不肯埋沒於蓬蒿，只想揚名於世間，功名富貴正如雕飾浮華的蟋蟀盆，既是格鬥的戰場，也是殞命的墳塋。「戰骨雖香嗟速朽」，多少人羨慕著虛妄的名節，而詩人唯獨看到生命的被忽視，被別人，也被自己。看輕了生命，又怎麼會有人珍惜他人血肉鑄造的短暫太平。在臣下眼中無上神聖的江山社稷，在君王看來如同兒戲。於是，免不了江山易主，免不了君死臣亡。那句「貧士征夫盡流涕，惜哉不遇飛將軍」，頗費人思忖。「興，百姓苦；亡，百姓苦。」歷史的舞臺上一些人唱著主角，為了貪欲，為了功名，而其他人卻作著無辜的犧牲。但是，他們卻不能醒悟，「飛將軍」又當如何，明主賢臣又當如何？新一輪的悲劇正在繼續。詩人冷峻得可怕！一個小小的御用蟋蟀盆，不僅被賦予了感慨興廢、思考歷史、悲憫眾生等廣泛而深刻社會內涵，充滿了詩人對士大夫人生價值的考問和對命運的悲情體驗。最為重要的是，詩歌揭示出了千百年來一直被虛構和粉飾的，君主、臣民關係中令人觸目驚心真相和本質，是封建末期知識分子自我覺醒的集中體現。

其藝術表現，首先在對傳統賦、比、興手法的繼承。整首詩直敘宣宗好促織之戲而導致朝綱混亂直至國家敗亡，用大量筆墨鋪排描寫

蟋蟀日常及飲啄之奢華、格鬥之慘烈，這都是「賦」的手法。詩歌以人喻蟲，又能由蟲及人，是比與興的完美結合。運用比興的手法，詩人創造了兩個極富深刻內涵的意象：「蟋蟀」、「御用蟋蟀盆」。前者是封建士大夫形象的象徵。他們崇尚學而優則仕和士為知己者死，以獻身政治、為君主盡忠為己任，可悲地充當了君主發跡的工具，或者成為點綴升平的擺設，卻喪失了人格的尊嚴甚至生命的權利。「御用蟋蟀盆」既是蟋蟀也是封建士大夫角逐的戰場，也是演繹王朝興廢的歷史舞臺。第二部分中，詩人對蟋蟀格鬥場景的極端渲染，是對殘酷的政治鬥爭的生動比喻，有詩人自我人生的切身體驗在裏面。

其次，梅村詩善於用典的獨特技巧，也是此詩成功的關鍵。典故的運用，使語言具有了深一層的內涵。從字面上看，是一層意思，略作深究，又是一番氣象，取得一語雙關的藝術效果。如「伙飛著翅逞腰身，玉砌軒轚試一鳴」中，「伙飛」可理解為蟋蟀輕捷若飛，又可指春秋楚勇士伙飛；「一鳴」，可理解為蟋蟀鳴叫，又可理解為一鳴驚人。所以，此一句，即可當蟋蟀在盆中情態看，也可理解為忠勇之士展示才幹，渴望功成名就之意。再如「草間竊伏竟何用，竈下廝養非吾群」，既可理解為寫皇宮蟋蟀之珍貴或日常之養尊處優，亦可與李白詩句「高陽酒徒起草中」和漢代劉玄起兵時「竈下養，中郎將」對看，體味出出身卑微者不甘淪落，渴望顯名於世的心態。最為奇絕之句，是「惜哉不遇飛將軍」一句。「飛將軍」一詞，喻蟋蟀極為形象，以此理解，便可與上文「名都百戲少人傳，貴戚千金向誰賭」對照來看，悟出興亡之理。而「飛將軍」又指李廣。李廣本身，具有雙重文化意蘊：能征慣戰的名將和政治上的失意者。第一層意思，可以看作是「貧士征夫」在易代之際連綿戰火中無望的哀怨。第二層意思，是詩人內心深處所發出的對士大夫悲劇命運的歎息。

總之，《宣宗御用蟋蟀盆歌》具有深刻豐富的思想內涵，高超的藝術手法，是「梅村體」的傑出代表，也是詩歌史上以小喻大的詠物典範。

二、從袁凱《白燕》到梅村《白燕吟》

白燕並非常見之物，在歷史上一直被認爲是神聖、吉祥的象徵，故而對它的記載，成爲史家粉飾太平的手段。《述異志》載，「漢武帝元鼎元年起招靈閣，有神女留玉釵與帝，帝以賜趙婕妤。至昭帝元鳳中，宮人猶見此釵，共謀欲碎之，明旦視之，唯見白燕直昇天去。故宮人作玉釵因改名玉燕釵，言其吉祥。」唐宋人用此典，詩中多以白燕喻玉釵。元人唐元作《白燕篇》，開一詩專詠白燕的風尚。〔註9〕在清前諸多詩作中，以明初袁凱《白燕》稱頌者最多，並爲其博得「袁白燕」的美稱。

梅村《白燕吟》，與袁凱《白燕》詩頗多關聯。詩序云：「雲間白燕菴，袁海叟丙舍在焉。吾友單狷菴隱居其旁。鴻飛冥冥，爲弋者所篡，故作此吟以贈之。」單恂與袁凱爲同鄉，棄職後皆隱居松江府華亭縣。單恂因袁凱《白燕》詩而築白燕庵，並隱居其旁，足見對其人其詩的欽慕。

關於袁凱《白燕》詩，都穆《南濠詩話》中有一段記載：

> 松江袁御史景文，未仕時，嘗與友人謁楊廉夫，几上見有《詠白燕》詩云：「珠簾十二中間捲，玉翦一雙高下飛。」景文素能詩者，因謂之曰：「先生此詩，殆未盡體物之妙也。」廉夫不以爲然。景文歸作詩，翌日呈廉夫云……。廉夫得詩歡賞，連書數紙，盡散坐客。一時呼爲袁白燕云。

可見，袁詩一出，頗得嘉賞。而「袁白燕」的稱號，足見在眾人眼裏，此詩極「盡體物之妙」。之後，《白燕》詩也因之大盛，傚仿者日多。但於明清之際，社會問題極其突出，詩歌的現實性被強調，故此詩也引來不少的訾議。如王夫之《薑齋詩話》中認爲袁凱詩堆砌典故，以偕對偶，死板而無味。吳喬也說：「袁凱《白燕》詩，膾炙人口，其中無人，誰不可作？畫也，非詩也」，也認爲袁凱詩中沒有眞情實感，

〔註9〕張稔穰《袁凱〈白燕〉詩及其白燕意象的創造》，文學遺產，2007年，第6期。

缺乏藝術感染力。可見，古人多將此詩看作以學問、辭采取勝的體物
之作。

　　同樣生活在易代之際的梅村友人單恂，卻對此詩情有獨鍾，是對
詩人才華的欣賞，還是出於對前輩名流的追慕，或者另有其他？與其
妄加猜測，不如對作品略作分析。袁詩云：

　　　故國飄零事已非，舊時王謝應見稀。
　　　月明漢水初無影，雪滿梁園尚未歸。
　　　柳絮池塘香入夢，梨花庭院冷侵衣。
　　　趙家姊妹多相忌，莫向昭陽殿裏飛。

在以往的詩歌研究中，由於受傳統詩學家如王夫之等人的影響，對此
詩並沒有給予應有的重視。近年，隨著文學思想的發展，對作品中人
文意識和人性觀照的重視，情況大爲改觀。在 2007 年出版的復旦大
學章培恒、駱玉明主編的《中國文學史新著》中，專評此詩曰：「雖
在飄零之中，不免哀淒之情，而尤執著於美的尋求」〔註10〕。這是對
詩歌意境與情感之美作出的肯定，打破了將此詩作爲純粹詠物的定
論。此外，同年於《文學遺產》刊登的張稔穰的《袁凱〈白燕〉詩及
白燕意象的創造》〔註11〕一文，本著知人論詩的原則，對此詩的內涵
進行了深層的挖掘，將蘊含於詩中的詩人鮮爲人知的複雜而深厚的情
感作了揭示，旁徵博引，令人信服。文章認爲，詩歌首聯以劉禹錫《烏
衣巷》入題，點出燕子，又由「見應稀」標格出白燕的與眾不同和清
高孤傲，且「其內涵遠不止此」。元朝建立後，對知識分子，尤其是
對南方士子的長期打壓，使其處於入仕無門，困頓潦倒的境地。「這
兩句，即借燕子的今昔，映像出元代社會人才的雕零，士林的沉寂。」
詩歌二、三聯，看似以「月」、「雪」、「柳絮」、「梨花」襯托白燕之潔
白，實則用意甚密。「月明漢水」、「雪滿梁園」語出袁觀《白賦》：「曉

〔註10〕章培恒、駱玉明《中國文學史新著》，復旦大學出版社，2007 年版，
　　　頁 5。
〔註11〕張稔穰《袁凱〈白燕〉詩及白燕意象的創造》，文學遺產，2007 年，
　　　第 6 期。

入梁園之苑，雪滿群山；夜登庾亮之樓，月明千里」。「梁園之苑」與
「庾亮之樓」皆權貴雅集群賢之所。此處的「無影」與「未歸」，「表
現出了這隻白燕何等地孤高、孤獨！她不願依附於他人，即使所依之
人是禮賢下士的名臣、王侯；而孤高、孤獨之下掩蓋的則是無法言說
的苦悶」。五、六句，「重在表現她的思想感情：她還有著更遠大的抱
負，不肯讓生命羈縻於嫩柳嬌花。」尾聯化用趙飛燕事，寫趙家姐妹
嫉妒成性，不會相容於白燕。「抒寫了詩人對最高統治者的絕望以及
絕不屈膝投靠的情懷。」總之，張氏認為，前人《白燕》詩「僅僅表
現詩人孤高不群的感情」，而袁詩「具有了更為豐富的廣闊的現實的
和歷史的內容，具有了更為豐富的情感內涵」，「廊廡特大，氣象恢弘，
物我融一，憂憤深廣」。

　　通過張稔穰的分析不難看出，袁凱《白燕》詩是一篇自抒幽憤
的作品。筆者認為，若在此基礎上作進一步生發，還可體會到詩人
對自我生存困境的深刻認識：一方面，詩人對自我人格和獨立意識
的保持極為珍稀，但同時也感覺到因此所帶來的困頓和孤獨；另一
方面詩人對自我生命價值的實現充滿期待，但卻因對殘酷的政治鬥
爭充滿恐懼而不得不與之拉開距離。總之，詩中所抒寫的是一種人
生找不到出路的苦悶，是封建社會在日漸衰敗之時，知識分子自我
意識覺醒的體現，具有極高的思想價值。

　　王夫之作為傳統知識分子的代表，在儒家文化的薰陶之下，將
「匡維世教」作為文學創作的歸旨，將「存人理於天下」作為「士
大夫職責」。其對個人「欲」與「意」的鄙視，自然不會對如此充滿
個體生命關懷的詩歌感同身受。單恂成長於江南，深受晚明思想解
放之潮的影響〔註12〕，其於崇禎末年入仕，仕途蹇澀，最終「解組
歸田」，對政治的險惡有著切身地體驗。所以，與袁凱《白燕》詩中

〔註12〕梅村《白燕吟》序中寫與單恂會於陳微君山管，強調「有歌者在席」。
　　　詩中亦云：「微君席上點微波，雙棲有個凝妝靚」。均展示其年少風
　　　流和晚明才子的風采。

深婉含蓄的憂憤，極易產生情感的共鳴。從某種程度來說，詩人袁凱和他詩中的「白燕」，不僅是單恂隱居前期〔註13〕自我人格與內心世界的表白，也是其失意、孤獨之時的精神依託。

當然，單恂與袁凱之緣未盡於此。入明后，袁凱身居高位，無意中觸怒太祖，埋下禍根。關於袁凱處境之危，野史有載：

> 以其執兩端，下獄，凱不飲食三日。上以太子故，遣人諭
> 之食，尋釋之。凱懼禍，偶遇金水橋，詭作風疾僕不起。
> 或云上疑其僞，以木鑽觸其膚，忍痛不能動。放歸。凱毀形，
> 嘗自縶行市。上使人伺之，向使者唱《月兒高》，還報凱果
> 瘋，得免。〔註14〕

袁凱僞裝瘋顛得以豁免，即使還鄉，亦長期在監視之下，性命朝夕不保。與創作《白燕》詩時的苦悶相比，後者更是不堪一提。日日生活在迫害和恐懼之中，生命是唯一的期許。對於一個以潔白清高的白燕自比的人，人格與尊嚴喪失殆盡，人生的悲哀莫大於此。與明太祖統治手段的嚴酷相似，是清初滿族統治者對南方士人的高壓。單恂便是其中之一。遭受「海上之獄」的牽連，單恂雖則最終免死，卻依然生活在死亡的威脅之下，其狀態與袁凱並無二致。

成長於同一片土地，有著同樣人格期許的袁、單二人，生活在不同的朝代，不同的民族統治之下，遭受著同樣的政治迫害，感受到著同樣的生命的微弱與可悲。這是一個歷史的巧合，還是預示著某種必然？如果後者成立，這將是一個觸目驚心、令人絕望的發現。梅村就是這個偉大的發現者。

袁凱《白燕》詩中的白燕意象，是詩人自我的寫照，具有著美好的人格和理想內涵，以及清高、孤傲、敏感、哀怨的氣質，即所謂「不免哀淒之情，而尤執著於美的尋求」。梅村《白燕吟》即脫胎於此。

> 白燕菴頭晚照紅，摧頹毛羽訴西風。

〔註13〕筆者以入清爲界，此處指明末。
〔註14〕轉引自張稔穰《袁凱〈白燕〉詩及其白燕意象的創造》，文學遺產，
　　　　2007 年第 6 期。

雖經社日重來到，終怯雕梁故壘空。
當年掠地爭飛俊，垂楊拂處簾櫳映。
徵君席上點微波，雙棲有箇凝妝靚。
趙家姊妹鬭嬋娟，軟語輕身鬢影偏。
錯信董君它日寵，昭陽舞袖出尊前。
長安穠杏翩躚好，穿花蛺蝶春風巧。
楚雨孤城儔侶稀，歸心一片江南草。
縞素還家念主人，瓊樓珠箔已成塵。
雪衣力盡藍田土，玉骨神傷漢苑春。
銜泥從此依林木，窺簷詎肯樊籠辱。
高舉知無鴻鵠心，微生幸少烏鳶肉。
探卵兒郎物命殘，朱絲繫足柘弓彈。
傷心早已巢君屋，猶作徘徊怪鳥看。
漫留指爪空回顧，差池下上秦淮路。
紫頷關山夢怎歸，烏衣門巷雛誰哺。
頭白天涯脫網羅，向人張口爲愁多。
唧啾莫向斜陽語，爲唱袁生一曲歌。

詩歌以白燕喻單恂，每四句爲一章，運用倒敘法展開。首章以白燕之「摧頹毛羽」，比喻單恂在飽受折磨後疲憊而受傷的心靈和滿腔憂憤無處宣泄的精神痛苦；一「怯」字點出他雖然回到家鄉，但依然感受到無處不在的政治恐怖對生命的威脅；二章追憶單恂未入仕前的風流倜儻，反襯現實之殘酷；三章化用袁凱「趙家姊妹多相忌，莫向昭陽殿裏飛」句，寫單恂年少時對政治抱有的幻想，也是其人生悲劇的根源；四章寫進士及第、初入仕途的得意和捲入黨爭遭遇貶謫後理想的幻滅；五章寫明亡後單恂心繫舊國，曾想力挽狂瀾，最終於事無補；六章寫放棄抗爭，拒絕與清廷合作而選擇隱居，只是不想再次進入政治的「樊籠」；七章寫依然不被統治者放過，處處遭受監視和猜忌，終於捲入了「海上之獄」；八章寫回憶往事，宛若隔世，此處「紫頷」、「烏衣」（皆指平常家燕）喻那些和他一起遭受

牽連的人，或者性命不保，或流亡關外的悲慘處境，內心頗有餘悸；末章回到現實中，勸友人像袁凱那樣言行謹慎，以免再次招來禍患。

梅村繼承了袁詩以白燕喻人的表現手法，和詩歌所賦予這一意象的美好的精神內涵，表達出對友人人格性情的理解和欣賞，同時也為詩歌定下了「哀淒」的基調。但是詩歌並沒有停留在對描寫對象的詩性審美，而是將如此美好的人格和追求放在殘酷的現實中去，描繪其「在政治權力逼挾下的悲慘處境和痛苦的心情」〔註15〕。整首詩看似寫白燕，卻處處關合單恂遭際。最終以不可辨駁的事實，揭示出了其悲劇命運的必然性。如果說，袁凱詩中的「白燕」，只具有純粹抽象的、精神層面的象徵內涵，而梅村詩中，則賦予這一意象無限滄桑的身世背景和痛苦的人生體驗。更為重要的是，詩人以「白燕」（即單恂）美好的人性和追求為起點，表現其命運與主觀願望的相違背：渴望得到君主的賞識，卻是「楚雨孤城」的失意；放棄了功業，享受回到家園的安樂，卻遭逢江山易代、海崩山解的社會動亂；一心報國，卻無力迴天；無望於政治，只求生命的自由，卻捲入政治風波，擺脫不了當權者的迫害；珍視自我，但為了生存卻只能選擇卑微地生活。在單恂的身上，集中體現了傳統文人的命運悲劇。這悲劇中，包含著太多無法調合的矛盾。一個生命個體在成長的過程中，接受著優秀而傳統的教育，渴望自由的人格和自我價值的實現，這種對生命的重視和強烈的社會責任感是民族性格中最值得珍惜的部分。但是，可悲的是，自我價值的實現在封建的體制中，又不得不依附權力的中心，以喪失自我人格為代價。而最為可怕的是，在君主極端專制的時代，殘暴的統治，恐怖的政治氣氛，不僅幻想中的理想無法實現，還要經受從身體到心靈慘絕人寰的摧殘，甚至失去生命。從美麗、孤高，象徵著神奇力量的白燕，淪落到在夕陽下的欲訴無淚、毛羽摧頹，靈魂卻依然禁不住顫栗。這是多麼震撼人心的悲劇！單恂的不幸，也是梅村

〔註15〕章培恒、駱玉明《中國文學史新著》，復旦大學出版社，2007年版，頁258。

的不幸，他們身處君主專制最爲嚴酷的兩個時代的結點，往前看，是前仆後繼的士子的鮮血，往後看，希望又在哪裏？最爲可怕的是，明太祖「寰中大夫不爲君用，其罪至抄箚」(《明史‧刑法志》) 〔註16〕的政令，和清統治者對不合作文人的兇狠毒辣的手段，使得他們即使放棄追求，自甘埋沒於草莽，卻依然無處可逃。

袁凱筆下的「白燕」，抒寫精神找不到出路的苦悶，是傳統文人自我意識初步覺醒的體現。而梅村筆下的「白燕」，既包含了明清之際知識分子特殊的人生體驗，具有著鮮明的時代特徵，同時又蘊含著末世文人的覺醒和對其群體生存狀態的清醒認識和冷峻思考，具有著跨越時代的精神特質。較之前詩，顯得更加地深刻。

〔註16〕張廷玉《明史》（卷189），中華書局，1974年版，頁5021。

第七章　王士禛詠物詩研究

　　康熙初年，抗清鬥爭雖餘波未息，但包括遺民在內的知識分子，內心正發生著微妙的變化。一方面，新朝的建立既成事實，另一方面，隨著社會經濟的發展，清王朝所採用的一系列籠絡文人的政策已逐步生效，民族矛盾和新舊思想的衝突正在趨於緩和。新的社會氣氛，孕育著新的詩歌風尚，召喚著新的大家來引領風騷。王士禛（1634～1711，字子眞，一字貽上，號阮亭，別號漁洋山人），這位時代的寵兒，在繼錢謙益、吳偉業之後，顯名於世，最終完成了主盟詩壇的歷史使命。王士禛的詠物詩，在其豐厚的創作中所佔比重並不大，但卻有著特殊的研究價值。《秋柳》四詩，被認爲是王士禛「最膾炙人口的」成名作〔註1〕，對其今後在詩壇與政壇的發展，具有特殊的意義。此外，「神韻說」作爲其詩學觀的代表，突出體現在山水詠物詩創作中，形成獨特的藝術風格，對詩壇產生深遠的影響。

第一節　《秋柳詩》新解

　　漁洋一生，著述頗豐，但「大江南北之知有王阮亭其人者，實由其賦成《秋柳詩》之故」〔註2〕。此詩一出，名噪天下，一時和者甚

〔註 1〕吉川幸次郎《中國詩史》，安徽文藝出版社，1986 年版，頁 341。
〔註 2〕嚴迪昌《清詩史》，浙江古籍出版社，2002 年版，頁 428。

眾。就詩歌本身的情蘊內涵，已費盡眾人才思。前有屈復《漁洋秋柳詩箋注》、李兆元《秋柳詩舊箋》、鄭鴻《秋柳詩箋注析解》、高丙謀《秋柳詩釋》〔註3〕，後之來者亦凡論漁洋，凡論清詩，無不於此處作一番議論，但依然是難得定論。基於此，筆者在細心研讀各家論說之後，亦有所會意，於此稍作陳述，以期方家教正。

一、《秋柳詩》的解讀困境

日本漢學家吉川幸次郎在《中國詩史》中說：

> 對此詩的性質，首先的感受是，這是首意義難以捉摸的詩。如詩題所示，他歌唱的是秋天的柳樹當然沒問題。但是詩中根本不是將秋柳的姿容進行樸素地寫生，也並不是率直地表露對於秋柳的感情；而只是排列與秋柳有某種關係的言語，其中甚至混雜著無論對於秋天，還是對秋柳都不甚有關的詞語。……其結果，就使此詩整個的含義變得極其難解。……不但是胡適氏和我感到了難以捉摸，就連佩服此詩而唱和的數百個與山人同時代的人，要從這組詩中把握住統一的意義也定然是困難的。〔註4〕

同樣的問題，困擾著今天的學者。嚴迪昌《清詩史》中說：「《秋柳詩》本事由鄭妥娘之類女子身世起興而諷責福王朱由崧禍國，自取覆亡，似最妥切題意」。〔註5〕但同時，王利民卻引經據典指出：「鄭妥娘在順治丁酉那一年，已經是七十多歲的老夫人」，「也不大可能在濟南大明湖侑酒」，並將此詩的情感界定為「盛衰之感」〔註6〕。此外，李聖華在《王士禛〈秋柳四首〉「本事」說考述》〔註7〕中，引《國雅集》編者陳允衡之語，言其「為詠物之妙，偶然得之，

〔註3〕文中所引此數篇皆出自錢仲聯《清詩紀事》（順治朝卷），江蘇古籍出版社，1987年版。

〔註4〕吉川幸次郎《中國詩史》，安徽文藝出版社，1986年版，頁342。

〔註5〕嚴迪昌《清詩史》，浙江古籍出版社，2002年版，頁434。

〔註6〕王利民《王士禛詩歌研究》，中華書局，2007年版，頁47～48。

〔註7〕李聖華《王士禛〈秋柳四首〉「本事」說考述》，瀋陽師範大學學報（社會科學版），2005年第5期。

　　唱和者『多強合之』，未能及也」，並且認爲此評說「顯然得到了王士禛的認同，這比後來牽強附會之論，要可信得多」。筆者自然認爲，後者也未必可視作定論。王士禛一生不懈於詩學的積極探索，其創作觀念自然多有變化。而陳氏所論，最多只是迎合了漁洋晚年崇尙的「清」、「遠」理念，未見便道出了四詩眞意。

　　正如吉川氏所云：「儘管作爲這些解釋本身，如何方爲妥當，是個疑問。可是，他說明中國文學中許多部分可以加以解釋。不能斷言在王氏詩中完全沒有寓意」；「我認爲不能把這些說法看作全然是牽強附會而摒棄」〔註 8〕。這一認識較之全盤否定，要顯得公允得多。文學作品的解讀，自然有讀者自身主觀的創作在裏面。但如果能夠達成一定的共識，引起諸多人相同的感受，其主觀性所造成誤讀的幾率亦會減小。而今之否定者之論說，亦多有武斷之處。如李聖華論高丙謀「福藩故伎」之說：「可知秋柳結社時，鄭妥娘已 72 歲，鄭氏終老南京，現存文獻中並無其流寓濟南的記載。」〔註 9〕且不說高論之成立與否，李氏之批駁實無道理。鄭妥娘爲福王故伎，又有離亂蕭條景況，其人其事在當時流傳甚廣，頗能寄託遺老舊臣黍離板蕩之悲，錢謙益《金陵雜題絕句二十五首》既有：「閒閒閨集教孫女，身是前朝鄭妥娘」便是明證。王士禛年少風流，雖未曾與之謀面，何嘗妨礙爲之題詩？《秋柳》非作於南京，而言及「白下」，可見寫妥娘，亦不必使之爲座上之客也。晚明才人留意風月，多以詩誌之。士禛雖長於新朝，受其浸染亦是常理。又如王利民批鄭鴻「弔明亡之作」：「亡國之恨、故國之思早已掀起清初詩人的感情波瀾，何必待王士禛詞意隱晦的詠柳之作來觸動這根敏感的心弦呢。」〔註 10〕此語看似有理，實則不合邏輯。「詩以言志」，詩歌的創作，以抒寫自我之情志爲己任。他人有「亡國之恨、故國之思」，爲何只

〔註 8〕吉川幸次郎《中國詩史》，安徽文藝出版社，1986 年版，頁 343。
〔註 9〕李聖華《王士禛〈秋柳四首〉「本事」說考述》，瀋陽師範大學學報（社會科學版），2005 年第 5 期。
〔註 10〕王利民《王士禛詩歌研究》，中華書局，2007 年版，頁 42。

士禛獨無？既有此情，他人可以訴諸筆端，而士禛何獨不能？相反，筆者認爲，一個時代有一個時代的主題，只有那些能夠掀起他人「情感波瀾」，「觸動這根敏感的心弦」的詩作，才能得到眾人的回應和熱愛，繼而成爲「典範」。李兆元《漁洋山人秋柳詩舊箋》中說：「入手先以白下門三字點明其地，用意可謂微而顯矣。不然，先生之賦秋柳，在歷下水面亭，何取於白下而遠引之乎？即引用白下，亦豈宜作此鄭重實點之筆乎？」「金陵」在清初社會，是一個「政治敏感區」，最易勾起舊朝臣民對前朝的緬懷。士禛《秋柳》詩雖作於濟南，起筆便將讀者的思緒引入到「金陵」，引入「西風殘照」的荒寒之境，這不僅是一個心理的暗示，而是「鄭重實點」了，其緬懷之情可謂顯白於天下。將王李兩人之論相比，後者言辭確鑿，前者未免有主觀臆斷之嫌。筆者認爲，對《秋柳》的解讀，完全否定前人的成果是令人遺憾的，必定他們所處的時代，較之我們更能眞切地感受到包裹著詩人的時代氣息。但是，全盤的接受，而忽視新一代理論家的判斷力，又顯得過於迂腐。畢竟我們生活在一個新的時期，具有著跳出拘囿的自由和別樣的眼光。所以，兩者的結合才是理性和科學的。

二、《秋柳詩》新解

下面，結合前人的研究成果和筆者的直觀感受，嘗試對四詩作以簡要分析。

《秋柳》其一：

> 秋來何處最銷魂，殘照西風白下門。
> 他日差池春燕影，只今憔悴晚烟痕。
> 愁生陌上黃驄曲，夢遠江南烏夜村。
> 莫聽臨風三弄笛，玉關哀怨總難論。

李兆元《漁洋山人秋柳詩舊箋》云「此先生弔明亡之作也」，可謂一語中的。白門殘柳，已將讀者引入了特殊的情境之中，「銷魂」二字，弔亡之情呼之欲出。只是「春燕」句不必牽扯出「福王」、「燕

王」，以劉禹錫《烏衣巷》解，言舊朝權貴家族之敗亡，興廢之意已顯。五、六句則追憶明王朝建國事，皆有感歎盛衰之意。七八句以閨怨結，寫易代導致的戰爭和離亂給人們所帶來的精神痛苦。此種情緒，在漁洋詩中並不鮮見，可引同期所作《聞雁》：「沅湘一代多甲兵，莫動高樓少婦情」爲證。此詩作爲首章，故將悲今、懷舊、盛衰之歎和亂離之情鎔鑄一爐加以表現，具有提綱挈領的意義。

其二：

> 涓涓涼露欲爲霜，萬縷千條拂玉塘。
> 浦裏青荷中婦鏡，江干黃竹女兒箱。
> 空憐板渚隋堤水，不見琅邪大道王。
> 若過洛陽風景地，含情重問永豐坊。

前人論此詩，多泥滯於「爲福王作也」（李兆元《漁洋山人秋柳詩舊箋》），或「專指弘光小朝廷也」（鄭鴻《漁洋山人秋柳詩箋注析解》），都不足取。詩歌前半部分寫景，由秋柳延及「青荷」、「黃竹」，皆爲詩人想像中金陵風物。「中婦鏡」、「女兒箱」以喻荷竹之圓潤秀拔，與下文「空憐」、「不見」相對，引出物在而人非的感歎。「隋煬帝自板渚引河達於淮、海，謂之御河。河畔植柳樹，名曰隋堤」；「桓公北征，經金城，見前爲琅邪時種柳，皆已十圍。慨然曰：『木猶如此，人何以堪！』攀枝執條，泫然流涕」；「白居易有妓樊素善歌，小蠻善舞，年既高邁，而小蠻方豐艷，因楊柳枝以託意云：『一樹春風千萬枝，嫩於金色軟於絲。永豐西角荒園裏，盡日無人屬阿誰？』」〔註11〕這三個典故雖都與柳有關，但詩人寄予不同人物的情感略有不同。隋煬帝爲一代帝王，而荒淫誤國，自有對南明政治的反思；桓溫爲一代名將，功勛卓著，猶有攀柳之歎，更何況平庸者乎？此句中既有詩人對英雄功業的嚮往，又包含人生價值的幻滅之感；白居易爲風流才子，一代詞臣，詩人「含情」而問，艷羨之情溢於言表，同時亦滲透著人

〔註11〕以上均引自王士禛《漁洋精華錄集釋》，上海古籍出版社，1999 年版，頁 69。

生如夢的悲情體驗。

其三：

> 東風作絮糝春衣，太息蕭條景物非。
> 扶荔宮中花事盡，靈和殿裏昔人稀。
> 相逢南雁皆愁侶，好語西烏莫夜飛。
> 往日風流問枚叔，梁園回首素心違。

此詩直接點出「景物非」，王朝興衰之感極其明顯。「物換星移、人事變遷」，「不但宮殿園亭，皆成焦土，即奇花異草，亦無存者」（鄭鴻《漁洋山人秋柳詩箋注析解》），極寫敗亡之景。第五句李兆元解為「正指遺老諸公」，第六句為：「我國家奉天承運，代明復仇，闖、獻餘孽，胥已殲滅，不必復效沈攸之妄興恢復之兵，自取滅亡。」鄭鴻則認為「六句蓋指鄭成功、李定國諸人也。」此外，陳衍在《石遺氏詩話》中也指出：「『西烏』指亭林在山西時，『夜飛』謂暗中煽動」，並且說「枚叔」指錢謙益。對於以上觀點，嚴迪昌先生極為不屑：「這種一派御用奴才式的語式也真厚誣了王士禎。」但是，否定了諸人之語，此數句又作何解釋？朱則傑在《清詩史》中說：「這些說法雖然各自有一定的道理，但又很難坐實，一旦坐實，往往就容易出錯。」既然有一定的道理，我們不妨稍作借鑒。「南雁」指遺老，筆者認為極為貼切。「西烏」不用坐實，引曹操「月明心稀，烏鵲南飛」解之，指在易代之際，精神無託，甚至猶抱復明希望之人。詩人「好語」之，並不一定是在為新朝代言。「東風作絮糝春衣」句，即可與辛棄疾「算只有殷勤，畫簷蛛網，盡日惹飛絮」句參看，是詩人對舊朝已亡，新朝逐漸穩固的清醒認識，認為想要扭轉局勢已不可能，只會徒增兵戈而已。可以說，這一認識在當時業已達成共識，並非驚世之語。寫了遺老之悲愁，志士之失意，詩人也要為牧齋之流補上一筆。在「枚叔」句中，詩人絕無道德批判的意思，而是揭示出他們的身不由己和內心的痛苦，同情之意溢於言表。此處，也不無詩人對自我前途的思考。入仕已成必然，而內心的困惑卻難以釋懷。

詩人由景入詩，掃描亡國背景下知識分子的群像，抒寫自我內心的矛盾和掙扎，總體的情感基調是哀怨悲戚的。

其四：

> 桃根桃葉鎮相憐，眺盡平蕪欲化煙。
> 秋色向人猶旖旎，春閨曾與致纏綿。
> 新愁帝子悲今日，舊事公孫憶往年。
> 記否青門珠絡鼓，松枝相應夕陽邊。

在諸篇中，此詩最為費解。李兆元、鄭鴻皆認為為「福王故妃童氏作也」，頗顯牽強，給人「支離附會、轉失生機」（方恒泰《橡坪詩話》）〔註12〕之感。翁方綱評此詩：「第四首，此首蛇足，竟不成意。『悲今日』、『憶往年』，全無著落。」〔註13〕筆者認為，對於此詩，萬不可支離求解，於「悲今日」、「憶往年」處尋著落。詩人起筆以美人入詩，卻於「化煙」處一轉，頓入虛無，與後二句「青門絡鼓」、「松枝」、「日夕」遙相呼應，歎盛衰無常、人生如寄，便為此詩主調。中間四句，亦可相互參看。「秋色」、「春閨」，「新愁」、「舊事」對舉，構織出濃濃的「悲今」、「懷舊」的氣氛，對易代之際的大眾心理作出了高度地概括。當然，這也有詩人自身的情感體驗在裏面。

三、《秋柳詩》創作心態探析

《秋柳》作於順治十四年丁酉秋季。順治八年辛卯，詩人18歲那年，鄉試中舉，兩年後赴京會試中試，卻「未與殿試而歸」，直至十五年，復登科場，才得以名列二甲。至於王士禛為何未試而返，並未有詳實的資料記載。有論者以為：「複雜的政治環境，讓年輕的漁洋在廟堂和江湖的抉擇中徘徊猶豫」〔註14〕，並聯繫其兄西樵之事以證之。但西樵於五月殿試，時士禛已抵里，似未便牽扯。士禛這一時

〔註12〕轉引自嚴迪昌《清詩史》，浙江古籍出版社，2002年版，頁433。
〔註13〕見王士禛《漁洋精華錄集釋》，上海古籍出版社，1999年版，頁72。
〔註14〕胡晶晶《論王士禛的痛苦內容和解脫方式》，《廣東技術師範學院學報》，2008年第1期。

期在「在廟堂和江湖的抉擇中徘徊猶豫」固然不假，但其深層的原因，還要從其同時期的詩歌來分析。士禛曾擬曹植《白馬篇》，抒寫其「立功立事爲國不念私」的豪情壯志。對於一個頗富才情，而又身處在新時代的年輕人來說，這是自我與自信的集中體現。然而，清代不似唐代，初唐才子指點江山、意氣風發，具有強烈的主體意識。而清初文人的心境，則要曲折得多。清代是一個外族入主的政權，征服與被征服者間難以逾越的思想鴻溝，以及民族之間文化相互認同的艱難，構成了士大夫與統治者情感的隔閡。此外，傳統「學而優則仕」的正路，卻與「道義氣節情操捍格」。這也是士禛徘徊而難以釋懷的原因。在《擬美女篇》中，詩人寫道：「川路西南永，扁舟不可方。寄語盛年子，顧義慎自防。」人生苦短，走錯一步都將無可挽回。只有慎重自持，才不會失足成恨，表現出王士禛對人格與清名的極度珍惜。於是，他說「吾將避世女姑山，不然垂釣蜉蝣島」（《蠡勺亭觀海》）。可見，在他心中，出世的念頭並非沒有。然而，身體在遁逃，內心卻依然擺脫不了矛盾的糾纏。「墟落明流外，園林霽景前。永懷蘭渚客，行悵暮春天」（《清明后三日鄒平西郭賦詩》），「夕陽雲木秀，秋雨石泉清。不見煙霞侶，相思空復情」（《阮亭秋霽有懷西山寄徐五》）。這些詩中，有一種淡淡的憂傷，既是其悲情善感的文學風格，也是其內心落寞、孤寂的真實體現。黃河在《王士禛初登詩壇心態與詩學觀念》[註15] 一文中，從身世背景論及漁洋入仕前的痛苦，也是一個不錯的視角：

> 從王士禛家世來看，這當是一個與前明朝廷有千絲萬縷聯繫的傳統封建家庭。其祖、父在明亡後的不仕，其伯父在明亡時舉家自盡，既證明了這個家庭與前明關係非同一般。受家庭環境的潛移默化，王士禛對前明的感情自然也非與他同時的其他士人可比。……當然，另一方面，新城王家世代經科舉而入仕，這也決定了他們對子弟所進行的科舉教育也必然嚴格且十分看重。……不讓子弟參加科舉

〔註15〕黃河《王士禛初登詩壇心態與詩學觀念》，《江海學刊》，2001 年第期。

考試，子弟的出路似有成爲問題。

《秋柳詩》中，詩人從白門秋柳寫起，借對舊都金陵風物人情的追憶和懷念，抒寫物是人非的感歎和對前朝故國的一腔幽情。明亡之時，士禛僅十歲，其感受必然不同於遺民群體之慘烈和觸目，其詩中之情，亦顯得抽象、朦朧，似是而非，奠定了其詩歌凄婉、哀怨的情感基調。當然，漁洋此詩，其動人之處並不在於此。桃花秋柳，是對美好青春的贊頌和對年華易逝的感歎；名臣騷客，是詩人實現自我的渴望，也有貴族少年對人生如寄的悲情體驗；「南雁」、「西烏」、「枚叔」、「梁園」既是對當時士人心理的同情，也是對社會環境和自我人生的嚴正思考。懷舊中混合著展望，困惑中不乏冷峻，是一個生活在特殊年代敏感而憂鬱的年輕才子，面對自我人生的重大抉擇時複雜情感和思緒的眞實體現。

第二節　《秋柳詩》的文學史意義

吉川幸次郎還對《秋柳詩》提出了一個極有創建的議題：「爲何一個年才二十餘歲的貴族子弟的詩，會受到那樣的贊譽呢？思考這個問題，恐怕就要思考這首詩在文學史上的意義吧！」〔註16〕一首詩的文學史意義，是指此詩所具有的超越其本身的價值，對其他的作家作品產生影響的特質。《秋柳詩》自問世以來，追捧者良多。雖不能被視爲漁洋一生的頂峰之作，但對其步入詩壇，取得主盟地位影響極大。這都表明此詩所具有的特殊的文學史意義。研究這一問題，不僅對於認識漁洋詩歌創作軌迹及風格形成極爲有利，而且對於準確把握清初詩壇風氣和詩歌發展動向都極爲關鍵。

一、吉川幸次郎的「新美」說

依然是吉川氏，圍繞這一問題作了可貴的探索：

〔註16〕吉川幸次郎《中國詩史》，安徽文藝出版社，1986年版，頁341。

受社會歡迎的文學，總是具有一種新美的東西。說得再詳
細一點，應該是把社會所期待和正在探索的新的美適當地
具體化了的東西。〔註17〕

一部作品在一個時代脫穎而出，必然具有其他作家作品中還不具
備的美學特質。而這種美學特質，正是新的社會背景下大眾所期待
的。這也正是嚴迪昌先生所說：「時代和某個特定人物之間雙向選擇
的必然現象。」〔註18〕只是於此，將「某個特定人物」換作「某種特
定作品」更爲準確。那麼，《秋柳》四詩中又包含著怎樣的「新美」
呢？

他們欣賞欽佩的究竟是什麼呢？是詩歌的語言。這就是巧
妙地選擇各種單詞，從單詞的連接與流動中產生觀念的波
動以及音調的波動。……我還應該進一步地說一下這些詩
的語言在那些地方是新鮮的，有魅力的。首先提出結論吧！
結論是：此詩的語言沒有打破古典的氣氛而又有新鮮感。
也即「既保持古典性質而同時新鮮。……山人此詩，古典
而又新鮮，首先在其用語上得到承認。此詩大體使用的是
作爲今體詩古典的唐詩的語言，儘管如此，卻帶有一種新
鮮感。那主要是基於如前所述，使用了「黃驄曲」啦，「烏
夜村」之類少見的詞語。在唐人詩裏，是看不見這些詞語
的，至少在一般的唐人詩中是見不到的，從這裏就產生了
一種奇異的新鮮感。……其次，那種極大的抑揚，也給人
們一種新鮮感。……再其次，基於各句及各聯之間的邏輯
聯繫時分明瞭，此詩使人感到詩的全體都在流動。……更
爲重要的是音調的新鮮感。……然而，我認爲此時受歡迎
的心理方面，還有別的因素。那就是這首詩的新鮮感，全
部與其語言有關。如前所述，此詩的意思難以捉摸。但是，
這首詩卻是新的，因爲語言是新的。就是說，此詩不必像
公安、竟陵那樣著眼於新的題材，作爲取材的方法，一如

〔註17〕吉川幸次郎《中國詩史》，安徽文藝出版社，1986年版，頁342。
〔註18〕嚴迪昌《清詩史》，浙江古籍出版社，2002年版，頁421。

七字即可。此時最具體地說明了：只要語言是新鮮的，詩也就能成爲新的。而那又是中國近代的詩歌生存下來的最安全的道路。〔註19〕

　　此文中，吉川氏極爲細緻入微地探討了《秋柳》四詩語言上的「新鮮感」，包含了用典、韻律、音調各個方面。說明此詩在文學史上的意義，就在於開創了一種用新鮮的語言構造出難以捉摸的意境，從而迎合了當時人的心理。這樣的觀點有一定的道理，尤其是對詩歌語言方面所進行的探索顯得難能可貴。當然，也不無偏頗之處。以語言技巧動人，題材陳舊迂腐，或者乾脆不知所云，是官場文學尤其是臺閣體的作風。而此時，漁洋還並未步入仕途，以其少年之義氣而作此類文章，有違於常理。而且，從當時文人的和詩來看，如「孤生所寄今如此，蘇武魂傷漢使前」（徐夜），「寶珠絡鼓歡如昨，馬尾垂絲悵已遙」（林麟焻），前者抒寫亡國之痛，後者在物是人非的感歎中，抒寫對故國的留戀，情感走向極爲明顯，這不能不說是士禛原詩對和者的啓發。所以說，吉川氏只是揭示了《秋柳詩》藝術價值的一個方面，並未觸到其承載盛譽的主要因素。

二、《秋柳詩》與時代精神的契合

　　如上所論，筆者認爲，《秋柳詩》的文學史意義，主要與詩歌的情感和內涵有關。易代之際，亡國之痛和盛衰之感，是詩歌的主旋律，在遺民及錢謙益、吳偉業等人的創作中，尤其如此。從內容來說，此四詩首先是對明亡十幾年以來詩歌主流題材的繼承。但較之它人之作，亦有不同之處。遺民詩中，悲亡情感表達得更加直露強烈一些，如屈大均《杜鵑花》詩：「杜鵑開及杜鵑啼，朵朵猩紅踏作泥。望帝春心煙雨外，蠶叢故國夕陽西。將歸有客愁三峽，再拜何人憶五溪。血灑至今花瓣濕，鷩衛不忍過香閨。」借杜鵑的猩紅和零露，將一腔亡國幽怨抒寫得淋漓盡致。而余懷《詠懷古迹·烏衣巷》：「年年華髮舊

〔註19〕吉川幸次郎《中國詩史》，安徽文藝出版社，1986 年版，頁 348～349。

烏衣，燕子於今歸未歸。南渡衣冠猶自可，荊棘銅駝愁殺我。」詩歌用了「銅駝荊棘」這樣極具政治象徵意味的意象，將盛衰之感和亡國哀痛打成一片，悼明的用意很明顯。王士禛《秋柳詩》中，除了將讀者引入金陵這一具有特殊的政治氣氛的城市之外，其他如衰柳、邊笛、南雁等皆爲悲秋的意象。而板渚、扶荔宮、靈和殿、珠絡鼓等，皆爲寄寓盛衰的常物。可見，《秋柳》之悲亡，皆以悲秋爲載體；而《秋柳》之哀悼，又皆蘊含在盛衰之感中。即所謂「不著一字，盡得風流」。這便是後來《秋柳詩》險遭禁燬，而乾隆皇帝挺身而出，語其「語意均無違礙」，而余懷、牧齋諸老詩集，慘遭禁燬的原因吧。《秋柳詩》這種朦朧、似是而非的藝術特點的形成，既有詩人才情與創作技巧在裏面，也是其眞實感受的體現。一方面，明亡國之時，士禛只有十歲，這種感受本來就沒有前輩詩人那樣地深刻；一方面，士禛生長在山東，這裏民眾抗清的情緒，也較之南方諸省弱些。這便是士禛雖與屈大均年歲相仿，但於新朝的對抗情緒表現出極大差異的關鍵。順治十四年左右，各種南明政權中僅存的永曆朝也岌岌可危，敗局已定。復明的大勢已去，新政權已相當穩固，易代之悲已成爲士子心中隱隱的傷痛，已不需要言辭激烈和悲歌慷慨的渲泄。當血淚交織的控訴，化爲悠長綿延的悲情體驗，便預示著詩歌風格的改變。「遺民故老們將這種傷感的情調認同爲故國之思的變奏，視爲哀號之後的呻吟。」〔註20〕士禛的《秋柳》四章，便恰到好處地表現了這種「變奏」的到來。

最爲重要的是，在具有著亂世文學特徵的抒寫亡國幽憤的遺民詩中，亡國的悲痛，對故國的赤忱和舊君的眷戀，成爲了詩歌的主旋律，詩歌中詩人個體的意識必然被忽視。而當舊國已亡成爲無可改變的事實，士子對自我命運的悲情體驗，對人生的進一步思考，便會逐漸進入到詩歌之中。歸莊「看花詩」所追求的人生適意，宋琬的獄中悲吟，施閏章的故園情懷，都闡釋著這一趨勢的必然到來。

〔註20〕孫康宜《成爲典範：漁洋詩歌及詩論探微》，文學評論，2001年第1
　　　期。

而士禛《秋柳》四章，在傷感的悲劇氣氛之下，既有對當世知識分子命運的普遍觀照，也有對自我未來的思考和困惑。「新愁帝子悲今日，舊事公孫憶往年」，「悲」和「憶」便是對清初士子依然不能忘懷舊國的愁苦內心的揭示；「相逢南雁皆愁侶」，表現出對南方遺民群體生存狀態的擔憂；而「好語西烏莫夜飛」，則是對殘存的復明力量政治前景的思考。對於詩歌此處，章太炎認為隱射顧炎武在山西，也並非空穴來風。同年秋，顧炎武恰遊濟南，得此四詩而和之，其詩如下：

> 昔日金枝間白花，只今搖落向天涯。
> 條空不繫長征馬，葉少難藏覓宿鴉。
> 老去桓公重出塞，罷官陶令乍歸家。
> 先皇玉座靈和殿，灑淚西風夕陽斜。

天下已定，仍寄望於恢復的顧炎武，在諸多遺民中，民族情感、反清復明的願望較之他人更為強烈。對於士禛詩中所言，必然更為敏感，導致其對這位後輩產生了強烈的逆反心理。其和詩中，寫明亡之後，各南明朝廷也因無人扶持而敗亡潰散。「條空不繫長征馬，葉少難藏覓宿鴉」，不無對今之遺老們忘懷舊國，趨附新朝的憤慨之情。「陶令」言及諸老，「桓公」實則諷刺貳臣。後兩句抒寫自己對明王朝的感念和尚思回報的心志。由此可以看出，亭林此詩，頗有針鋒相對之感，極似品出士禛詩中用意而作出的回應。此外，亭林此詩還有值得回味之處。

> 先生（亭林，編者補）本年秋適遊濟南，兼與徐元善、王士祿交善，似此篇亦近繼作。其不以「和」字貫題，且削去其事，要必有故。……又或謂《漁洋詩話》舉《秋柳詩》和詩王西樵（士祿）、徐東癡（元善）外，未舉亭林；其詩話全部，亦未嘗及亭林之詩。〔註21〕

士禛與亭林之間，尚有其兄王士祿於其間通聲氣，斷沒有互不理會的道理。而雙方互相表現出的漠視，其相互的猜忌和不滿，實以此詩始。

〔註21〕顧炎武著、王翼民撰《顧亭林詩箋釋》，中華書局 1998 年版，頁 401。

炎武長士禛二十歲，豈能容忍其對己復明之舉指手畫腳，「好語」句，足以傷害這位志士的自尊心和政治情感。當然，顧炎武的偏執並不代表多數人的感受。此詩一出，贏得多數人的認同，畢竟大明王朝大勢已去，再作出無謂的犧牲毫無意義。此時的民眾，在連年的戰亂後，更渴望一種平靜、安適的生活。

此外，其三的最後一聯，也可作爲此詩的一個亮點。有論者以爲，「枚叔」指錢謙益。雖然未免坐得太實，但對其詩歌情感走向的把握並沒有偏差。遺民、抗清志士之外，那些仕清的貳臣在清初佔有相當大的比例。他們是極爲尷尬的一群，承受著更大的精神負擔，更需要一種人文的關懷。士禛「梁園回首素心違」一句，道出了貳臣們的心聲，充滿著對他們內心矛盾和痛苦的理解與同情，這也是後來牧齋對士禛獎掖有加的原因吧。與此同時，對於即將步入仕途的士禛，這未嘗不是一個不錯的自我表白，以期得到世人的諒解和認可。當世之時，多少的士人在進退的邊緣掙扎，士禛此詩，可以爲他們代言。

正是因爲《秋柳詩》「正好也巧妙地勾起了一些『感悲不敢言』」〔註22〕的情緒，使得其成爲「受社會歡迎的文學」。當然，這只是吉川氏所說的文學史意義的一個重要方面。

三、社會影響與政治收益

美國學者孫康宜在《成爲典範：漁洋詩作及詩論探微》一文中，對漁洋詩之所以成爲清初詩歌典範的原因進行了討論，其命題與本文極爲貼近，故而其中的觀點也非常值得借鑑。

對成爲經典作品的作家、作品，則有兩種差異甚大的看法，一種認爲是只憑美學上的成就，一種認爲美學以外的文化政治因素亦甚爲關鍵。……王氏的成爲典範，他的才情只是起點，他在面對豐富前代遺產時，既學習又對話的寫作與建立論述的努力，他的風格、風範，

〔註22〕孫康宜《成爲典範：漁洋詩歌及詩論探微》，文學評論，2001年第1期。

及他創作、論述與政治文化需要上的微妙的配合關係，都是王氏得以成爲典範的原因。〔註23〕

　　王士禛是清初詩人的典範，而《秋柳》詩，可以稱得上典範詩人的典範。其成就，不僅在於詩歌的思想內涵與社會需求的契合，還在於它的適時出現，成就了年輕的王士禛在大江南北的顯赫詩名，爲其今後在詩壇、政壇地位的取得提供了條件，打下了基礎。

　　順治十五年，士禛赴朝參加殿試：

　　　　一日期集禮部，吳國對大呼：「此中何者爲濟南王郎乎？」
　　　　眾愕然。公方趿腳踏上，笑曰：「君自辨之。」吳國對直前
　　　　捉公臂，曰：「此即是也。」眾爲一笑。〔註24〕

　　士禛與吳國對同科殿試，士禛以二甲第三十六名登科，國對一甲第三名及第。作爲當年的探花，其才識自然不俗。他獨留意於士禛，而士禛此前以《秋柳詩》名世，其中情由可想而知。吳國對深得順治皇帝賞識，授翰林院編修，其於士禛之仕途，有極爲良好的影響。而王士禛於 1678 年正月受康熙皇帝召見，次日即「改翰林院侍講，遷侍讀，入直南書房」，與「歷官國子司業、翰林院侍讀」的吳國對不無關係。「其實，當時求才甚切的康熙皇帝早已聽見不少大臣大力舉薦過王士禛。」這些，必然與士禛借《秋柳詩》揚名之故。還有一事，於此處也需再次提說。乾隆時期，《秋柳詩》險遭毀禁，而乾隆皇帝親自辯護「語意均無違礙」。並非說《秋柳詩》中無亡國懷舊之情。能被清統治者認可，一方面在於詩歌的表達方式頗爲溫婉含蓄，恰到好處；其次也因爲詩中的一些思想意識比較符合大清皇帝的情趣。在當時的情況下，遏制民眾的懷舊情緒是極不明智的，更何況這種愚忠也是新朝所期待的，最終可以作爲教化爲我所用的。

　　然而，王士禛眞正得以成爲一個文學典範，其關鍵處還在於當時許多遺民詩人對他詩風的支持與褒揚。……不論個別的讀者對此詩組

〔註23〕孫康宜《成爲典範：漁洋詩歌及詩論探微》，文學評論，2001 年第 1
　　　　期。
〔註24〕蔣寅《王漁洋事迹微略》，人民文學出版社，2001 年版，頁 32。

的具體闡釋如何地不同，但他們只要一讀到詩的開頭兩句（「秋來何處最銷魂，殘照西風白下門」）就自然會觸發一種興亡之感和失落感。……這些大多是比他年長的隱逸詩人及藝術家，他們雖然處於政治上的邊緣位置（他們大多拒絕仕清），但卻成了文化上的中心人物，佔有掌握詩壇的崇高地位。……換言之，王士禛之所以被稱爲「一代正宗」，乃因爲這些明朝遺老認爲他可以做一個很成功的文化接班人。尤其是在異族的統治之下，能像王士禛這樣既得到仕途的亨通，又符合遺民的藝術趣味的年輕人，實在不多見。〔註25〕

雖然，「王士禛在揚州任職期間，利用自己的家世背景、政治地位和文學才能，積極地結交江南遺民詩人，贏得了這一群體的輿論支持」〔註26〕，但王士禛與諸遺老間「藝術趣味」的互通，已經從《秋柳詩》開始了。

揚州的仕宦經歷，沒有給王漁洋增加多少政治資本，但讓他贏得了江南遺民詩人群的支持，這是他今後仕途順達和聲名顯赫的重要資本。江南遺民詩人群強大的輿論背景，對於他贏得當世第一的詩名，並藉此進入翰林院，走向文壇中心，有著不可估量的影響。〔註27〕

以上，借助先輩學人豐碩的研究成果，對王士禛《秋柳詩》的文學史意義作了簡單的梳理。由於本人才力有限，依然未做到全面。《秋柳》詩與藝術方面的成就和價值，留在下文中將繼續討論。

第三節　王士禛詠物詩的「神韻」之美

王士禛詩歌的創作，多爲其「神韻說」爲理論指導。而在王士禛

〔註25〕孫康宜《成爲典範：漁洋詩歌及詩論探微》，文學評論，2001年第一期。
〔註26〕蔣寅《王士禛與江南遺民詩人群》，北京大學學報（哲學社會科學版），2005年9月。
〔註27〕蔣寅《王士禛與江南遺民詩人群》，北京大學學報（哲學社會科學版），2005年9月。

的諸多詩作中，又惟山水、詠物詩最能體現其「神韻」的美學精神。故而談詠物詩，自然離不開「神韻說」，而探討「神韻說」，亦非讀其詠物詩不可。而且對詠物詩來說，可謂成也「神韻」，敗也「神韻」；對其「神韻」觀來說，其所長與所短，亦可在詠物詩中得以真切地體現。

一、「神韻說」的內涵及形成

「前人論詩主格者、主氣者、主聲調者，而漁洋先生獨主神韻。」（田同之《西圃詩話》）王士禛大力倡導「神韻」，「將其作爲詩歌創作和批評鑒賞的最高標準，構成詩歌審美理論中的一個獨特範疇」〔註28〕。由於這一詩美理論，「適應了當時滿洲貴族統治者的特殊需要，加上他本人的政治地位和名聲」〔註29〕，因而風靡一時，「其範圍遠遠超過前此清初諸詩派」〔註30〕，成就了其在詩壇的領袖地位。

王士禛的「神韻說」取法前人，標舉司空圖「不著一字，盡得風流」，「味在酸鹹之外」的詩美觀和嚴羽「羚羊掛角，無迹可求，透徹玲瓏，不可湊泊，如空中之音，相中之色，水中之月，鏡中之象，言有盡而意無窮」的「興趣」之說。在此基礎上，王士禛提出了「談藝四言」作爲詩歌創作有迹可循的標準，將抽象的「神韻」理論具體化、規範化。其一曰「典」，其二曰「遠」，其三曰「諧」，其四曰「則」。所謂「典」，是指詩歌語言追求典雅之美，是平實素淡的文字和含蓄曲折表現方法的結合。這一點，往往通過典實的運用而獲得，是詩人詩情與才識兼具的體現。「遠」既是詩歌情感內涵的美學標準，要求展現出創作者空靈、淡遠的心境，同時又指意境的幽深蘊藉，達到「鹹淡之外」的藝術效果。「諧」就聲韻和語言形式來說，符合一定的美學標準。「則」可解釋爲思想意識沒有偏邪，符合「溫柔敦厚」的中

〔註28〕霍有明《清代詩歌發展史》，陝西人民出版社，1993年版，頁58。
〔註29〕劉世南《清詩流派史》，人民文學出版社，2004年版，頁206。
〔註30〕劉世南《清詩流派史》，人民文學出版社，2004年版，頁206。

庸之道。綜上所述,「神韻」說主要包含三個方面特質,首先是對詩歌法則的遵守,如語言、聲韻及思想內容。其二正是霍有明在其《清代詩歌發展史》中所說的「以描寫山水田園等自然景物爲主從而表現出物境清幽、心境淡遠的藝術風格」。其三便如孫宜康所云,「『神』就是形的反面,是一種想像的空間、一種精神的自由。而『韻』乃是美的化身,是對日常生活細節的超越。用王士禛的話來說,這種心境就是『入禪』的體驗。」而此類詩歌能夠帶給讀者一種超然於現實的精神快感,這便是「神韻」詩的詩美價值。總之,王士禛的「神韻說」,立足於詩歌本身討論美感,實際上是倡導一種「超功利的詩歌美學傳統,和儒家歷來的教化說詩歌傳統形成對峙局面」〔註31〕。

此外,還有一點值得注意,那就是王士禛所倡導的「神韻」理念適應了康熙時期社會意識和統治上層的需求,但並不能說明王士禛的「神韻說」便是爲了迎合世風而提出的。「王士禛一生詩風儘管幾經變化,幾經曲折,但有一點卻是貫穿始終的。這就是他對古雅淡泊、圓潤沖和的詩風的傾心與響往了。」〔註32〕這種傾向的形成,大的來說有兩個方面:第一,易代之際社會環境的影響。雖身處一個重要時代的初期,但異族統治的殘酷事實擺在面前,所以,王士禛詩中,不可能表現出像初唐詩人都那樣風發的意氣、昂揚的鬥志。與此同時,在其文學風格的形成期,曾經熾烈的反清鬥爭的熱情,也已在大多數人的意識中消退。對漁洋來說,屬於童年的懵懂記憶也不可能成爲其詩歌的中心。此刻,在對詩壇頗有影響力的遺民詩中,抒寫亡國幽憤、渲洩自我傷痛的詩風也逐漸走向了在傷感懷舊的情緒中追求自我適意和超脫的情調,自會左右士禛的創作觀念。第二,這種風格的形成,又與士禛家庭及教育背景有關聯。其在《蠶尾續文》有如下記載:

〔註31〕劉世南《清詩流派史》,人民文學出版社,2004年版,頁183。
〔註32〕黃河《王士禛與清初詩歌思想》,天津人民出版社,2002年版,頁221。

予兄弟少讀書東堂，堂之外青桐三、白丁香一、竹十餘頭
而已。人迹罕至，苔蘚被階，紙窗竹屋，燈火相映，咿唔
之聲相聞，如是者蓋十年。長兄考公先生嗜爲詩，故予兄
弟皆好爲詩。嘗歲末大雪，夜集堂中置酒，酒半出王、裴
《輞川集》，約共和之。每一詩成，輒互賞激彈射，詩成酒
盡，雨雪不止。

出身書香門第、仕宦世家，少時清幽雅靜的讀書環境造就了士禎
淡遠的胸懷和超然的審美情趣，而長兄西樵先生對其詩歌具有指向性
的啓蒙和培養，也極爲關鍵。這些，對王士禎的詩歌風格產生重要的
影響，也是「神韻說」早期形成的必要因素。

此外，在前人詩學理論的基礎上，王士禎對詠物詩單獨提出了「不
黏不脫，不即不離」〔註33〕的美學標準，可以看作「神韻說」在詠物
詩體中的集中體現。「黏」，指詠物詩過於拘泥於物之表面形色的描
繪；「脫」指離題，所涉與所詠物不相關；「即」是靠近，就物論物；
「離」，顧此而言他。「黏」、「脫」就體物來說，「離」、「即」就題旨
來說。「不脫」、「不離」爲前提，而「不黏」、「不即」正是「神韻」
詩美感的集中體現。前者即爲「不著一字，盡得風流」，爲「水中之
月，鏡中之象」；後者爲「言有盡而意無窮」，而「味在酸鹹之外」。
所以，王士禎詠物詩往往不爲繪形繪色所累，表現出自由、靈動而又
朦朧、含蓄的藝術美感。

二、《秋柳詩》的神韻之美

在王士禎諸多詠物詩中，《秋柳》四章是最傑出的代表。雖然創
作時間較早，但已頗具「神韻」詩的風致。這一點，不僅體現於詩歌
本身，而且還可從他人多元化的闡釋和無休止的論爭中深切體會。

其一，「不黏」與「不脫」

關於《秋柳詩》的「不黏」，吉川幸次郎的話可作爲注腳：「詩中

〔註33〕王士禎《帶經堂詩話》，人民文學出版社，1963 年版，頁 305。

根本不是將秋柳的姿容進行樸素地寫生，也並不是率直地表露對於秋柳的感情」。可見，對四詩來說，「脫」與「不脫」才是主要的問題。雖然吉川承認：「他歌唱的是秋天的柳樹當然沒問題」，但卻無法作出確切的解釋。而更多人認爲，此四章雖以「秋柳」爲題，卻因往往「不切」而成爲遭人訾議的詬病。

> 沈歸愚曾以漁洋《秋柳》詩不切題，屛不入別裁集。
>
> （屈向邦《粵東詩話》）
>
> 王漁洋《秋柳》詩四首，爲弔明亡所作。……但詩不甚工，借秋柳起興，點題和空際傳神之筆，不過開頭兩句：「秋來何處最銷魂，殘照西風白下門。」以下用典不很切柳，更不易索解。（錢仲聯《陳衍秋柳詩解辨正》）

「不切」，即所謂「脫」。沈德潛與錢仲聯皆認爲，《秋柳》四章，並沒有緊扣「秋柳」來寫，有脫題的現象。而其他論者，往往只論「旨」，不談「題」，對這一問題避而不談。那麼，《秋柳》四首是否達到了漁洋對詠物詩提出的「不脫」的要求，還需要立足於作品本身，拋開它所帶給人們的想像與猜測，進行重新的審視。

先來看第一首。八句中無一字寫「柳」，卻有極爲濃重的描繪情感的字眼：「銷魂」、「憔悴」、「愁」、「哀怨」。這極易使讀者想像爲人的意緒，看作詩人的自我抒寫。但仔細體會，「白下門」、「春燕影」、「晚煙痕」，以及後來的「陌上」、「烏」、「笛」、「玉關」與楊柳均有瓜葛：李白詩中「驛亭三楊樹，正當白下門」，樂府《楊板兒》「暫出白門前，楊柳可藏烏」，樂府《陽春曲》「楊柳垂地燕差池」，馮延巳「楊柳堆煙，簾幕無重數」，王昌齡「忽見陌上楊柳色，悔教夫婿覓封侯」，王之渙「羌笛何須怨楊柳，春風不度玉門關」。這些，都賦予了楊柳豐富、深沉但趨於一致的情感基調，與「愁」、「怨」等「情語」相互輝映，有情景交融之美。可以認爲，詩人正是將這些情感首先賦予秋柳，借物抒情。秋柳首先是情感的發出者和體驗者，從語法角度來說，也是每一句詩的主語，只是因爲題目已顯，此處省略。那麼，

詩歌便可解讀如下：秋天何處的柳樹最悲傷呢？應是金陵白門之外（的柳樹）了吧；春天的柳樹下，有多少穿梭的燕子的身影，而現在（指秋天），（柳樹）卻只能在晚煙中憔悴；陌上傳來的《黃驄曲》已讓它（指秋柳）發愁，（秋柳）夢裏卻還要到那遙遠的烏夜村；（秋柳）不要再沉醉於風中的笛聲，玉關的哀怨又有誰說得清呢？

　　沿著第一首的思路，再來看第二首。前兩句點題，用體物筆法，寫霜露中秋柳迎風拂水的姿態。三四句有了理解障礙。朱克敬《瞑庵雜識》中提出：「『浦裏青荷中婦鏡，江干黃竹女兒箱』，與柳何涉？」言之鑿鑿，無可辯駁。但筆者以爲，此處斷不可斷章，非要與下文並讀。「浦裏青荷中婦鏡，江干黃竹女兒箱。空憐板渚隋堤水，不見琅琊大道王。」《隋書》載：「煬帝自板渚引河達於淮、海，謂之御河。河畔植柳樹，名曰隋堤。」另據《世說新語》：「桓公北征，經金城，見前爲琅琊時種柳，皆已十圍。慨然曰：『木猶如此，人何以堪？』攀枝執條，泫然流涕。」所以，關於這幾句，可以這樣理解：後兩句關人事，隋煬帝、桓溫，皆爲植柳者；前兩句青荷、黃竹，皆他「物」；上引前兩句寫「有」，後兩句寫「無」。兩相對照，物是人非之情躍然紙上。此處爲何不以「柳」與「人」對比，而另尋他物？原因在於詩人此處依然用擬人手法，立足於秋柳的視角來抒情。後兩句亦用秋柳口氣，向路人探問當年洛陽城那對才子佳人的消息（范攄《雲溪友議》載：「白居易有妓樊素善歌，小蠻善舞，年既高邁，而小蠻方豐艷，因楊柳枝以託意云：『一樹春風千萬枝，嫩於金色軟於絲。永豐西角荒園裏，盡日無人屬阿誰』」），亦表現出對人事的關心，與前四句渾然一體。

　　前兩首中，詩人皆用擬人手法，借「秋柳」之口抒情，以「秋柳」視角觀物，以此類推，後兩首亦不難解。第三首「東風」、「春衣」追憶春日繁華，「蕭條」歎秋日之淒涼，「太息」者，秋柳自傷也。以下亦歎人事已非。「扶荔宮」、「靈和殿」、「梁園」，皆有與柳相關的繁華

往事，而今卻免不了「花事盡」、「昔人稀」、「素心違」。「南雁」、「西烏」的出現，既有物在人非的反襯，也有荒寒、淒涼的烘托。而枚乘曾作《柳賦》，作為「往日風流」的見證者極為貼切。第四首以「桃根桃葉」在秋日的衰敗之象起興，引入秋柳並作以對比。前者「欲化煙」，後者「猶旖旎」，只是此處之「旖旎」，更令人不堪。「春閨」句始，皆入人事，將王昌齡「陌上楊柳」詩、曹植作《柳賦》、漢宣帝臥柳事，及古樂府《楊板兒歌》中「黃牛細犢兒，楊柳映松柏」等相關詩和事巧妙構織，將秋柳的「憶舊」與「悲今」情緒肆意渲泄。

從以上分析來看，詩人賦予秋柳人的愁怨來加以表現，言柳「志」、書柳情，「秋柳」是四詩無可辯駁的表現對象。可以說，《秋柳詩》雖無一「柳」字，卻處處寫「柳」，完全符合詠物詩的「不脫」標準。

其二，「不即」與「不離」

《秋柳詩》並不停留在對秋柳形色的審美，也並非抒寫詩人對秋柳的諸多感情，而是「即景會心，託物言志，往往言在此而意在彼。」（鄭鴻《漁洋山人秋柳詩箋注析解》）〔註34〕，這便是所謂的「不即」了。至於此詩所寄「何情」，王士禛自己表白得很清楚。

> 順治丁酉秋，予客濟南，時正秋賦，諸名士雲集明湖。一日會飲水面亭，亭下楊柳十餘株，披拂水際，綽約近人，葉始微黃，乍染秋色，若有搖落之態。予悵然有感，賦詩四章。（《蠶尾續文·菜根堂詩集序》）

又云：

> 昔江南王子，感落葉以興悲，金城司馬，攀長條而隕涕。僕本恨人，性多感慨。寄情楊柳，同小雅之僕夫；致託悲秋，望湘皐之遠者。（《秋柳詩自序》）

順治十四年秋，詩人與諸名士雲集濟南大明湖，見衰柳數株，頓

〔註34〕錢仲聯《清詩紀事》（順治朝卷），江蘇古籍出版社，1987年版，頁2024。

生傷感之情，興筆抒懷，遂成四章。可見，秋柳確是觸發情思之物。然而，詩人「寄情楊柳」，最終的情感走向何處？歷來眾說紛紜。其結穴，在於對「同小雅之僕夫」、「望湘皐之遠者」的理解。《小雅‧採薇》：「昔我往矣，楊柳依依；今我來思，雨雪霏霏」，是將今日之悲與昨日相比，感舊而傷今，將此置於易代之際，自然抒寫故國之思了。屈原既放，遊於江皐，心繫舊國，感念至深，懷石投江。士禛此處所「望」著，無乃山林野人中心懷故國之遺民乎？錢仲聯「王漁洋《秋柳》四首，爲弔明亡而作，自序明言『寄情楊柳，同小雅之僕夫；志託悲秋，望江皐之遠者』當然不是無病呻吟」，是極有見地的。由柳之衰，傷國之衰；以傷柳之僕夫自比，抒己之幽情，兼顧有著同樣感受的遺老，「愁侶」、「夜飛」、「素心違」便是眾生相了。可見，《秋柳》四首中，「柳」本就有著頗具政治意味的象徵內涵──大明王朝。此處以「秋」喻者，永曆帝尚在，鄭成功依然企圖復明。這與顧炎武《賦得秋柳》詩中的「昔日金枝間白花，只今搖落向天涯。條空不繫長征馬，葉少難藏覓宿鴉」的意象內涵一致，可見此乃清初常見的表現方法。由於王士禛「明言」詩旨，在其入仕之後，必然成爲口實，故《漁洋精華錄》中，將詩自序刪去。《秋柳》四章，以柳喻明，懷柳、傷柳，緊扣題旨，頗當得「不離」二字。

其三、典、遠、諧、則

《秋柳》四章，也可看作王士禛詩論中「典」、「遠」、「諧」、「則」的典範。此四詩處處用典，卻能化用於無形之中，語言平實而典雅，謂之「典」。吉川氏讀了《秋柳詩》之後說「山人原來就是對詩的音調很細心的人」，並且認爲「如果單就音調而言，山人的近體詩，比唐詩以及模擬唐詩的明詩都要美」。這位日本學者的感受，足以證明王士禛《秋柳詩》在音韻上的魅力，當得一個「諧」字。從思想內涵來說，一個身處於易代之際的士大夫，抒寫黍離之悲，是極其符合儒家傳統的人文精神的。在非常時期，這樣的詩歌可能觸到了一些敏感

的東西，但對於日漸鞏固的清政權來說，已經成為了其所大力提倡的傳統美德了，這是乾隆皇帝認為此詩「語意均無違礙」的原因，也便是漁洋所謂的「則」了。相對於前三者，「遠」略顯得複雜一些。詩中濃厚的憶舊悲今情緒，不符合「物境清幽」、「心境淡遠」的詩人懷抱。但這一方面的不足，卻不影響人們對《秋柳詩》以「風神取勝」（黃培芳《香石詩話》）〔註35〕的認可。孫康宜在《成為典範》一文中說：

> 這一類唯美的山水絕句很少用典，顯然與《秋柳詩》等充滿典故、并隱含著懷古興亡之感的作品有所不同——雖然二者都採用了「無迹可求」的詩法。

那些「唯美的山水絕句」指王士禛入仕之後作於中老年時期的山水詠物詩，其中的成功之作，可以作為「心境淡遠」的典範。而《秋柳詩》的「遠」，則主要體現在孫氏所說的「無迹可求的詩法」，這也是此詩重要的美感來源。詩中動用了大量的典故，反覆強調和渲染懷舊和悲秋的情緒，並無一處直言，無一字點出「明」，其中的「酸鹹」留給讀者去體會。孫氏於此引入了西方「心照不宣的藝術」理論來說明：

> 這種文學作品不是寫給所有人看的，它的對象只是一些靠得住而又知識程度極高的讀者。這樣的方式既能達到「私下傳遞信息」的各種好處和目的，但也不會只局限在作者自己的朋友群眾。同時它也起了「公共傳遞」的作用，而又不至於導致那個最可怕的後果——那就是，作者被殺頭的後果。（利奧‧施特勞斯《迫害與寫作藝術》）

無疑，《秋柳》四章「私下傳遞信息」的方法用得極為成功，「一時和著甚眾。後三年官揚州，則江北和者，前此已數十家，閨秀亦多和者」（《漁洋詩話》）〔註36〕。其中，有能領悟其「信息」的，也有作了其他

〔註35〕錢仲聯《清詩紀事》（順治朝卷），江蘇古籍出版社，1987年版，頁2032。

〔註36〕錢仲聯《清詩紀事》（順治朝卷），江蘇古籍出版社，1987年版，頁2023。

想法的，可謂眾說紛紜：一、「此先生弔明亡之作」，持論者如李兆元、鄭鴻、錢仲聯等；二、「爲明福藩故妓作也」，持論者如高丙謀、徐嘉、嚴迪昌等；三、爲故王（指濟南王）作也，持論者爲張之洞；四、「詠明季金陵服藩事」，持論爲屈復等；五、「乃因勝國公主有嫁民間者感興而作」，持論爲朱克敬。此外，亦有讀出「深閨麗質淪落風塵之歎」者，亦有認爲此「風調凄清，如朔鴻關笛，易引羈愁「者。並且不論各執一詞者言之如何鑿鑿，一旦細較起來，又可全盤否定：「有箋漁洋《秋柳詩》謂弔亡明而作者，支離附會，轉失生韻」，「妄疑爲憑弔勝朝，最爲穿鑿」，甚至連漁洋自己也不置可否，讓人去猜。這足以說明，此詩留給人們的超大的「想像的空間」，超強的「精神的自由」。原來，「有」與「無」之間的距離，可以如此之接近。漁洋此法，正可謂「羚羊掛角，無迹可尋」，有鏡花水月的之妙。以此來說明《秋柳詩》之「遠」，已足以令人信服了。而這樣的藝術效果，全靠大量費人才思之典故使用來實現。

三、王士禛早期其他詠物詩中的「神韻」

在《漁洋精華錄》所錄詩中，最早的是作於順治十三年的《聞雁》：

> 縹緲涼天數雁鳴，幾家砧杵起秋聲。
> 懷人江上楓初落，臥病空堂雨易成。
> 尺素經時常北望，暮雲無際且南征。
> 沅湘一帶多甲兵，莫動高樓少婦情。

詩歌開篇入題，其餘便再無「雁」字。仔細品味，「砧杵秋聲」、「江上落楓」、「空堂多雨」卻是處處與「聞雁」所伴隨的冷寂秋意打成一片，其凄清之狀，又與雁過所引動的懷人愁緒水乳交融。「尺素」、「暮雲」二句，於虛處落筆，稍稍點題，又於「南」、「北」二字上將空間推展開去，使題意最終落於「甲兵」、「少婦」上，賦予詩情深廣的社會性內涵。即所謂「不粘不脫，不離不即」也。而伊應鼎評此詩：「懷人臥病，正寫景中之人，二句無一字說『聞雁』，卻無一字不是『聞

雁』，此之謂水中月、鏡中花、相中色、空中音也。」〔註37〕也正是
看到了此詩朦朧、渺遠的意境和含蓄、委婉的手法，可謂極盡「神韻」
之風致。

　　順治十五年，即賦《秋柳》的第二年，王士禛赴京殿試，以二甲
三十六名進士及第。不久赴揚州任推官，歷時五年。其間，於順治十
七年八月，「充江南鄉試同考官，舟下金陵，晚達燕子磯，登臨賦詩
盡興」。〔註38〕此次所作《青山》一詩，不得不談。

　　　　晨雨過青山，漠漠寒煙織。不見秣陵城，坐愛秋江色。

這是王士禛入仕之後第一首重要的詠物詩。詩歌題名爲「青山」，只
第一句點題，其他各聯皆極頂所見。雨後透著寒氣的雲霧，遮擋了詩
人的視線。但是他並沒有因此而煩惱，而是沉醉於近處江上的秋色。
至於江山吸引詩人的是淒迷的寒煙，亦或是沙頭往還的鷗鷺、清晨匆
匆劃過的船帆，詩中並未點明，讀者自去想像。伊應鼎評此詩：「雨
過而霧，故山與城皆不可見，此心蕭然。靜攬秋江之色，自足以澄慮
而怡神也。秋江色可言，而愛秋江之意不可言。至於秋江色之所以可
愛，與我心所以愛此秋江之色，是不可言亦不可言矣。」〔註39〕此詩
二十字，由「山」及「江」，由「江」而及「人」，曲盡詩人心事。詩
人自言此詩乃「一時佇興之言，知味外味者當自得之。」伊氏可與論
詩者也！當然，筆者認爲，此詩的第三句亦頗有風韻，不可等閒放過。
要知道，「秣陵城」（金陵）在清初，是一個具有著特殊內涵的政治符
號，也是王士禛常常心馳神往的地方，《秋柳》四章便是明證。此次
任考官，應該是詩人第一次到金陵。而「阮亭爲同考至白門，夜鼓舵
行大江中。漏下將盡，始抵燕子磯。會天雨新霽，林木蕭颯，江濤噴
湧，與山谷相應達。從者顧視色動，王徑呼束苣以往。」（王晫《今世
說》）〔註40〕夜中登山，足見詩人遊興之濃。而登山之目的，便是於高

〔註37〕王士禛《漁洋精華錄集釋》，上海古籍出版社，1999 年版，頁 53。
〔註38〕蔣寅《王漁洋事迹徵略》，人民文學出版社，2001 年版，頁 52。
〔註39〕王士禛《漁洋精華錄集釋》，上海古籍出版社，1999 年版，頁 140。
〔註40〕轉引自《王漁洋事迹徵略》，人民文學出版社，2001 年版，頁 52。

處盡覽秣陵之景。詩中「不見」二字，便是欲見而未見之意，失落感也是必然的。然而，詩人並未沉溺於其中，而是尋找到了新的意趣，轉移了自己和讀者的視線。雖然，整首詩在煙雨淒迷中，呈現出一種「蕭然」的色調，但卻沒有任何的悲愁，相反有一種自得和適意，通過「愛」字凸現在讀者面前。其中是否蘊含著一種特殊的意味，標誌著漁洋詩歌在潛意識中的一種轉身：既是情感與主題方面的，也是表現方法的。

　　揚州的五年，是王士禛政壇的起點和詩歌創作極為重要的時期。在此期間，其詩也以歌詠揚州風物為主，不論情感基調、風格表現都發生了較大的變化。《冶春絕句》作於康熙三年，是這一時期的代表作。其中第二、三、四、六、八首分別寫桃、紅橋、楊柳、簫聲與海棠。

　　　野外桃花紅近人，穠華簇簇照青春。
　　　一枝低亞隋皇墓，且可當杯酒入脣。（其二）

此詩寫春日桃花，一「紅」字寫出灼灼之姿，「近」字既寫了穠華的無處不在，也將人與花的距離逼近，讓人感到一股難以抗拒的青春之氣。但在這春日麗景中，詩人並沒有表現出年輕人特有的狂熱，相反那「低亞」的一枝，帶給讀者的是深沉而悲情的思考。一邊是灼熱艷麗的桃枝，一邊是的荒寒淒清的陵寢。充滿活力的青春和令人沮喪的死亡的陰影，哪一個才是人生的真相？「且看欲盡花經眼，莫厭傷多酒入脣」，生命無需多論，每一分、每一秒，才是真諦。那一枝在枯墓上飄搖的桃枝，那樣地富有詩意，令人思接萬千。

　　　三月韶光畫不成，尋春步屧可憐生。
　　　青蕪不見隋宮殿，一種垂楊萬古情。（其四）

那隋朝的宮殿，是詩人少年時留下的陰影。但在蓬勃的春日氣息中，一片綠色已將其深深地掩藏。這是新生活帶給詩人的驚喜，青春的心情逐漸被喚醒。那株歷經千年，歷經了萬種變遷的楊柳，也最能讓人體味生命的珍貴。

> 紅橋飛跨水當中，一字欄干九曲紅。
> 日午畫船橋下過，衣香人影太匆匆。（其三）

紅橋是清初揚州的標誌性文化符號，而王士禛個人與其《冶春絕句》的影響無疑是其形成的關鍵。且不說清初紅橋的諸多與文人相關的風流韻事，其在這座城市中特殊的地位已頗引人沉思。「紅橋是城市和向西擴展的風景區的界線標誌。通過紅橋的水道從東門附近開始，在舊城和新城間穿過，因而它被正式地稱爲重城河，沿著墻外流向湖中。水道旁的酒館排成一排，水道和湖都是廣受歡迎的泛舟遊樂的場所。」〔註41〕一端是蘊含著厚重的興廢文化具有歷史滄桑感的舊城區，一端是標誌著新朝繁華迹象的享樂之地。「風月場所與墓地、現實與過去的比較賦予紅橋以意義。」〔註42〕而對傷感沉重的往事的遁逃，對青春和生命適意的渴望和追求直至揮霍，卻是那個時代人們精神風貌的最眞實寫照。從此，那從橋下輕輕駛過的畫船，和那「衣香人影」的匆匆節奏，便被極其寫意地定格在詩中。

王小舒在《神韻詩學論稿》中說：

> 漁洋在揚州其間的創作，一個潛在的主題乃是青春和才性。作者在詩中正面描寫是眼中的江南山水，然而那欣快的意趣、那如夢的意境、那流動的韻律當中讀者感受到的不恰恰是對青春的歌頌麼？

如果說《聞雁》和《秋柳》四章，代表了王士禛未正式步入仕途的詩歌風貌：悲秋是常見的主題，懷舊、傷今是主旋律，清冷、孤寂是主色調。從《青山》到《冶春絕句》，則代表了一個全新的階段。「王士禛基本上洗淨了凄怨落寞的情懷，呈現出揚袂隨風、如欲仙去的風姿，給人以『多情』、『可愛』的印象。」〔註43〕而且，其「神韻」的內涵，也有了明顯地變化。前者通過大量讓人深味的典故運用，或惆

〔註41〕〔美〕梅爾清著，朱修春譯《清初揚州文化》，復旦大學出版社，2005年版，頁58。

〔註42〕〔美〕梅爾清著，朱修春譯《清初揚州文化》，復旦大學出版社，2005年版，頁82。

〔註43〕王利民《王士禛詩歌研究》，中華書局，2007年版，頁59。

恍迷離的意境創造，給人廣闊的、自由的想像空間，拉開了文字與題旨的距離，實現了「遠」的審美意蘊。而後者則是用明麗、洗練的文字，創造了可感、可知的景象，但這景象本身，便具有回味悠長的情韻。如隋墓上低壓的一枝夭桃，和橋下匆匆穿過的畫船上逐歡的人影，靈動中蘊藏著雋永，深深地印入讀者的腦中，給人一種「三日不覺肉味」的綿長，這又是另一種「遠」了。總之，前者是技巧，後者是「性靈」，實現的是由「才」向「情」的飛躍。

四、王士禛中後期詠物詩平議

　　揚州五年，士禛已過而立之年。隨著官宦生涯對其性情的改變，詩歌的創作又進入到了一個新的時期。就其詠物詩而論，可分為兩類：一、遊歷途中即興而詠；二、應景詩。王士禛一生，有兩次大的遠遊，一次於康熙十一年「奉命典四川鄉試」（《漁洋自撰年譜》）〔註44〕，一次於康熙二十三年「奉命祭告南海」（同上）〔註45〕，期間又有歸鄉、赴揚州任的經歷，故紀遊詩占其詩歌總量的近一半，其中自然不乏歌詠各地風物的詠物詩。王士禛一生不喜唱和，應景詩不會太多。而其晚年創作的《蠶尾後集》中，卻以詠物詩為主。總的來說，王士禛中後期的詠物詩數量雖有所增加，但質量呈下降趨勢，至《蠶尾後集》已不值一觀。

　　當然，在漁洋中後期的詠物詩中，尚有數篇婉約可人：

　　　裂帛風光碧玉環，人家終日映潺湲。

　　　分明一幅蔡侯紙，寫出湖南千萬家。（《裂帛湖雜詠一》）

　　　巖屋才三合，煙扉自一家。

　　　春風何造次，開遍小桃花。（《黃金洲見桃花》）

　　　三月樊川路，紅桃散綺霞。

　　　終南青送黛，滿水碧穿紗。

　　　草色裙腰合，渠流燕尾叉。

〔註44〕王士禛《漁洋精華錄集釋》，上海古籍出版社，1999 年版，頁 2029。
〔註45〕王士禛《漁洋精華錄集釋》，上海古籍出版社，1999 年版，頁 2035。

銷魂過杜曲，一樹最天斜。（《樊川桃花》）

新綠橫窗穩晝眠，一簾微雨似輕煙。

午晴睡起維摩榻，花氣熏人又破禪。（《答鍾聖輿送芍藥》）

明淨澄澈的裂帛湖美如畫圖，寫盡兩岸山水人家；遍野的紅桃掩映岩屋煙扉，如至桃源幽境；一樹夭桃，是終南送黛，濔水穿紗，草色作裙，渠流交叉，是何等的風姿；午睡之後傳來的陣陣花香，擾亂了詩人內心的靜寂，喚醒了對美好的世俗生活的熱愛。這些詩歌皆一時興會之作，有詩人詩性的體驗和感動在，故而顯得搖曳多姿。

然而，靈感的閃現並非時時都有。當早期詩歌中那種發自內心的哀婉和憂傷的情緒不復存在，青春的悸動和狂熱業也已消退，沒有了思致，沒有了激情，而漁洋創作的熱情卻未消退，「每出過郵亭野店，輒題詩壁上」，這些詩歌留給讀者的，只能是平淡如水和無病呻吟。

十二年前乍到時，板橋一曲柳千絲。

而今滿目金城感，不見柔條踠地垂。（《趙北口見秋柳感成一》）

六載隋堤送客驂，樹猶如此我何堪？

銷魂橋上重相見，一樹依依似漢南。（同上二）

載酒紅橋日，扁舟蓮葉開。

蕭蕭沙鳥白，漠漠渚花紅。（《瓶中荷花開偶成二首》）

明鏡生瀟照，清流澹惠風。

別來一千日，相見膽瓶中。（同上）

懷舊是漁洋中後期詠物詩中反覆出現的主題，尤其是在「柳」詩和「荷」詩中。前者故地重遊，感柳傷懷，引起舊事重提。這種流於表面和概念化的情感和過於陳舊的主題，根本無法調動讀者的思緒，感染力更無從談起。「荷」詩中，雖然有詩人對於揚州和青春的美好記憶，但詩中所寫只是紅橋「渚花」，於「瓶中荷花」何干？如此，與詠物詩來說，極為「不切」。

懷舊之外，漁洋詠物詩往往懷古。

蠻雲漏日雨淒淒，夾岸蕭條紅樹低。

好在峨眉半輪月，伴人今夜宿清溪。（《清溪》）

彭澤縣前風倒吹，三朝休怨峭帆遲。

餘霞散綺澄江練，滿眼青山小謝詩。(《江上看晚霞三首一》)

西澗蕭蕭散騎過，韋公詩句奈愁何？

黃鸝喚客且須住，野渡菴前風雨多。(《西澗》)

樊增祥《魂西集題辭》笑漁洋「無眞本領」，並且說：「漁洋于役，每至一郡縣，必索其志乘，供其搖曳。」〔註46〕且不說樊氏所言是否有誇大的嫌疑，掉書袋在漁洋詠物詩中極爲普遍。於「清溪」便憶李白，唱「峨眉山月歌」；於「江山晚霞」，便憶謝朓，一併竊其詩句；於「西澗」便思韋公，離不開「黃鸝」、「野渡」。此類詩正如王國維所說：「『謝家池閣，江淹浦畔』，則隔矣。」從中，讀者所體會到的，不是美感，而是詩歌的「辭重於意」(《四庫全書總目提要》)，和眞情實感的匱乏。並且，千篇一律的思維定勢，又使得這些詩歌落入了程序化的窠臼：前兩句寫景入題，後兩句懷舊或懷古。諸如此類，一二首尚可把玩，如卷中比比皆是，自然令人生厭。至於漁洋生前被奉爲「詩壇圭臬」，「身後多毛舉其失，互相彈射」〔註47〕，那些批評者的觀點，亦不能完全抹殺。

王漁洋紀行詩多假借，不及工部諸篇善寫風土人物，千餘年後過其地，彷彿如見。(彭端淑《白鶴堂詩話》)

阮亭主修飾，不主性情，觀其到一處必有詩，詩中必用典，可以想見其喜怒哀樂之不眞矣。(袁枚《隨園詩話》)

王漁洋談藝四言，曰典，曰遠，曰諧，曰則，而獨未拈出一「眞」字。漁洋所欠者，眞耳。〔註48〕(梁章巨《退庵隨筆》)

「假借」非不能，只是要以眞情實感御之，如《秋柳》四章，通篇用典，化前人詩句，讀來不失其眞。漁洋詩也並非全無「性情」，

〔註46〕錢仲聯《清詩紀事》(順治朝卷)，江蘇古籍出版社，1987 年版，頁2011。

〔註47〕沈德潛《國朝詩別裁集》，上海古籍出版社，1984 年版，頁 125。

〔註48〕以上三條均引自錢仲聯《清詩紀事》(順治朝卷)，江蘇古籍出版社，1987 年版。

全無「眞」，只是「性情」少，而失「眞」之處多。趙執信《談龍錄》舉其《南海集》中著詩作「謫臣遷客」語，雖然刻薄，但「詩中無人」卻是漁洋中後期詩歌的癥結，上文所引詩歌，皆可爲佐證。此外，趙執信《談龍錄》數語，亦不可輕易放過：

> 錢塘洪昉思，久於新城之門矣，與余友。一日，並在司寇宅論詩，昉思嫉世俗之無章也，曰：「詩如龍然，首、尾、爪、角、鱗、鬣一不具，非龍也。」司寇哂之曰：「詩如神龍，見其首不見其尾，或云中露一爪一鱗而已，安得全體！是雕塑繪畫耳。」余曰：「神龍者，屈伸變化，固無定體；恍惚望見者，第指其一鱗一爪，而龍之首尾完好，故宛然在也。若據於所見，以爲龍具在是，雕繪者反有辭矣。」〔註49〕

洪昇所論乃詩歌章法，而漁洋偷換其概念，捨章法而言內容。其實，王士禛與趙執信所言，皆與詩歌「神韻」相關。漁洋強調「言不盡意」和「意在言外」，而秋谷則批評其「過分追求神韻」，追求「言不盡意」，最終導致的是「言外無意」，「流於空虛」。對於詠物詩來說，則會造成以點蓋全，最終詩意不完整甚至脫題。顯然，秋谷的擔心是有道理的。如上文所舉《答鍾聖與送芍藥》，雖然詩歌別有餘韻，然只言花氣之濃鬱，如換做牡丹、丹桂亦未嘗不可。又如《同愚山侍講弘衍庵看海棠柬梅耦長》(其一)云：「韋杜城南十萬家，東風處處酒旗斜。不知冷節匆匆過，猶見僧侶一樹花」。細較起來，只有花影，尚難辨清爲梅花、桃花、杏花，亦或是早放之玉蘭，獨難猜到「海棠」二字上。原來海棠雖爲木本，其實較爲細小，未嘗給人「一樹花」的感覺。錢鍾書於此處論道：「漁洋固亦眞有龍而見首不見尾者，然大牛則如王文祿《龍興慈記》載明太祖殺牛而留尾插地，以陷土中欺主人，實空無所有也。」〔註50〕極爲生動形象。

錢氏論漁洋，往往出妙語：「蓋謂漁洋以人工勝也。竊以爲藏拙

〔註49〕丁福保《清詩話》，上海古籍出版社，1963年版，頁310。
〔註50〕錢鍾書《談藝錄》，三聯書店，2007年第2版，頁233。

即巧，用短即長；有可施人工之資，知善施人工之法，亦即天分。
雖隨園亦不得不稱其縱非絕色，而『五官』生來尙『端正』也。」
〔註 51〕對漁洋詩歌創作總體上持肯定的態度，較爲客觀和公允，並
且揭示出了漁洋詩不以性情動人而追求詩歌形式美的藝術本質。「漁
洋樓閣乃在無人見時暗中築就，而復掩其土木營造之迹，使有煙雲
蔽虧之觀，一若化城頓現。」〔註 52〕說出漁洋詩雖雕琢辭章，卻能
化影於無形，使「讀者只愛其清雅，而不甚覺其餖飣」的高超的藝
術技巧。但於此同時，錢氏也指出了漁洋詩中的諸多問題。其一如
「一不矜持，任心放筆，則譬如飛蓬亂首，狼藉闊眉，妍姿本乏，
風流頓盡。」《蠶尾後集》爲漁洋晚年所作，而且專意詠物。總觀其
卷，「狼藉」之筆隨處可見，如「斜風細雨今年少，病渴難消七碗茶。
多謝南皮魏公子，遣來西苑綠沉瓜。」(《西瓜》) 詩中欲謝贈瓜之人，
卻不知從何說起。由瓜而反推「病渴」，由「病渴」而轉說「少雨」，
著實牽強，此詩一出，令人忍俊不禁。又如「白與雪同色，何須梅
比香。伯牙琴操裏，宜配水仙王。」(《盆中水仙》) 詩寫盆中水仙，卻
「粘皮著骨」，「白與雪同色，何須梅比香」了無詩趣，「伯牙琴操裏，
宜配水仙王」又無理之極。此二首正是錢氏所說「無話可說」與「弦
外無音」的典範。其二，錢氏以《香奩詩》爲例，指其「惡俗語幾
不類漁洋口吻」。「惡俗語」在漁洋詠物詩中亦屬常見。其《馬》詩：
「即教得遇雄才主，不少黃金鑄裊蹄」；其《盆魚》詩：「託身幸得
遠鯨鱷，一一尾鬣乘清虛。出入荇藻絕罝滬，笑渠殘鱠矜王餘。誰
爲惠施解吾樂，牀頭尙有蒙莊書。」由此二詩，對漁洋性情可窺一
斑。楊際昌評漁洋《秋柳詩》「韻遠而骨媚」。「骨媚」二字，用在此
處極爲恰當。此外，漁洋亦有《蠅》詩一首「瑟瑟涼風至，營營計
已疏」，雖描畫入骨，卻全無溫柔敦厚之美感，實墮刻薄之惡趣。其
三，錢氏與隨園同調，認爲漁洋「天賦不厚，才力頗薄」，筆者認爲

〔註 51〕錢鍾書《談藝錄》，三聯書店，2007 年第 2 版，頁 232。
〔註 52〕錢鍾書《談藝錄》，三聯書店，2007 年第 2 版，頁 232。

並非妄自菲薄。王士禎詠物詩較少，源於其不喜唱和，「不次韻、不集句」。唱和、次韻卻最顯才思，「以意赴韻，雖有精思，往往不能自由」（鄧漢儀《詩觀三集》）〔註53〕是一個方面，措手而就的現場性也是對詩人的考驗。據說漁洋作詩則需「閉門障窗，備極修飾」（盧見曾《國朝山左詩鈔》）〔註54〕，此種作詩之法，自然不適合唱和。《嘯亭雜錄》中說清聖祖面試，漁洋「幾至曳白」，可見其「詩思蹇澀」。這一點，突出體現在中年之後的詠物詩中。漁洋中後期詠物詩中，不僅表現出情感單一和程序化傾向，而且同一題材詩中，出現主題、用典，甚至句子重複的現象，有力地說明了漁洋中年之後才思的枯竭。以詠柳詩爲例。柳樹是漁洋慣作的詠物詩題，猶以《秋柳》內涵之豐實而名顯，其次如同於早期所作的《和牧翁題沈郎倩石崖秋柳小景》，「工於言愁」，亦可稱道。此外，《漁洋精華錄》又錄其柳詩數首，卻是首首不足觀了。

> 十二年前乍到時，板橋一曲柳千絲。
> 而今滿目金城感，不見柔條踠地垂。
> （《趙北口見秋柳感成其一》）

> 六載隋堤送客驂，樹猶如此我何堪？
> 銷魂橋上重相見，一樹依依似漢南。
> （《趙北口見秋柳感成其二》）

> 灞橋楊柳碧毿毿，曾送征人去漢南。
> 今人攀條憔悴絕，樹猶如此我何堪？（《灞橋柳》）

以上三首，皆懷舊，用同樣的典故，並且詩句猶有重複，讀之令人感歎，漁洋詠柳之情思，於《秋柳》似已用盡。又如，漁洋詠白蓮「行人繫纜月初墜，門外野風開白蓮」（《再過露筋寺》），「香來月白風清裏，花放叢祠水驛邊」（《友人送白蓮花爲詠》），皆化用陸龜蒙「無情有恨何人覺，月曉風清欲墜時」；詠桃花「水晶枕上一枝新，別作嫣紅楚岸

〔註53〕錢仲聯《清詩紀事》（順治朝卷），江蘇古籍出版社，1987 年版，頁1984。
〔註54〕錢仲聯《清詩紀事》（順治朝卷），江蘇古籍出版社，1987 年版。

春。疑是息夫人未起，紅腰宮裏見橫陳」(《瓶中桃花》)，「紅萼初濃碧
草芳，息夫人始罷啼妝。斜陽脈脈相看處，可是無顏媚楚王」(《芳圃
桃花》)，兩詩由一事敷衍，如出一轍。漁洋又多作雪詩，「扁舟欲乘興，
杳杳暮天鍾」(《滸墅舟中眺陽山殘雪》)，「如何玉堂曉，偏憶剡溪遊」(《曉
雪》)，「清思戴安道，壯憶大梁公。寂寞剡溪興，蒼茫泂曲坊。」(《冬
夜大雪》)，亦顯得了無新意。舒位《瓶水齋詩話》云：「阮亭正宗固不
待論，其失往往在套。」〔註55〕其說甚是。

　　總之，漁洋後期詠物詩往往生搬硬套，落入形式主義的窠臼，使
讀者不禁感受不到神思飛揚、情韻充沛的美感，相反卻暴露出了詩人
蒼白、矯飾甚至寡趣的思想境界，與其所標舉的「神韻」美大異其趣。
究其原因，王應奎《柳南隨筆》說得極好：

　　詩貴鍛鍊精緻，亦不妨疏密相間，若字字求工，則反傷其
　　氣矣。詩貴含蓄蘊藉，亦不妨豪蕩感激，若句句求淡，則
　　不見性情矣。詩貴意存忠厚，亦不妨辭寓刺譏，若語語混
　　沌，則全無作用矣。〔註56〕

「鍛鍊精緻」、「疏密相間」，詩人自可隨性為之；「含蓄蘊藉」、「豪蕩
感激」，皆一時之情也。「性情」二字，乃詩歌結穴。「性情」中有「忠
厚」，即使「辭寓刺譏」，亦無傷大雅，若混沌是非，反覺虛偽。漁洋
早期的《秋柳》與《冶春》詩，前者蘊含著特殊年代中青年人特有的
悲劇情懷，後者抒寫漁洋仕途得意所激發的青春熱情，皆出自於本
心，再借助於一定的藝術技巧，一揮而就，自然移人性情。中年後的
漁洋，安逸的生活環境，高張的文網，「論身幸得遠鯨鱷」、「出入苻
藻絕齵滬」(《盆魚》)是其內心的真實寫照，「即教得遇雄才主，不少
黃金鑄裊蹄」(《馬》)是其最現實的追求。漁洋的一生，從追求高蹈出
世的少年才俊，到明哲保身的臺閣老臣，滿足了個人與時代的雙向需

〔註55〕錢仲聯《清詩紀事》(順治朝卷)，江蘇古籍出版社，1987年版，頁
　　　2002。
〔註56〕錢仲聯《清詩紀事》(順治朝卷)，江蘇古籍出版社，1987年版，頁
　　　1991。

求，預示著明清之際知識分子命運的華麗轉變。與此同時，那種特殊時期激蕩的情感不復存在，少年的激情也已消退，隨之而去的，還有那淡遠靈動的詩性人格。「安能使處太平之盛世者強作無病呻吟乎？」〔註57〕沈氏可謂一語中的。所以，不論漁洋詩歌如何「詩中無人」，如何「以人工勝」，如何「才力頗薄」，但依然無法撼動其「一代正宗」的地位。正如錢鍾書所云：「『愛好』之漁洋，方爲整亂之藥。功亦偉矣。」〔註58〕從此，漁洋身後的詩人，也逐漸從亂世的陰影中走出，彈奏出屬於盛世的篇章。

〔註57〕沈德潛《清詩別裁集》，上海古籍出版社，1984 年版，頁 125。
〔註58〕錢鍾書《談藝錄》，三聯書店，2007 年第 2 版，頁 232。

第八章　清初遺民代表詩人詠花詩研究

　　江南氣候濕暖，又有晚明園林文化的遺韻，故而繁花勝景是人們慣看之物、慣詠之物。在江南遺民詠物詩中，詠花詩以其絕對的數量優勢壓倒了其他，成爲這一群體的最具特色的創作題材。他們或以梅菊自喻，寄託孤高堅韌的遺民氣節；或者以情觀物，於斷井殘垣邊的姹紫嫣紅託付末世的傷感；或者在春日麗景中苦苦尋覓，品味著似曾相識的枝頭蓓蕾重溫舊夢；或者對花把盞，在馥鬱的香氣之中沉醉，將現實的煩憂統統驅散。總之，對於遺民來說，花是良師益友，是心靈慰藉，甚至是政治期盼和緬懷中最爲美好的靈魂歸宿。

第一節　歸莊、余懷的「看花詩」研究

　　清初遺民詩人多有「看花詩」，其中，又以歸莊、余懷的創作最爲集中和豐富。歸莊號稱「逐花狂客」，且「素愛名花」，自言爲看花「不遺餘力」：「春則玄墓之梅，虎丘之蘭。夏則昆山、太倉、嘉定之牡丹。而虞美人、罌粟、薔薇、芍藥，又皆極其繁盛之時，到處追逐。」（歸莊《看牡丹詩自序》）﹝註1﹞其作於癸卯年左右的《看花雜詠》，存詩

﹝註 1﹞以下所引歸莊詩文皆出自《歸莊集》，上海古籍出版社，1984 年版。

近百首。余懷亦有遊歷逐花的經歷。戊申二、三月，其於金陵遍訪名花，「凡有花之地無不到，種花之人無不訪，養花之天無不出」，「凡兩閱月，得詩百首」(余懷《看花詩自序》)〔註2〕，這便是《味外軒集》中的《戊申看花詩》。學界對遺民詩思想情感的概括，向來用「遺民意識」一言以蔽之。而歸莊「看花詩」亦有「亂離時逐繁華事，貧賤人看富貴花」之句。可見，雖爲逐色、消遣的看花活動，在其筆下，同樣具有沉痛的時代烙印和遺民的身份特徵。以下，嘗試通過對歸莊、余懷「看花詩」的比較分析，對其所蘊含的「遺民意識」之深層內涵予以揭示，既關涉遺民群體共同的心理狀態，也對不同生命體驗下的個體意識略作探究。

一、歸莊、余懷看花詩的創作

不論是歸莊《看花雜詠》還是余懷《戊申看花詩》，都表現出一種對春天，對繁花似錦景象發自內心的迷戀和癡狂。歸莊身處「廢興之際」，將「遺民」作爲自我存在的形式，擺脫了仕宦之擾，便有了大量的時間來自由支配。江南的正月，已經是春意萌動，可作爲尋花的開始了。「鄧尉山梅花，吳中之盛觀也。崇禎間，嘗來遊。亂後二十年中，凡三至：甲午非梅花時，辛丑遇霖雨，甲辰以同遊者遄歸，皆未盡致。今年發興重遊，與友人約皆不果，乃典衣爲資，作獨遊計」(歸莊《觀梅日記》)；「庚子正月八日，自昆山發棹」(歸莊《洞庭山看梅花記》)，「辛丑二月，體健興豪，遂先遊玄墓觀梅花，留滯旬餘，又醉虎丘玉蘭之下」(歸莊《看牡丹記》)。舟船勞頓，專爲尋花，「典衣爲資」，只是盡興，已顯出狂態。個中種種，皆在詩中得以體現：「遠水平橋杖短節，花林深處憩幽蹤 (《看花雜詠‧昆山看梅》)，「彳亍斷橋邊，登頓深林裏，饑劬固不辭，日暮焉棲止」(《看花雜詠‧入鄧尉山》)，「愛花冒雨入山來，花滿山中雨不開。錢掛杖頭空倚樓，泥粘屐齒強登臺」

（《看花雜詠‧山齋對雨》）。余懷之詩，亦多「若得百年皆此日，飽看三萬六千場」（《戊申看花詩》四十一），「扶筇強著登山屐，坐聽花間白舌聲」（《戊申看花詩》六十五）之句。並且，面對這繁花勝景，詩人們往往還需要美酒助興。林間飛觴、醉眼看花是「看花詩」隨處可見的場景：「雨後看梅第一家，不辭百盞醉名花」（《看花雜詠‧崑山看梅》），「坐對瓊姿酒滿斝，一枝何必讓千林」（同上），「一樽列坐白石岡，不覺頹唐玉山倒」（《同上》），「國色滿前從醉倒，夢醒人似在迷樓」（《看花雜詠‧寓海濱朱氏……》），「水石相親姿獨立，琴樽靜對影交加」（《看花雜詠‧詠瓶中桂》）；「冶枝倡條攀不盡，花鈿遺在酒家胡」（《戊申看花詩》其十），「我愛王朗明月下，花間置酒獨吹簫」（《戊申看花詩》二十一）。

　　其次，愛花、贊花也是「看花詩」的主要內容。歸莊看花，從正月寒梅到暮春牡丹，從三秋桂子到重九之菊，中間又雜桃李、海棠、山茶、紫藤、玉蘭、葵花、水仙、天燭，可謂無花不看，無日不醉。而余懷亦是遍賞春花，樂此不疲。他們或是在花香中沉醉：「香風飛下襲衣襟，久之不知香醉人」（《看花雜詠‧朱氏園看桂》）；或是在桃李叢中迷失，忘記了身處何地、何時：「東欄一夜飛春雪，人在峨眉頂上行」（《戊申看花詩》三十九），「今日桃源在人世，不愁無地避秦嬴」（《看花雜詠‧桃花》）；甚至面對這幾樹香紅，詩人能夠將一切的憂愁、煩惱全都忘掉：「春愁都為梅花減，莫怪當年宋廣平。」（《戊申看花詩》其六）。更多時候，他們深深地被花的美所打動，禁不住要為大自然的偉大而讚歎：「當秋偏占中央色，對月還疑上界花」（《看花雜詠‧詠瓶中桂》），「豐肌艷骨誰能似，醉倚沉香捧太真」（《戊申看花詩》七十三）。

　　在諸多花品中，遺民詩人多表現出對梅花的偏愛。不難理解，梅花於深冬綻放的品格，頗可託付其身處易代之際惡劣的政治環境之下堅持自我的精神節操：「傲盡冰霜欺盡雪，百花齊仰歲寒姿」（《戊申看花詩‧五十九》）。不僅如此，歸、余「看花詩」，還賦予梅花一種特殊的氣質：

　　　　不是風摧將石壓，元來性嬾是嵇康。（《看花雜詠‧嬾梅》）

> 玉骨冰肌韻欲仙，慵粧倦態總堪憐。
> 上林楊柳眠還起，爭似幽芳自在妍。（同上）
> 夜夜枕琴眠樹下，好扶清夢到羲皇。（《戊申看花詩》六十二）

將梅花比作嵇康，比作超脫於塵世的仙子，表現出遺民對蕭散、疏狂的人格讚美。此中，自有自我欣賞在裏面，但也有一種特殊的情味。歸莊在《歷代遺民錄序》中強調了「逸民」和「遺民」的區別：「凡懷抱不用於世者，皆謂之逸民；而遺民則惟在興廢之際，以爲此前朝之所遺也。」「逸民」的高蹈出世，是一種自主性的選擇。而身處在易代之際的「遺民」，承受著道德、情感，以及政治環境的重重制約，其遺民操守的背後，有著太多的迫不得已。所以，疏狂滲透著一種激憤的渲泄。但無論如何，這種隱逸的氣質，是他們現實中唯一可供選擇的。而梅花耐寒、獨放，及清幽的芳香，正好契合了遺民詩人的人格審美，喚回了他們內心深處的自尊和自信，以此慰藉他們孤寂脆弱的靈魂。

當然，看花的樂趣不僅於此。「百里相逢天下士，一旬多醉雨中花。聽來談話欽前輩，說到文章愧世家。」（《看花雜詠·飲於張子石丈……》）與好友相逢於花下，論詩飲酒，其樂融融，也是人生的一大快事。作爲被政治拋棄的一群，蕭堵孤燈是遺民生活的常態。而遺民之間的交遊唱和，是其主要的社會活動。「山中多故人，迹疏意親密」（歸莊《看花雜詠·重九前二日……》）。最爲重要的是，同樣的政治境遇，使得他們之間最能體會彼此的苦樂，達到一種情感的共鳴。而這種友情，已經成爲其凄苦人生中不可或缺的部分。

> 把酒論文皆磊落，剪燈話舊自悲辛。
> （《看花雜詠·訪李秋孫……》）
> 幾處名花娛白髮，兩人歸路踏黃昏。
> （《看花雜詠·冬日……》）

花，酒，及二三舊友，推杯換盞，契闊相談。如此場景，人生又能有幾回？似乎也唯有於此之時，他們才能將一切身外的負累放下，去恣情享受這清風明月的歡暢，真正體會這隱逸生活的樂趣。

花叢便是留人處，永謝淮南辭賦招。

（《看花雜詠・東行尋古梅舟中作》）

我已胸中無一事，只因花鳥費功夫。

江山風月閒爲主，不學知章乞鑒湖。

（《戊申看花詩》三十）

僥幸今春不負春，同遊同賞絕風塵。

喚回五十三年夢，長做羲皇以上人。

（《戊申看花詩》五十八）

二、歸莊、余懷「看花詩」的思想內涵

　　歸莊《看花雜詠》和余懷《戊申看花詩》均作於康熙初年，當時歸莊 50 歲，余懷 53 歲，皆入暮年。其逐花之事，自不同於少年輕狂者雪月風花的賞心樂事，而別有一種深沉的情感蘊含其中。余懷在《看花詩自序》中說：「古人不得志於時，必寓情於一物」，「予之於花，亦寓情也」。此種「寓情」的現象，普遍存在於遺民「看花詩」中。但是，這些詩歌，所「寓」何「情」？這是一個值得探究的問題。

　　歸莊、余懷的看花詩，涉及的內容雖大致相同，但若細細品其情韻與側重，卻頗有不同。歸莊之詩，以記遊蹤爲多，其情感，多傾向於對花的繁盛與姿色的讚美，表現出對花事難以抑制的迷戀。這一點，從其詩題中即可見一斑：《昆山看梅》、《入鄧尉山》、《東行尋牡丹舟中作》、《自嘉定至海濱尋牡丹》、《重九前兩日，自昆山發舟至九峰，途中作》……。這些經歷，在其所作的一些看花遊記中，有更爲詳細的記述。歸莊看花，「不問路遠近，人貴賤，交親疏，有花處即入。」（歸莊《看牡丹記》）至於舟車之用，往往「典衣爲資」，甚至常爲看花，落到困頓他鄉的地步。「因賃屋雇舟輿之費未足以償，以書畫求售，亦竟不應，遂不得脫身歸。」（歸莊《五遊西湖記》）如此境地，其看花之興猶不減，是眞正的「性嗜花」。歸莊看花，「多攜酒至，待於花下，往往對客吟詩揮翰，無日不醉」（歸莊《洞庭山看梅記》）。對他來說，醉倒花下，是人生第一大快事，「最是賞心兼樂事，不辭爛醉送生涯」（《看花雜詠・同詣陸鴻逸郊園看牡丹》）。

吳偉業評歸莊《落花詩》：「流麗深雅，得寄託之旨。」〔註3〕與其相近題材的「看花詩」，是否依然有此「寄託」？或如余懷所言，「亦寓情也」。首先，必須承認，歸莊對花的愛是由衷的、性情的。但此種性情，亦打上了時代與個人的雙重烙印。歸莊在《看花雜詠‧訪李秋孫於山齋》道出了其嗜花的眞正緣由：「世間只有花如昔，萬樹千叢樹樹春。」花自如昔，所逝者何物？青春、抱負，亦或是早已逝去不再的舊日山河。這一切，兼而有之，難分仲伯。總之，對一個少負才情，卻不幸生逢亂世，經歷國亡家破之痛，且選擇了遺民身份的人來說，現實確實缺少亮色。只有春日，面對那芬芳的枝頭花朵，詩人才能在這美的氛圍中，嗅到些許往日的氣息，喚回片刻生命的活力。此外，還有酒。酒能讓人忘記現實，而花卻營造了美好的幻境。兩者的共同作用，便可以得到一種心靈的快意。所以，歸莊的逐花，更多時候，是一種精神上的自我排遣和滿足。在這花酒的包裹中，最終實現的是一種靈魂的「遁逃」，一種精神的麻痺。隨著詩人年事日高，痛苦日深，這種短暫的「麻痺」已成爲一種生活的依賴。「牀頭書卷人俱冷，瓶裏花枝影共繁。」（《看花雜詠‧寒夜獨酌……》）麗日花下，是一種酣暢淋漓的沉醉，但可惜不能日日年年如此日。孤燈冷案的寒夜，那插在瓶中的遲衰花枝，也能帶來稍許心靈的慰藉。所以，歸莊之於花，有著特殊而深厚的情感：

> 眾芳當秋榮，繽紛復鮮澤。
> 叢叢入磁瓶，簇簇映英石。
> 殘者輒更換，每日勤擷摘。
> 知交時送至，與我娛晨夕。
> 花雖非我有，卻得自歡適。
> 燈前當獨酌，對之影不隻。
> 閒時聊一玩，何遽妨挾策。
> 雖復適興事，種類有別擇：

〔註3〕錢仲聯《清詩紀事》（明遺民卷），江蘇古籍出版社，1987年版，頁488。

> 十數雜花中，主之以翠柏。
>
> 雖無悅目姿，所取在標格。
>
> 自哂誠亦迂，素尚不可易。
>
> 秋風愁殺人，得花愁已釋。
>
> 賢達諒不禁，從人笑花癡。（歸莊《看花雜詠・眾芳》）

歸莊晚年困頓，自無大片閒田可以供養奇花異草。他看花，除了遊歷山水勝地之花，訪問顯達貴人園林之外，自家狹窄庭院也有一些盆栽。這些花，有花市買來的，更多是朋友相送。一年四季，花香不斷。「寒畦花事知猶耐，荒歲人情幸不慳。」（《看花雜詠・客中述懷》）所以，這些花中首先蘊含著一股濃濃的溫情。對花園之有無，歸莊表現得極為通達。「即陶隱居之松，王子猷之竹，林和靖之梅，皆取必園宅所有，似非能去物我之見者；何如余丙舍三楹，庭無一徑草，而他人之苑囿卉木，我皆得而樂也。」（歸莊《尋菊記》）陶令之松，子猷之竹，和靖之梅，都通過種栽和擁有體現所有者的旨趣、性情，是一種自我品格的表白，並非真正愛花。歸莊之於花，是癡，是賞。雖然有時，他也會被翠柏、寒梅的標格所打動，但大部分時候，他是無論貴賤，不計親疏，甚至冒著遭人白眼，被人冷落的尷尬，將尋花、看花進行到底。因為能從繁花中體會到生命的美好與價值，歸莊對於暮春深秋的殘瓣顯得尤為珍惜。每逢此時，其逐花的腳步也顯得更加急促：「沉醉東籬原舊約，拚隨杖屨逐芳華」（《看花雜詠・尋菊……》）；「不須更想故山花，馳歸已恐花如霰」（《看花雜詠・朱氏園看花》）。此處，已頗有些及時行樂的意味了。每當如此，詩人對青春已逝、生命雕零的體驗也顯得更加深刻：「衰年多病酒，花下怯深杯」（《看花雜詠・陳集生邀往郊外……》）。看花活動，最終喚醒的，是詩人對生命的無限珍重：「聞道玄功能卻病，入門平易定無差」（《看花雜詠・飲翁氏菊花下》），「非是遠公真有酒，近來多病喜蒲團」（《看花雜詠・宿白鶴寺惺公房》）。從來只是以身事佛的儒生，不僅要以心歸之，還要求仙問道了。

歸莊之看花，是對美好生命的體驗，是詩人在灰暗的生活中聊以

自娛的方式。所以，在歸莊詩中，有花的景象總是亮麗快樂、充滿生機。余懷的看花詩也寫尋花、愛花和惜花，但面對如錦的花枝，他的感覺卻完全不同。「紅潮欲上無人見，嫩酒千杯醉洛神」（《戊申看花詩》其二），「蜂蝶不來鶯未語，春風只放老夫顛」（《戊申看花詩》其四），「張家園館久荒蕪，剩有寒梅四五株」（《戊申看花詩》其十）。雖然，與歸莊一樣，余懷看花亦多結伴而行，但其詩中所營造的，總是一種孤寂、淒涼的氛圍。哪怕是面對春花爛漫、萬家燈火，詩人依然會感到一種莫名的惆悵。

　　寶林雙樹影婆娑，普照花間繫玉珂。

　　如此春光獨憔悴，可憐只是恨人多。（《戊申看花詩》其八）

　　瓦官閣外杏花村，駿馬紅妝繞寺門。

　　攜手鳳凰臺上望，滿城燈火照黃昏。（《戊申看花詩》十九）

如果說，歸莊看花詩的情感基調總體以「樂」為主，而余懷的詩歌，則明顯呈現出「悲」、「愁」的特徵。與歸莊將尋花、逐花作為人生的「賞心樂事」不同，花的美和春日的蓬勃生機，並不能激起余懷的精神快感，並不能引導詩人對現實憂愁的遺忘，而是趨向於一個恰好相反的方面——對某種「恨」的喚醒：「齊梁舊事風吹去，柳葉梨花恨未休」（《戊申看花詩》二十三），「痛飲狂歌今日事，最銷魂處是金陵」（《戊申看花詩》十二）。余懷並沒有選擇梅花最盛的鄧尉、玄墓，也沒有選擇荷花最盛的西湖，而是將看花之地放在南京。「予以戊申二月，從吳郡返金陵。日偕二三老友，乘興尋花。」（《看花詩自序》）作為六朝舊都的南京，對明遺民來說，有著特殊的政治內涵：「這裏原是一個政治敏感區，南京城東的鍾山南麓埋葬著朱明王朝開國之君朱元璋，孝陵的存在不啻是朱姓王朝的神聖象徵，最易勾起舊朝臣民對先皇的緬懷」〔註 4〕。雖然，余懷詩中所緬懷的，似乎是「齊梁舊事」，是「六朝」。但「余懷筆下的『六朝』，已經形成一個隱喻的意象，如夢幻般地與現實對抗。」〔註 5〕這個「現實」

〔註 4〕嚴迪昌《清詩史》，浙江古籍出版社，2002 年版，頁 68。

〔註 5〕鍾繼剛《〈板橋雜記〉「遺民情懷」辨》，《西華師範大學學報》，2007

便是新朝，「六朝」是已經逝去不返的朱明王朝的指代。

　　沉香亭畔方移種，已見黃塵動地來。

　　幸有愛花朱處世，至今留得百枝開。(《戊申看花詩》九十七)

此處的牡丹被賦予了「劫後餘生」的身世背景，從而具有了「故朝舊物」的象徵意蘊。這也是余懷看花詩中「花」的普遍性內涵。繁花似錦是「江山佳處」的代表，而看花、逐花，便是一種對舊朝、往事的「緬懷」，一種對「懷舊」的情感體驗的追求。所以，余懷詩中多寫落花的惆悵，「春色三分二已過，傷心無奈落花何。」(《二十四》)花開已添惆悵，更何況「落紅無數」，這裏不無對明王朝的哀悼在。雖然，余懷詩歌無如杜老「感時花濺淚」的沉痛，但對花落淚、懷戀舊國的傷感情緒是濃厚的。

三、歸莊、余懷「看花詩」的遺民意識

　　對於遺民的界定，一般強調兩點：一、「生活於新舊王朝交替之際，身歷兩朝乃至兩朝以上的士人」，「在新朝必不應科舉，更不能出仕」；二、「作為遺民，其內心深處必須懷有較強烈的遺民意識。」〔註6〕所謂「遺民意識」，即懷戀舊國，對抗新朝，抒寫亡國幽憤以及抱獨守貞的情懷。在宋、明兩朝，又增加了「夷夏之防」的政治性內涵。這些思想傾向，往往構成了遺民詩的主旋律。然而，這些表現在歸莊、余懷「看花詩」中，卻要複雜得多。

　　歸莊看花詩中，抒寫亡國之思的僅一處：

　　尋常風景與園池，忽覺情懷異舊時。

　　日月已臨子卯祭，身家又起亂離悲。

　　先朝人物皆衰老，新國江山有夢思。

　　愁緒憑誰消遣得，與君酌酒且題詩。

　　(《看花雜詠‧嚴伯俊邀泛……》)

　　年第 3 期。

〔註 6〕張兵《遺民與遺民詩之流變》，《西北師大學報》(社會科學版)，1998
　　年第 4 期。

詩後，有詩人自注，「時三月十七」。三月十九日，是崇禎皇帝的祭日，也是大明王朝亡國的日子。對遺民來說，這是一個充滿著悲痛和恥辱的日子。隨著這一天的臨近，詩人內心的悲愁逐日遞增，直至花與酒的適意已無法將其驅散，只有滋長和蔓延，暴露著詩人最終的不通達。但是，不論詩中的情感如何沉痛，這樣的詩歌在「看花詩」中畢竟極爲少見，「把酒狂歌」才是這組詩的主旋律。此外，詩中的一些語句，也有可供品味之處。比如，「先朝」、「新國」的表述。此類字眼，出現在仕清詩人詩中，顯得稀鬆平常。但出現在以志節名世的遺民詩中，卻有些突兀。在遺民的文化傳統中，伯夷、叔齊不食周粟，陶淵明以甲子紀年，都表現出對新朝的無言對抗。而歸莊，這位在文學史上雖不甚被重視的詩人，其剛烈、桀驁的個性卻多爲人稱道。年少之時，他便與顧炎武齊名，有「歸奇顧怪」之說。歸莊之「奇」，不僅有「才奇」之義，更有「行爲奇」、「舉止奇」在裏面。「順治乙酉，縣城閻茂才攝令事，下剃髮令，士民不從，噪於縣，執茂才，莊白眾殺之，遂嬰城守」（註7）。面臨大難挺身而出，和在異族統治下的不甘受辱，表明其亡國初期政治立場的堅定和性格之剛烈。甲申之初，「嘗南渡錢塘，北涉江淮，所至遇名山大川，憑弔古今，輒大哭，見者驚怪，而公不顧也」（註8）。這種窮途末路之哭，飽含著詩人在國家敗亡後的深哀劇痛。然而，在二十餘年之後，也就是這組看花詩創作的康熙初年，詩人的內心卻發生了一些微妙的變化。隨著明王朝大廈的傾覆，各種反清勢力粉墨登場之後又草草收場，「先朝」是詩人不得不面對的舊朝已逝的現實。而清王朝在奪取統治時的殘暴之後，政策、國勢逐漸緩和平穩，「新朝」的存在已是一個不爭的事實。「先朝人物皆衰老」，是對過去的緬懷；而「新國江山有夢思」中不僅包含著對清朝統治的認可，並且還有一種可以察覺的關心和期待。

〔註7〕歸莊《歸莊集》，上海古籍出版社，1984 年版，頁 579。
〔註8〕錢仲聯《清詩紀事·明遺民卷》，江蘇古籍出版社，1987 年版，頁 466。

從以上分析可知，歸莊的晚年，那種激昂的對抗情緒已經不再，雖然依然堅持著遺民身份，其所謂的「遺民意識」已然發生了很大的變化。這一點，在歸莊晚年的行事中多有表現。以其交往人群來看，既有像他那樣舊朝遺民顧炎武等，也有因曾經仕清而受人指摘的吳偉業、錢謙益，甚至還有清廷的官員張希哲、汪琬等人。〔註9〕「可以說，歸莊正是在張希哲等人的身上看到了清朝統治者對儒家正統的重視和對漢族文化的傳承，這直接影響了歸莊政治態度的轉變。」〔註10〕這一結論雖然過於草率，但「政治態度的轉變」卻是發生在清初遺民身上的一個不容忽視的事實。張履祥在《與唐灝儒》中說：「方昔陸沉之初，人懷感憤，不必稍知義理者，亟亟避之，自非寡廉之尤，靡不有不屑就之之志。既五六年於茲，其氣漸平，雖以向之皎然自異不安流輩之人，皆將攘背下車，以奏技於火烈具舉之日。」〔註11〕雖過於苛刻，但確鑿地指出了遺民在經歷漫長的人生磨難之後，其心態的必然走向。總之，在歸莊「看花詩」中，政治意味明顯減弱，更多的是一種對自我適意的追求，對青春消逝的傷感和生命價值的珍視，其中所蘊含的悲劇情懷，也是自我感受大於對社會的關注，人生的失意大於政治的挫敗。

　　余懷的看花詩，有一種懷舊的情緒。而這種「懷舊」，具有鮮明的政治指向性。但是，這種政治性指向中蘊含著怎樣的「遺民意識」，也需要更深一層的探究。嚴迪昌在《清詞史》中，對余懷有一個精闢的論述：

　　　　在清初，余淡心是某種奇特的文人類型的代表。家非素寒，
　　　　卻是終身布衣。可是又名望甚著，交遊廣多。他於明季本
　　　　無科名，又頗以遺老自居。過往甚密的友好中既有大批的

<hr>

〔註 9〕劉紅娟《歸莊交遊考述——兼談清初士人思想》，《紅河學院學報》，
　　　　2008 年第 1 期。
〔註10〕劉紅娟《歸莊交遊考述——兼談清初士人思想》，《紅河學院學報》，
　　　　2008 年第 1 期。
〔註11〕張履祥《張元先生全集》，道光庚子刊本，卷四。

遺民文士，又頗多新朝顯宦。〔註12〕

　　在余懷的交遊之中，不僅有吳偉業、錢謙益、龔鼎孳這樣的失節文人，王士禛這樣的新貴，而且還有一位當年極爲顯赫的人物——蘇州織造曹寅。這樣的交往經歷，頗能說明余懷政治觀念的淡泊。這與其詩歌中所蘊含的懷舊情緒，出現了一定程度的悖離。此兩者，是外表狂放與內心沉痛的精神分離，還是另有其他，這也是閱讀余懷作品的關鍵所在。詩歌之外，余懷有一部記述風月的《板橋雜記》更爲人所稱道。此書在「淒艷迷離中傳達出詩人悲喜懷舊的情懷」〔註13〕，與看花詩在情感基調上一致。《板橋雜記》作於作者逝前三年，約 77 歲之時，看花詩作於戊申，作者約 53 歲。可見「懷舊」是貫穿余懷後半生的一種心態。而《板橋雜記》中說此書主旨：「非徒狹邪之是述、艷冶之是傳也」，是「有爲而作也」〔註14〕。這也與《看花詩序》所云「予之於花，亦寓意耳」頗爲相似。此種寄託、寓意，如果被簡單地理解爲「悲涼的遺民情懷和滄桑感」〔註15〕，便可以從政治道德出發，給予很高的評價，甚至被稱爲「中國文學史上的絕唱」〔註16〕。但是，這一觀點，並非人人認同。比如黃裳在《金陵五記後記》中說：

> 正如吳梅村在哀悼董小宛的詩中所描寫，種種不如意是無法完全避免的。於是就產生了今昔之感，也就是作詩的材料。這中間自然也有家國之感的成份在。不過當我們讀詩的時候，必須先打一個大大的折扣在這裏，纔可望透過障眼法，獲得較爲眞實的理解的吧。〔註17〕

〔註12〕嚴迪昌《清詞史》，江蘇古籍出版社，2001 年版，頁 35。

〔註13〕鍾繼剛《〈板橋雜記〉「遺民情懷」辨》，《西華師範大學學報》，2007 年第 3 期。

〔註14〕余懷《板橋雜記》，上海古籍出版社，2001 年版，頁 3。

〔註15〕馬甲《花都青樓往事一八三〇至一九三〇》，《萬象》，2003 年第 4 期。

〔註16〕馬甲《花都青樓往事一八三〇至一九三〇》，《萬象》，2003 年第 4 期。

〔註17〕黃裳《關於余淡心——〈金陵五記〉後記》，《讀書》，1982 年第 3 期。

余懷的生活，與歸莊這樣沒落寒苦的遺民有著明顯的不同。大概出身於金陵富商的家庭，余懷年輕時，就已經過著一種煙花柳巷、輕狂放蕩的生活。而且又詩名卓著，與杜濬、白夢鼎齊名，時稱「余、杜、白」。年少多金而又才動江南，吳偉業評價之「過江風流，應復推爲領袖」〔註18〕。當然，甲申之變，余懷也被迫過上了顛沛流離的生活。但即使在逃難之時，余懷依然延續著放歌縱酒的作風。「今淡心所至，車馬溢巷，徵歌選妓，畫舫留連」。其後來的交遊，亦能做到「不以衣食累諸公」，其經濟之寬裕與生活之適意可想而知。「雖然經過鐵蹄的踐踏，但到底還沒落到赤貧的地步，不過比起甲申以前的好日子，到底是差多了。」〔註19〕這便是黃裳所認爲的「今昔之感」的由來。當然，余懷文學作品中的懷舊情緒不僅僅是生活境遇的變化。《板橋雜記自序》中，有如下的描寫：

> 金陵古稱佳麗之地，衣冠文物，盛於江南，文采風流，甲於海內。白下青溪，桃葉團扇，其爲艷冶也多矣。洪武初年，建十六樓以處官妓，淡煙、輕粉，重譯、來賓，稱一時之韻事。自時厥後，或廢或存，迨至三百年之久，而古迹寢湮，所存者爲南市、珠市及舊院而已。……鼎革以來，時移物換，十年舊夢，依約揚州，一片歡場，鞠爲茂草，紅牙碧串，妙舞清歌，不可得而聞也；洞房綺疏，湘簾繡幕，不可得而見也；名花瑤草，錦瑟犀毗，不可得而賞也。間亦過之，蒿藜滿眼，樓館劫灰，美人塵土，盛衰感慨，豈復有過此者乎！〔註20〕

在易代之際的兵難中，南京、揚州這樣的娛樂重鎮，是受創最爲嚴重的。「揚州十日」、「嘉定三屠」，是歷史上最慘痛的事迹。大江南北，遭此荼毒，生產發展曾一度爲之停滯。繁華不再、滿目瘡痍，追

〔註18〕錢仲聯《清詩紀事·明遺民卷》，江蘇古籍出版社，1987 年版，頁561。

〔註19〕黃裳《關於余淡心——〈金陵五記〉後記》，《讀書》，1982 年第 3 期。

〔註20〕余懷《板橋雜記》，上海古籍出版社，2001 年版，頁 3。

憶往昔，黍離之悲油然而生。這裏，既有對昔日繁華的追憶，也有對
往日美好生活的留戀，其中也包含一些對清兵入關後殘暴行徑控訴的
成份。當然，余懷所感受到的這種強烈的今昔反差的形成，除戰亂的
因素之外，更有一種社會氣氛的轉變。從余懷的杯酒狂歌、縱情聲色
的生活作風來看，他的身上依然保留了典型的明末文人的氣質。「明
代後期，此種情形愈來愈甚。此一群落之士人，差不多在青少年時代
都有狎妓縱欲之行爲。狎妓縱欲，不僅成爲了他們生理之需要，亦成
爲他們顯示自我之風度、顯示個性與時尚之一種行爲。」〔註21〕這種
風氣的形成，既有明代心學的精神指導，也有商業社會價值觀的衝
擊。「奢侈享樂爲一時之社會風尚，非某一階層、某一社會群落所獨
有。」〔註 22〕清初江南經濟雕敝，江南士子在政治上屢受打壓，生
活的窘迫和人生的挫敗感嚴重影響了他們心態，再加上統治者對儒學
傳統的強調，使得明末那種紙醉金迷的社會氣氛不復存在。余懷雖然
依然堅守其生活方式，但每每感到孤獨和沒落，對於晚明社會文化的
懷念，是余懷「懷舊」情緒的重要組成部分。當然，在余懷的諸多「懷
舊」中，還有來自於自身的感逝情懷。甲申之際，余懷年近而立，之
後的數年動蕩，消磨了他人生中最美好的年華。《板橋雜記》中，余
懷毫不掩飾對那段輕狂往事的懷念。「餘生也晚，不及見南部之煙花、
宜春之弟子，而猶幸少長承平之世，偶爲北里之遊。長板橋邊，一吟
一詠，顧盼自雄。所作歌詩，傳誦諸姬之口，楚、潤相看，態、娟互
引，余亦自詡爲平安杜書記也。」〔註23〕而隨著風流一起逝去的，還
有少年的豪氣和不凡的抱負。在聲色包裹下的余懷，骨子裏有一顆傳
統的入仕之心。久負才名，在明末卻屢試不第，是對風流才子自尊心
的極大傷害。隨之而來的政治巨變，對他既是一種精神的解脫，同時

〔註21〕羅宗強《明代後期士人心態研究》，南開大學出版社，2006 年版，頁
　　　　361。
〔註22〕羅宗強《明代後期士人心態研究》，南開大學出版社，2006 年版，頁
　　　　377。
〔註23〕余懷《板橋雜記》，上海古籍出版社，2001 年版，頁 3。

也將其帶入更深一層的政治絕望。雖然，余懷亦深知「狎邪之遊，君子所戒」，但其最終不能禁者，聲色已成爲安頓其靈魂的必然選擇。所以，艷冶、狹邪的瘋狂中，也有一種人生的激憤。

　　「享樂之又一風尚，是山水遊賞」〔註24〕，其中自然包括看花。《戊申看花詩》是余懷懷舊傷感情緒另一種表述，只是用詩歌的語言，顯得更爲蘊藉。《板橋雜記》寫金陵，看花詩亦寫金陵，「痛飲狂歌今日事，最銷魂處是金陵」（《十二》）。《板橋雜記》寫「樓館劫灰，美人塵土」，看花詩寫「張家園館久荒蕪，剩有寒梅四五株」（其十）。而「盡捐塵累學長生，湖海元龍氣已平」，「春色三分二已過，傷心無奈落花何」、「桃李紛紛白下門，一湖碑水泣東昏」，則因詩歌強大的抒情性使這種傷逝感懷表現得更爲酣暢淋漓。

　　如果說余懷詩歌中的傷感是一種「遺民意識」的話，這種「意識」，更多來自於詩人自身的人生體驗，這是與歸莊相通的。只是，兩者表現的形式略有不同：歸莊看花是對殘酷現實的逃避和當下生命價值的實現，而余懷詩歌，更多通過對現實暗淡的渲染，突出對舊朝往事的讚美和對青春生活的留戀。無論是歸莊的及時行樂還是余懷的苦苦追憶，都表現出對享樂、適意人生的追求，這是晚明社會價值觀的延續。可以說，康熙初年局勢穩定之後，遺民心中對新朝的政治對抗，已經逐漸轉化爲對舊朝文化的留戀，這一點，是以往遺民詩研究中所忽視的。

第二節　屈大均的詠花詩研究

　　在明遺民中，有一類人「既有堅定的復明志向，又積極投入抗清鬥爭，並有大量飽含民族感情的作品者」，可稱之爲「鬥爭型遺民」〔註25〕。其中的代表，可首推顧炎武和屈大均。兩相比較，屈大均的詠物詩創作又較之顧亭林更爲豐富，尤其他大量歌詠梅菊的詩歌，在

〔註24〕羅宗強《明代後期士人心態研究》，南開大學出版社，2006 年版，頁 376。
〔註25〕王英志《論屈大均的山水詩》，《文學遺產》，1996 年第 6 期。

清初詩人中顯得極爲突出。

一、屈大均及其詠物詩創作

屈大均，字翁山，廣東番禺人。其一生頗具傳奇色彩：

> 生於南海邵氏，年十六，以邵龍姓名補南海縣學生員，其
> 父攜之歸沙亭，複姓屈氏，易名邵隆。永曆元年，從師陳
> 邦彥起義，邦彥殉難，大均赴肇慶行在，上《中興六大典
> 書》，大學士王化澄疏薦，將官以中秘，聞父病遽歸。父歿，
> 入雷峰爲僧，名今種，字一靈。逾年，出遊大江南北，遍
> 交其豪傑，聯絡鄭成功，入鎮江攻南京。鄭敗，大均歸里，
> 反於儒，更今名。復遊秦、隴，回粵。吳三桂反清，以蓄
> 髮復衣冠號召天下，大均建議始安，以廣西按察司副使監
> 安遠大將軍孫延齡於桂林。後知三桂有僭竊之意，謝歸。
> 年六十七卒。（《廣東詩彙·屈大均小傳》）

在眾多的遺民詩人中，屈大均行輩雖晚，卻是堅持反清鬥爭時間最長的遺民之一。明崇禎皇帝自縊之時，大均年僅十五。廣州第一次爲清兵所佔領，大均十七歲。從十八歲開始，他就積極投身到反清復明的鬥爭中，輾轉半生。先後參加了陳邦彥等人 1647 年的起義和鄭成功、張煌言 1659 年的軍事行動。1673 年，吳三桂策動反清，四十三歲的屈大均依然寄予厚望，並積極投身其中。終因洞察其野心，慨然辭歸。在大均一生中，還有頗受爭議的「逃禪」與「返儒」。在復明激情逐漸低迷的順治末年，遺民往往將佛家的虛空作爲撫慰其失意、安頓其靈魂的精神歸宿，而此時的他卻毅然、決然地拋棄了佛教，並且說：「昔者，吾之逃也，行儒之行，而言二氏之言；今之歸也，行儒之行，而言儒者之言。」〔註26〕可見，不論是浴血的鬥爭，還是僧服儒行，及最終全身心的皈依，屈大均都是一個堅定的名教徒，在他的身上，將儒家的自強與剛正發揮得淋漓盡致。

在思想意識上，屈大均對王陽明心學作了個性化的發揮。他認爲

〔註26〕屈大均《屈大均全集》第三冊，人民文學出版社，1996 年版，頁 124。

「知也，天之命也」（《書朱子所補致知傳後》）〔註27〕。此處的「知」，
便是陽明所謂的「良知」。王陽明將人的意識中合乎道德的部分，稱
爲「良知」，並將其作爲人一切行爲的原則。而大均的思想中，「知」
統領一切，甚至是評判一切事物存在價值的標準：

> 嗟乎！知外無物也。天地物也，而無吾之知則不能高明博
> 厚；日月物也，而無吾之知則不能以照臨；山水物也，而
> 無吾之知則不能以流而且峙；草木鳥獸蟲魚物也，而無吾
> 之知則不能以榮落焉、飛走焉、蠢蠢而生焉、洋洋而遊焉。
>
> （《書朱子所補致知傳後》）

知外無物，心外無物，這種極端化的主觀唯心主義，自然會影響到其
文學，尤其是詠物詩的創作。他認爲，「天下之物無理也，以吾知中
之物而爲理。」〔註28〕從這一觀念出發，其詩歌創作中的客觀事物，
必然爲詩人的思想意識所驅使，帶有強烈的主觀色彩。

> 詩之風，生於比興。其詩婉而多風，無物不入，油然而感
> 人心，善於比興者也。詠物之詩，今之人大抵賦多而比興
> 少。求之於有，而不求之於無；求之於實，而不求之於虛；
> 求之於近，而不求之於遠；求之於是，而不求之於非。故
> 其言欲工而欲拙。（《詠物詩引》）〔註29〕

「有」、「實」、「近」、「是」，是客觀事物所具有可觀、可聞、可感、
可識的物性特徵。而「無」、「虛」、「遠」、「非」，便是審美主體帶有
主觀色彩的情感和寄託。所以，於詠物詩，大均高舉「比興」傳統，
而反對繪形繪色的賦體，強調以「知」代替「物理」。也就是通過詠
物，彰顯人美好的心靈和道德追求。

　　對於所詠之物，屈大均強調「無物不入」的原則。他的詠物詩題
材非常廣泛，日月風霜、山川鳥獸，無不納入胸襟，爲其所用，抒寫
其忠貞剛正的志士氣節。在《翁山詩外》中，存詠物詩近 500 首。其

〔註27〕屈大均《翁山文外》，民國嘉業堂叢刊本，卷九。
〔註28〕屈大均《翁山文外》，民國嘉業堂叢刊本，卷九。
〔註29〕屈大均《翁山文外》，民國嘉業堂叢刊本，卷十三。

中，詠花詩 300 餘首。在其所涉及的 30 種花品中，大均又對梅菊摯
愛有加，其中梅詩 100 餘首，菊詩 60 餘首，占詠花詩的多半。此外，
屈大均有較多吟詠地方風物的作品如《木棉》、《素馨》等詠花詩，《龍
眼》、《香柚》、《佛手柑》、《荔枝》等水果詩。這些詩歌，展現了嶺南
人的生活風貌，蘊含著詩人對於鄉土文化的深情體味。

二、屈大均順治十六年的詠梅詩

　　順治十六年，對屈大均的一生來說，具有特殊意義。大均於 18
歲的弱冠之年，目睹家國爲異族所佔，憤起於乃師陳邦彥的起義中。
失敗之後，忍受著師仇國恥的深哀劇痛，目睹了南明各朝的先後覆
滅，以及永曆王朝的搖搖欲墜，體會著抗清的熱潮在清初社會的逐漸
冷落的寂寞。正直青壯之年的大均，奔走於南北十餘年，爲渴求的事
業作著最後的努力。順治十六年，他的努力終於得到了回報。這一年，
鄭成功、張煌言大舉進攻江南，抗清的激情在沉寂許久之後，再一次
高漲。據上引《廣東詩彙》所言，大均曾「聯絡鄭成功，入鎮江攻南
京」，對鄭成功的軍事壯舉有重要的影響。所以，對於這次行動，大
均應早有感知。順治十四年（1657），大均以訪師爲名北上，旨在聯
絡南北抗清力量；十五年回到南京，繼而又輾轉北京，憑弔崇禎自縊
的海棠樹；十六年春重返南京，遊歷朱明王朝園陵舊迹。這一系列帶
有明顯的政治意味的行動，暗示著詩人的某種預感。十六年在江南的
遊歷，大均創作了一批具有鮮明的政治色彩的詩歌。其中，有幾組詠
梅詩，如《靈谷探梅》（3 首）、《吉祥寺古梅》（7 首）、《福興山中古
梅》（2 首）、《紫峰閣梅》（2 首）、《同諸子探梅玄墓》（4 首）和《漁
洋探梅歸自東西橫塘作》（1 首）。此外，《冒雪通郭皋旭入鄧尉山中
探梅》（2 首）創作年代無從考證，但審其題旨，與上作頗相似，亦
可視爲同期作品。

　　先從《靈谷探梅》三首說起：

　　　　往日園陵畔，千株間白雲。

芳馨靈谷寺，灌溉羽林軍。

亂點鐘山翠，爭銜麋鹿羣。

高皇多手澤，如雪日氤氳。〔其一〕

見説中山麓，當年萬樹斜。

誰將遼海雪，來折漢陵花。

冷月含邊笛，陰風散暮鴉。

數枝當輦路，不忍吐瑤華。〔其二〕

幾樹傍朝陽，猶承日月光。

白頭宮監在，攀折薦高皇。

上苑櫻桃盡，華林首蓿長。

春風空有意，先到獨龍岡。〔其三〕

　　明立朝之初，建都南京。明太祖下令修繕和建造了五大寺院，其中就以靈谷寺爲代表。靈谷爲南朝所建，歷經千年之後，明太祖營建孝陵於此地，並且敕命贍僧千人，所賜田產多倍於他寺。因此上，靈谷寺也可看作是曾受大明天子福澤的聖地。靈谷寺之左有梅花塢，植梅千株，春來飄香四溢，花氣氤氳，美不勝收〔註30〕。以上三首詩即寫此處之梅。第一首詩突出靈谷寺梅所承載的歷史回憶，「高皇多手澤」、「灌溉羽林軍」，使人想見當年「王在靈囿，麀鹿攸伏」（《詩經·大雅·靈臺》）的太平勝景。這裏的梅花，是「高皇」恩澤的擔荷者和緬懷者，可作爲遺民的故國情思的溫暖寄託。第二首將時代向後推進，「遼海雪」、「漢陵花」，將人們的記憶再次拉回到不堪回首的烽火歲月，大明王朝在北方滿族的鐵騎之下，勢如累卵，瞬息崩塌。此詩中的梅花（即漢陵花），既是朱明王朝悲慘命運的象徵（以花之摧折，喻王朝的敗亡），也是背負著亡國傷痛的臣民的代表（「數枝當輦路，不忍吐瑤華」）。第三首寫當下，是詩人的所見所思。「上苑」、「華林」的平凡草木，早已蕪穢零落，只有靈谷之梅，依然承日月之光，表現出對大明王朝的無限眷戀。這裏的梅，

〔註30〕嚴志雄《體物、記憶與遺民情境 —— 屈大均一六五九年詠梅詩探究》，《中國文哲研究集刊》，2002 年第 2 期。

具有了懷故忠君的遺民情懷。

　　與靈谷寺千株梅樹不同，以幽勝著稱的吉祥寺有拜梅庵，「有古梅一株，虬枝鐵杆，扶疏十畝」〔註31〕。沒有與朱明王朝的諸多瓜葛，但其境之幽、幹之勁、根之古，又爲詩人的藝術創作提供了廣闊的想像空間。最終，在詩人筆下，這株古梅被賦予了孤傲絕世、受命不遷而又歷盡世事滄桑、淡泊渺遠的遺民人格。「受命生南國，孤根不可移」（《吉祥寺古梅·一》），並非不能移，而是不願移，是遺民堅守南方抗清陣地，保持希望於南明事業最後勝利的堅定信念；「空寂無人見，芳馨只自貽。上林松柏盡，珍重歲寒期」（同上），是遺民對自我節操的堅守、珍視和自賞；「冰雪歸玄鬢，乾坤寄縞衣」（其四）、「枝枝經百折，終不畏冰霜」（《其三》），是遺民飽受殘酷的社會環境的摧殘和多重痛苦折磨的生存現實及其矢志不渝的精神。而「朝隨晴日放，暮作白雲飛」、「爲應招隱士，來此日攀援」，卻不是傳統逸民隱士超然於物外、追求精神自由的性情與放浪，是出於強烈的政治情感與新朝對抗到底的決心。

　　這組詩中，最值得回味的，是下面一首：

　　　　嵬岩山寺裏，鐵杆欲爲薪。
　　　　殘月疑山鬼，深雲隔美人。
　　　　無花留太古，何草似靈均？
　　　　再弄虬枝下，江南久望春。（《吉祥寺古梅·六》）

此詩的意境頗爲朦朧。那深雲殘月中依稀的身影，是梅的精靈，還是屈子筆下的山鬼美人，亦或是抱獨幽怨的詩人自己？或者三者兼而有之？梅的芳香、山鬼的高潔，和遺民堅持己志、不與流俗同調的精神節操合爲一體，難分彼此。「無花留太古，何草似靈均？」是問梅還是問「我」？梅的芳香令人沉醉，但卻因爲未能載入靈君的眾芳之譜而難留美名。在眾多遺民中，又有幾個能像屈子那樣名垂千古？選擇了遺民的存在方式，便選擇了對精彩的人生和生命價值

〔註31〕余賓碩《金陵覽古》，上海古籍出版社，1983年合訂本，頁17。

實現的主動放棄。但是，詩人並不完全甘心，他的內心依然有所期待。他渴望春天，渴望眞正屬於自己的春天。在這個春天裏，有自己可以傚忠的綱常和皇帝，有自己甘願獻身的漢族政權。這些詩中，揮之不去的，是詩人徘徊梅下，遲遲不忍離去的身影，「夜夜難爲寐，因君拂石床」（《其三》），「坐久石床暖，氳氲一氣新」（《其五》）。與花爲伴，反襯出詩人的孤獨。梅枝的輝映，則又多了份清高和自賞，「結侶如園綺，爲餐當蕨薇。無人愛幽獨，於此共忘機」（《紫峰閣梅·其二》）。當然，那一個個不眠之夜，也體現了詩人對現實的焦慮和理想實現的極度渴望和不懈追求。此外，梅還有一個重要的象徵內涵——春信的使者。「辛苦傳春信，陰風莫太吹」（《福興山中梅·其二》）。這裏的春，既是四季的輪迴，也具有政治的意味。在屈大均的《廣東新語》中，有一段對梅的描述：

> 梅花惟嶺南最早。冬至雷動地中，則梅開地上，蓋其時火之氣不足於地，而發其最初之精華，故梅開。水之氣上足於天，而施其最初之滋潤，故雪落。雪，泄也，從肅殺之中，泄其一陽之精，以爲來春之生生者也。雪深則水氣足，梅早則火氣足。火氣足而爲天地陽生之始，陰殺之終，使萬物皆復其元，梅之德所以爲大。〔註32〕

大均認爲，梅開是陽氣乍泄的結果，預示著肅殺之氣的退場，是春回大地、萬物回陽的吉兆。中國的哲學中，異族侵略、朝政敗落主陰，太平盛世主陽。陰陽的轉換，具有扭轉乾坤的內涵。梅對春天的昭示，不再僅僅預示著自然物理的輪迴。「瑤華答霜雪，碩果孕乾坤」（《吉祥寺古梅·其二》），梅花用美麗的花朵回報霜雪的摧殘，而遺民歷經苦難，必然孕育著成功的碩果；「一花開混沌，靜者最先知」（《福興寺山中古梅·其二》），鬥爭勝利的氣息，只有那些堅持信念，不被洋清庭懷柔政治所干擾的人，才能最早地察覺。或許，這時的詩人已經感到了這一天的逼近，所以他說「豈欲孤榮早，其如淑氣

〔註32〕屈大均《廣東新語》，中華書局，1985年版，頁700。

催」(《同諸子探梅玄墓・四》)。不是梅要早早開，而是春天的腳步正在逼近。看來，或許是鄭成功、張煌言即將進兵的消息，點燃了詩人無限的希望。

屈大均順治十六年的詠梅詩，雖作於一時，其思想內涵卻頗爲豐富和富有層次感。靈谷寺的梅花，近傍孝陵，寄寓著詩人懷念舊朝的動人情愫；吉祥寺的古梅，具有幽、古、勁的外表特徵，被賦予了淡然抱獨、矢志不渝的遺民人格。而梅先春而發的物性特徵，則被詩人用來寄託對復明事業的美好期待。如果說，靈谷寺的梅，是融入了詩人主觀情感的先朝舊物，而吉祥寺的古梅則完全被人格化了，成爲了遺民精神的象徵。而那雲深月下，孑然獨立的孤寂的身影，已經與詩人合爲一體了。如此，梅在詩人的筆下，實現了從物化到人化，從他化到我化的轉變，人與物最終達到了水乳的交融。

三、屈大均後期的詠梅詩

1659 年鄭成功、張煌言用兵失敗，屈大均並沒有因此消沉，而是更加堅定了匡世救國的決心。1662 年蓄髮歸儒，1665 年再度北上，考察關隘。1673 年，他響應吳三桂的復明號召，積極投軍，直到失望而歸。這一年，大均 43 歲。從此，便退居鄉間，以詩酒爲娛，創作了大量的詠梅詩。

屈大均曾做《對梅》39 首和《梅花下作》10 首，皆爲五言絕句，具體年代不詳。[註33] 從詩中屢見的「白頭」二字，以及詩人幽窗獨倚的心態，屬歸隱之後作品無疑。這組詩中，洋溢著詩人對梅花物態美的熱愛。「若非香不斷，都作月光看」(《對梅・十一》)，「光生三徑月，香作一林風」(《對梅・二七》)，「誰到南無雪，紛紛作早梅」(《對梅・其三》)，「向夕山煙斂，花光一片寒。若非香不斷，都做白雲看」(《對梅・十一》)。梅花是潔白的，白日裏，詩人將它比作雪、比作雲；夜晚，

〔註33〕參見《屈大均詩詞編年箋校》，中山大學出版社，2000 年版。

又將它比作皎潔的月光，甚至寫到「夜深枝上鳥，驚出月光頻」（《對梅‧十七》）。此句應與王摩詰《鳥鳴澗》對讀，「月出驚山鳥，時鳴春澗中」。將梅誤認爲月光，突出梅花之白。一個「頻」字，又可想見詩人獨對梅花，用心去體會每一朵花開的幽情。而且，這潔白的花的精靈，充滿了無限的意趣：

> 誰到南無雪，紛紛作早梅。
> 枝頭有紅翠，一啄一花開。（對梅‧其三）
> 山鳥向人喜，梅開已滿枝。
> 銜將三兩片，欲點美人衣。（《梅花下作‧其四》）

枝頭色彩鮮亮的清脆嘰喳著的鳥兒，與暗吐芬芳的花蕾，動靜結合，闡釋著生命的律動與和諧；鳥兒銜落的花片飄向美人的華裳，如此絕妙畫圖，又不知蘊含著多少風人雅致。

當然，詩人寫得最多，贊得最多的，是梅花芬芳而又清新的氣息。「只需開一樹，香已滿含風」（《對梅‧一》）。對於經歷了秋冬冰霜之後的第一枝花，這令人沉醉的香氣也被賦予了堅韌而獨特的內涵，「亂落蒼苔面，沾泥亦自香」（《對梅‧其四》）。香是梅的品格，而梅的香氣在詩人眼中是春的氣息，能夠帶給詩人無限春的希望：

> 冰以寒風壯，春從何處尋？
> 梅花知最早，天地此時心。（《對梅‧十四》）

此處的春，在潛意識裏，或許還有政治的影子。但此刻，永曆王朝已滅亡十多年，鄭成功、張煌言的事迹也已少人談起，顧炎武等一批曾經並肩鬥爭的志士遺民也都相繼亡故，詩人心中的期待顯得尤爲虛妄。但是，在這些詩中，詩人確乎從梅花的香氣中感受到了春天的到來：

> 春來春不見，春只在香中。
> 春與香無別，氤氳滿碧空。（《對梅‧六》）

「一花春已滿，香外更無春」（《對梅‧七》）、「香是春所爲，花含春不知」（《對梅‧八》）。這從直覺中感受到的春天，已經不再夾雜著太

多抽象的內涵，而是近在眼前、實實在在。在失意、艱難的人生之中，
詩人不知要面對多少個冰霜摧折、蕭索枯寂的冬季：

> 花開罷讀書，相對一冬餘。
> 香使春風暖，氤氳滿太虛。（《對梅・二九》）
> 香自梅花始，春從子夜回。
> 坐深煙影下，心與蕊爭開。（《對梅・三八》）
> 香自暗中生，消人寂寞情。
> 聞香難入定，徙倚到深更。（《對梅・三九》）

唯有這清冷的氣息，契合了詩人內心的孤寂，帶給他稍許的慰藉。當
一切身外的渴求已沒有可能，生命的每一天，每個感受都同樣重要。
這夾雜著香甜的味道，讓詩人嗅到了春的氣息，找回了生命的美好，
也將其內心的枯寂打破。心被點亮的感覺是溫暖的。一個人的時候，
詩人總是習慣站立或倚坐在梅枝下，直到深夜。這時的梅花，是為一
人獨放的。何況月光之下的梅蕊，較之白日顯得更加皎潔。這清冷的
並不濃烈的香氣，表現出對詩人專一的深情。在淒寒的夜裏，那樣令
人沉醉。沐浴在香氣之下，一切的失意與痛苦都被驅散，只剩下對美
好生命的深情體驗。

　　久坐花下，詩人與花有了神交，也有了默契。

> 花開當靜者，無語只馨香。
> 神契誰能似？依依水一方。（《對梅・三二》）
> 白頭無一可，幸未愧梅花。
> 冰雪同枯槁，無心任歲華。（《梅花下作・三》）

梅花開放在深冬，倍受冰霜的摧殘，正如生活在易代之際的遺民，家
國舊痛的創傷還未平復，新朝的迫害卻時時危及，這便是「冰雪同枯
槁」了；自願選擇了遺民的存在方式，選擇了與希望的決裂，人生的
絢麗已沒有可能，正如梅花對春天的缺席，是「無心任歲華」的淡泊。
如此多的相通，仔細品味，那於夜深人靜中暗吐的幽香，沒有表白，
無需炫耀，不正是詩人抱獨持節、不慕榮利的美好品質的生動闡釋嗎？

總體來說，《對梅》與《梅花下作》兩組詩中，詩人對梅的讚美，蘊含著對自我遺民人格的自賞之情。而作於晚年的《梅花七首》，則抒寫了詩人對悲苦人生的慨歎，其中的梅，又被賦予了別樣的內涵。

> 梅花吾好友，白首益相親。
> 歲晏無多日，山空只兩人。
> 光生羅幌夜，香泛藥醪春。
> 絕勝天邊雪，瓊瑤總作塵。（《梅花·一》）

詩作於康熙三十三年，大均 65 歲之時。此時的詩人，已經自感生命無多，遲暮的人與遲開的花朵之間，多了一層同情。人生苦短，歲月如梭，那如雪般潔白的梅花，也要經歷冬去春來的四季輪迴、歷經風雨的摧折，而且同樣無可逃脫。在多少個寂寞的冬季、清冷的不眠之夜，梅與人隔幌相伴，更多了一層理解和關愛。

> 不幸無霜雪，炎方受命偏。
> 嚴寒元本性，困苦卻高年。
> 隔歲圖孤立，先春亦偶然。
> 無窮憂患意，知子解相憐。（《梅花·四》）

「梅花命苦要寒冬，多食風雪方肥腴」（《梅花歎》）。在詩人看來，梅的本性是嚴寒的，要苦歷霜雪，方能開得肥艷。而眼前的梅枝，卻不幸生長於炎暖的南國，生非其地，恰如詩人懷著滿腔的對朱明的熱愛，卻生逢王朝的敗亡、迴天無力之生非其時。如今，詩人年事已高，生活困頓，回首往事，其艱難的一生，付諸於一個無望的期待。「隔歲圖孤立，先春亦偶然」，此句看似寫梅，實抒己志。青壯之時，詩人筆下的梅是春天的使者。那嚴冬綻放的花枝，是為了向期待春天的人們通報消息。但是，在徒然等待了一生之後，詩人發現，這一切只是一個夢，一個意念，並沒有幻想中注定的結果。理想中的春天，依然遙不可及。「全生在高潔，半世盡清寒「，是詩人對其一生的總結，也是理想的幻滅。較之以前，顯得更為沉痛。這無窮無盡的人生苦難，恐怕只有開放於冬日，經歷霜雪，忍耐無盡寂寞的梅枝可以體會。這裏，梅不再作為美好的人生體驗被讚美，也不再是美好人格的象徵被

欣賞，而被賦予了與詩人同樣的悲慘命運，被同情和歎惋。在下面的詩中，詩人對梅的感情，顯得更為複雜：

> 病起髮全白，梅花同皓然。
>
> 孤生霜蒂弱，半槁玉顏妍。
>
> 濯魄當晴月，吹香過暮煙。
>
> 無情誰似汝？一朵一瓊仙。（《梅花‧五》）

「病起發全白，梅花同皓然」，有對梅枝同「我」共患難的感激在。但是，同為枯槁之年，「我」的生命日漸衰老、憔悴枯槁，而梅花卻依然如此美麗，何曾像經歷過風霜？睹物思人，怎不令人神傷。過去，詩人還曾寫道，「未開香已出，靜者以心聞。日夕幽窗裏，忘情賴有君」（《對梅‧二四》）。以「靜者」自居的詩人，此刻，內心的平靜已不復存在。經歷了太多的苦難之後，如酒般令人沉醉的花的芳香，再麻醉不了詩人的神經，也再找不回那「物我兩忘」的「忘情」心境。清冷的月光下，一切的痛苦依然觸目驚心。面對如夢寐般嬌艷的花朵、沁脾的幽香，「花」還是「花」，「我」依然是「我」。花變得「無情」，不再體會我的憂患，不能帶走我的痛苦。但無論如何，愁依然需要排解，在黃葉落盡的冬日，只有「我」，只有花，但卻沒有了默契。「無人共幽寂，留取數枝長」（《梅花‧七》），正如李白「月既不解飲，影徒隨我身」（《月下獨酌》）的月下獨酌，是無奈而為之了。人與花的結合，透著牽強；人與花，也從沒有這麼疏遠過。

　　不同於前期梅詩多用比興寄託美好政治情感和人格，大均後期的詠梅詩政治意味明顯減弱，身世之感逐漸增強。總體來說，這一時期詩中梅的內涵是一個發展遞進的過程：一、通過對梅香、色的描繪，抒寫春天所帶給詩人的美好體驗和心理慰藉，具有濃厚的生命意識；二、通過梅芳香、皎潔的物性的讚美，抒寫了詩人對自我遺民人格的欣賞；三、在詩人晚年對自我人生的沉痛自省中，梅又具有了經歷苦難的命運內涵，成為與詩人共歷患難的好友；四、當詩人內心的痛苦日益深重無法排解之時，梅被賦予的一切人性的內涵也隨之消失，最終實現了物性的回歸。

四、屈大均詠菊詩探析

梅代表春天，但無論四季如何輪迴，詩人所渴盼的春天依然遙遙無期。梅是高潔的，它的幽香略顯清寒，它的色彩略顯冷漠，它的姿態絕然於塵上，那樣高不可攀。在詩人人生最後的幾年，生活的焦慮和對痛苦人生的深切體驗，使得他與梅花出現了隔閡。甚至有時，他認爲梅應傲然於霜雪，綻放在冰封的隆冬。但事實上梅性喜暖，往往經受不住南方初冬暖陽的催發，提早開放，這又與詩人的期望相違背了。

　　炎方梅易發，爭暖不宜寒。

　　獨有黃花晚，偏當大雪殘。（《菊殘》）

黃花，即菊花。《禮記·月令》中說：「季秋之月，……鞠有黃華」〔註34〕。菊花，本應開在秋末。但由於廣東地方天氣濕暖，秋末往往未見霜降，菊多遲開至初冬。這樣，多有梅菊並開的現象，如大均有《九月望後梅已數花先黃菊而發喜賦》一詩。詩人雖對炎方所獨有的「籬邊秋色兼春色」的景象歡賞有加，但對這兩種在冬日同時綻放的花品，卻給予了不同的評判。梅花早放，菊花晚開。一個「晚」字，亦頗值得稱道。因爲這不僅象徵著晚節的自持，而且代表了一種生存的姿態。「冬來方見汝，自是歲寒姿」（《冬菊》）。「歲寒姿」，是相較於梅花遇暖而放的「爭暖」而言，菊花是避暖求寒。在詩人看來，菊花放棄了氣候溫和的秋季，主動選擇直面惡劣生長環境的品質，正如人直面嚴酷現實，勇於擔當苦難的美好品格，是值得推崇的。相反，那些因暖而放的花朵，便代表了一種貪戀富貴和安逸，放棄抗爭，放棄自我的人生態度而被鄙視，哪怕是對曾經無比鍾愛的梅花，也絕不姑息。爲此，詩人還專門寫過一首《紫菊》：

　　年年紫菊先黃菊，正色縣來得令遲。

　　稍染清霜朱已奪，深含白露濕難持。

　　冠邊香雜茱萸氣，釵畔妍爭翡翠姿。

〔註34〕陳浩《禮記集說》，上海古籍出版社，1987年版，頁94。

重九最憐開應節，陶公籬落未曾知。

很明顯，詩中的紫菊是詩人批判的對象。天氣微含、風霜稍侵，便本色盡失；香雜茱萸之氣，花帶翡翠之姿，是求媚於世俗而喪失了本心的純正；重陽之日應節開放，又表現出隨波求容的心態。這樣的俗品，連愛菊的陶令，也要視而不見了。這裏，與紫菊形成對比的，是色彩純正，保持晚節的黃菊，也是最得詩人敬重和憐愛的。

一種審美心理的形成，與主體的人生體驗緊密相關。大均生於天崩地坼的易代之際，對舊王朝保留著無限的忠誠，對異族建立的新朝懷著強烈的對抗心理。他的身上，國難師仇，集於一身。他的一生，歷經了太多的苦難。為了逃避新朝的迫害，他隱遁佛門、四處逃亡，度過了顛沛流亡的前半生。續髮返儒，娶妻生子，卻依然無法逃脫被搜襲驅趕的命運，以至於屢次遭遇亡妻喪子之痛，可謂「無日而不蒙乎患難，無時而不處乎困窮險阻艱難。」(《翁山屈子生壙自志》)〔註35〕

在生活的極度窮困中，在感情的累累重創中，在希望的幻滅中，他選中的王守仁「從百死千難中得來」的心學。自給自足，不假外求的心學世界觀是屈大均無盡的精神財富，強調主觀戰鬥精神的心學人生觀給屈大均以自強不息的無窮力量，自我意識的無限擴張使屈大均在一而再、再而三的挫折中感到了正義、氣節和意志的高揚。〔註36〕

對屈大均來說，與惡劣的生存環境抗爭，在困苦和挫敗中保持自己的人格和道德，是其在喪失了優越的生活環境之後的必然選擇。唯有這樣，其自我存在價值才能找到歸屬，也唯有這樣，才能避免消沉，避免陷入更加深重的精神病痛。於此之時，那在霜露中散發著濃烈香氣的菊花，更能契合詩人的情感訴求。甚至，菊花那代表著漢家皇權

〔註35〕屈大均《翁山文外》，民國嘉業堂叢刊本，卷八。

〔註36〕梁志成《論屈大均》，《漢中師院學報》（哲學社會科學學報），1986年第 2 期。

的黃色，也因迎合了詩人帶有鮮明的政治色彩的審美而被稱頌，「變紅猶未落，心卷只純黃」(《菊殘・一》)，「如何佳色裏，只是愛純黃」(《菊》)？黃菊之外，大均還對野菊情有獨鍾：

> 野菊叢叢委道旁，花雖細朵亦芬芳。
> 朝分蔓草惟零露，暮得空林是夕陽。
> 佳色恨無彭澤見，落英疑有大夫香。
> 生來苦薏誰能識？欲寄幽人隔水鄉。(《野菊・一》)

與籬落大朵的黃菊一樣，那開在山野路畔的小野花，在詩人的筆下，也具有不凡的品質。生長在更加惡劣的環境之中，飽受霜露的摧折，委身草莽，與空林夕陽爲伴，無人採擷，無人嘉賞。並且，「蒂已平生苦，花猶一日榮」(《野菊・二》)。花蒂含著苦辛，花期極爲短暫，卻依然散發著菊的芳香，依然具有枯死枝頭，不甘零落草間的自持。在野菊的身上，同樣寄託了詩人心目中士大夫所應具有的可貴的精神品質，「珍重過霜雪，微芳莫自輕」(《野菊・二》)。在現實社會中，有多少遺民不甘寂寞，放棄了自己的信念而自甘沉淪；又有多少人爲了追求物質上的滿足，出賣靈魂，成爲滿清政府的奴臣。大均卻能夠多次拒絕權貴的援引，甘心忍受困苦的生活，自甘在默默無聞中走完一生。「苦」，是他一生無悔而倔強的堅持。磨難與窮困，在他看來，是一個遺民自我完善的必然。物質的一切，並不重要，人格與道德，是遺民存在的價值核心，也是生命所散發出的最迷人的芳香。如此度過一生，哪怕無人欣賞，少人理解，也絕不改變。「苦薏生宜野，無心籬落間」(《野菊・一》)、「野外無人香更甚，移根休使近雕欄」(《野菊・二》)，這不是隱士的淡泊與超脫，而是詩人帶有強烈的鬥爭精神的遺民人格寫照。

在大均的詩中，菊是最密不可分的伴侶。

> 枝枝白間黃，時至自芬芳。
> 挹露採盈手，憐君此晚香。
> 花萎亦不零，葉黃亦不落。

　　天與歲寒姿，霜露從相薄。(《菊》)

　　有了這樣的氣節與操守，菊必然是詩人同味甘苦、心性相憐的佳友。「多謝孤芳意，枝枝爲酒杯」，「天爲忘憂生此物，摘來休使酒樽空」(《菊・三》)。東籬對菊，把酒盈樽，在蕭索的重陽之後的秋冬裏，是詩人生活中最亮麗的風景，也折射出詩人對高雅的生活情致的追求。此外，菊花還代表著無比的溫情。「白髮孀慈勤灌溉，明年重九待浮觴」(《菊・一》)；「山妻麗草能爲頌，野老金英解與鄰」(《菊・八》)，「葉兼慈母饌，花爲故人留」(《菊・一》)。這籬間的芳菊，成爲了生活中親情和愛的載體，使詩人體會到霜雪之中的人情溫暖。在詩人的晚年，母逝妻喪，一切美好的都已逝去，最易勾起詩人回憶的，依然是菊，「淚憶分甘母，情牽共苦人」(《菊・二》)。

　　大均贊菊、友菊，同時也簪菊、餐菊。「插滿鬖鬖兼作食，香寒朵朵露華鮮」，菊已成爲其生活中不可或缺的組成部分。詩人簪菊，還往往配以籜冠，「枝枝壓得籜冠斜」(《菊・七》)、「黃白枝枝稱籜冠」(《野菊・二》)、「冷落辭蓬戶，馨香上籜冠」(《菊・二》)。兩相輝映，是詩人率眞性情的體現。另一方面，簪菊的行爲中，還折射出年老的詩人對生命與青春的珍惜和留戀，「蕭疏簪數朵，未覺鬢毛斑」(《野菊・一》)，「笑共龍鍾節，朝朝作意簪」(《晚菊・三》)。屈原「朝飲木蘭之墜露兮，夕餐秋菊之落英」(《離騷》)，陶淵明「酒能祛百慮，菊爲制頹齡」(《九日閒居》)，共同開創了南方文化中餐菊的傳統。屈原餐菊，是爲了表現一種抽象的自我人格的完善，具有象徵意義；陶淵明餐菊，則是爲延年益壽，突出了菊花的實用價值。屈大均的菊花詩，大量涉及到了餐菊，其中有屈原詩中的精神寄託在，如「芙蓉墜露長兼飲，高潔如蟬取自歡」(《食菊・三》)，更多時候，則是物質層面的。大均詩中對菊花實用功能的描寫，令今天的讀者歎爲觀止。首先，菊葉、菊花可用來和麵煎炸而充饑，「饑春愁穀盡，菊葉正鮮新」(《尋菊・二》)，「食盡枝枝白與黃，鮑焦蔬好讓芬芳。終年灌溉圖秋飽，最早栽培爲晚香」(《食菊》)。以菊之花葉作餐，既是嶺南生活別種風貌，

也反映了詩人晚年生活的困頓，當然也有詩人傚仿鮑焦、夷齊的自我欣賞。其二，服食菊花，避邪袪病、延年益壽。「蠲疾憑金蕊」(《菊‧四》)，「衰年服餌最相宜」(《菊‧六》)，「餐服功多勝海霞」(《菊‧七》)。此外，將菊花曬乾作枕，還有明目健腦的功效。「乾來作枕圖明目，細作眞書寫小山」，詩人晚年著書立說，自有菊花的功勞在。

　　梅與菊，是翁山人生中的不同姿態和心境，前者崇高，後者質樸；前者浪漫，後者貼心。無論如何，在漫長孤獨的遺民生涯中，有了它們的相伴，便少了些枯寂和淒寒。它們身上，寄寓著詩人的一生從高傲堅強到沉痛深刻的心理歷程，託付著其對政治、人格和生命的美好期許和體驗，也集中體現了農耕民族對自然深切的精神依賴。

附錄一　農耕背景與原始思維下的詠物詩探源

　　詠物詩是我國最古老的詩體之一，其源頭可追溯到口傳時期的原始歌謠。劉逸生在《唐人詠物詩評注》中說：「假如說『杭育杭育派』是抒情詩的遠祖，那麼起碼也同詠物詩一起誕生」〔註1〕。詠物詩伴隨中國詩歌最早產生而產生是一個不爭的事實，這不僅由文學本身所發展的規律決定，也與中國特殊的文化背景相關。從詩歌發生學的原理出發，結合我國本土文化的特徵，對這一極具民族特色的詩體進行探究，不僅對深入全面地瞭解其藝術本質，科學界定其概念，和準確把握其發展的整體脈絡具有重大的意義，同時也可為我國傳統文化的研究提供一個新的思路。

一、農耕背景下中國詩歌的「物性根基」

　　西方人喜歡雕刻充滿了激情、力量和肌肉美感的人體，中國的畫家卻擅長在長卷上揮毫潑墨，塗抹心靈中純美的山水。西方的文學，將人視為「宇宙的精華，萬物的靈長」，渴望在永不停歇地追求中，擺脫一切的束縛，完善人作為宇宙主體的偉大品格。而中國古代的哲

〔註 1〕劉逸生《唐人詠物詩評注》，中山大學出版社，1985 年版，前言，頁 2。

人，卻感歎「道可道，非常道」，表現出對神秘自然的無限神往和探究的渴望。

劉成紀在《自然美的哲學基礎》一書中說：

> 就藝術而言，人們一般認為，藝術表達是藝術家主觀情志的抒發。但在中國古典美學中，「物性的根基」卻依然構成了「藝術作品最直接的現實」。比如，古詩中的「言志」總以「託物」為前提，達情總以寫景為寄寓。〔註2〕

這是人們對中國古典藝術的一種極為突出的感受。尤其是在詩歌領域，「詠物」是最普遍的抒情方式。不論是山水詩、田園詩、邊塞詩，還是哲理詩、諷刺詩和愛情詩，都離不開「詠物」的前提：或「託物」言志，或「借物」抒情，或者「格物」以明理，或者「狀物」以諧趣。將中國古典詩歌創作中的這種「戀物」的情結，用民族文化中固有的「物性根基」來解釋，是最貼切不過了。而詠物詩是將這種藝術精神發揮到極致的一種詩體，是傳統文化中「物性根基」的集中體現。

我國的詠物詩，至少從屈原手中就有了，而在西方，出現的時間要遲許多。西方文論家，不重視自然美。如賀拉斯在《詩藝》中，挖苦詩人寫不出動人的詩篇，才去「寫第安娜的林泉和祭壇，寫流溪在美好的田野裏蜿蜒蕩漾，或寫萊茵河，或寫天上的虹。」在這種思想指導下，詠物詩自然得不到青睞。〔註3〕

關於藝術傳統的形成，俄國思想家普列漢諾夫說：「任何一個民族的藝術都是由它的心理所決定的，它的心理是由它的境況所造成的，而它的境況歸根到底是受它的生產狀況和它的生產關係制約的。」〔註4〕中國文化的形成，是一個漫長的過程。在文字還沒有系統成形的炎帝、黃帝時期，我們的祖先就已經創造出了燦爛的遠

〔註2〕劉成紀《自然美的哲學基礎》，武漢大學出版社，2008年版，第137頁版。

〔註3〕古遠清《詩歌分類學》，中國地質大學出版社，1989年版，頁69。

〔註4〕普列漢諾夫著，曹葆華譯《普列漢諾夫美學論文集》，人民出版社，1983年版，頁350。

古文明，奠定了民族心理和文化的根基。那時的「生產狀況」，《淮南子・脩務訓》中有一段較爲準確的描述：「古者民茹草飲水，採樹木之實，食蠃蠯之肉，時多疾病毒傷之害，於是神農乃始教民播種五穀，相土地宜燥濕肥墝高下，嘗百草之滋味，水泉之甘苦，令民之所闢就。」從採集、狩獵到「播種五穀」的農耕，中間漫長的歷史進程已不必細考。但以農耕爲主，輔以採集、狩獵的生產方式，在中國大地上早已形成。在黃河流域距今六、七千年的仰韶文化遺址中，「多有石斧的發現，石斧是用來進行農業生產的一種工具」。「近年來陝西西安半坡遺址的發現，有力地說明了農業在生產中的重要地位。」〔註 5〕農耕作爲最主要的生產和生活方式，不僅「決定了古代的社會政治結構」，而且「決定了古代的思想面貌」，是民族文化形成的主體因素。農耕的生產方式一方面需要家庭各個成員之間緊密地協作，另一方面決定了人與自然之間無法隔斷的依賴和親密。土地山川，既是勞作的對象，也是供給人們無限豐富的生活資料的物質寶藏；日月、風霜和雨雪，左右著人們的出行和勞動，決定著五穀的豐收；草木、鳥獸、蟲魚，既是生活消費的物質對象，同時也是人在自然中時時相伴的友伴。「對於一個農耕民族來講，那自然中蘊藏的取之不盡、用之不竭的物質資源，既以其實用價值娛我口，又以其審美價值娛我目、娛我心。」〔註 6〕「自有人類歷史以來，這山水就和人類血肉相連，人類世世代代的情感、思想、希望和勞動都在這山水裏刻下了深刻的烙印。」〔註 7〕

　　在這種生活方式的影響下，中國的哲學是「自然」的哲學。「人的生命與天地萬物息息相關、相連也相通，這就自然產生『天地與我並生，而萬物與我爲一』的齊物觀」〔註 8〕。先民們「長期與天地共

〔註 5〕范文瀾《中國通史》（第一冊），人民出版社，2008 年版，頁 8。
〔註 6〕劉成紀《自然美的哲學基礎》，武漢大學出版社，2008 年版，頁 16。
〔註 7〕宗白華《美學與意境》，人民出版社，2009 年 3 月版，頁 293。
〔註 8〕吳中勝《原始思維與中國文化的詩性智慧》，中國社會科學出版社，2008 年版，頁 19。

處，與萬物為友」，深切感受到「既然天地萬物形異而理同，那麼自然可以由天道推演人道」〔註9〕，這又是「天人合一」了。作為中國本土哲學主要構成的儒、道兩家思想，都離不開自然物質世界的啓發，都極為默契地將宇宙萬物作為人類思想觀照的主體對象。同時，中國的美學，也是自然的美學。老子說：「天地有大美而不言，四時有明法而不議，萬物有成理而不說」。美蘊含於天地之間，一切美的法則蘊含在宇宙的自然輪迴之中，人生的最大樂趣，莫過於對自然物理的體悟和順應。莊子說，南海的「倏」和北海的「忽」為「混沌」鑿開了七竅，於是「混沌」就死了。他認為自然的本身就是美，人的智慧、人的意識只是自以為了不起，反是對美最大的傷害。可見，農業民族對自然物質世界的迷戀和尊重，已經達到了無以復加的地步。

中國的詩學，更是與自然萬物密切相關。「人稟七情，應物斯感；感物吟志，莫非自然。」（劉勰《文心雕龍‧明詩第六》）「氣之動物，物之感人，故搖蕩性情，形諸舞詠。」（鍾嶸《詩品‧序》）在古人看來，詩歌「其本質原來乃是心物相感之下的，發自性情的產物」〔註10〕。「物」是人的才情、靈感的源泉，沒有「物」的感發，就沒有詩歌的產生。所以，「物」自然是詩歌首要歌頌的對象。劉勰在《文心雕龍‧明詩》中談論詩歌的發端，首先提到的就有幾首詠物詩：

> 昔葛天樂辭，《玄鳥》在曲；黃帝《雲門》，理不空弦。至堯有《大唐》之歌，舜造《南風》之詩，觀其二文，辭達而已。〔註11〕

《玄鳥》為《呂氏春秋‧古樂》所載，傳說是葛天氏時「操牛尾投足以歌」之「八闋」第二首。其辭雖已無處考證，但所詠為燕子基本可以肯定。《雲門》見於《周禮‧春官‧大司樂》，為周代六樂舞之一，

〔註9〕 吳中勝《原始思維與中國文化的詩性智慧》，中國社會科學出版社，2008年版，頁19。

〔註10〕 葉嘉瑩《迦陵論詩叢稿》，北京大學出版社，2008年版，頁36。

〔註11〕 劉勰著，范文瀾注《文心雕龍注》，人民文學出版社，1958年版，頁65。

傳說爲黃帝所作。鄭玄有注:「黃帝能成名萬物,以明民共財,言其德如雲之所出,民得以有族類」。看來,這又是一首讚美雲彩的歌曲。舜所造《南風》見於《禮記·樂記》:「昔者,舜作五弦之琴以歌南風」。鄭注:「南風,長養之風也」。相傳其爲:「南風之熏兮,可以解吾民之慍兮;南風之時兮,可以阜吾民之財兮」。以今天標準,亦稱得上一首詠物詩。此外,劉勰在《文心雕龍·通變》還提到一首《卿雲》之歌,「卿雲爛兮,糾縵縵兮,日月光華,且復旦兮」,亦頗有詠物意味。

　　當然,《卿雲》之屬,向來有「僞託」的嫌疑。從其詩歌形式來看,也不大符合早期歌謠的特徵,不能作爲詠物詩發端的證據。但是詠物詩隨著詩歌最初的誕生而誕生,卻是一個不爭的事實。這不僅與詩歌本身發生的原理有關,也與農耕民族這種濃厚的「物性根基」有關。只是在原始階段,人與自然的關係經歷了漫長而複雜的轉變過程,其間的詠物詩創作也呈現出不同的狀態,蘊含著不同的內涵罷了。

二、原始歌謠中的兩類詠物詩

1、對勞動對象和工具的讚美

　　恩格斯說:「勞動不僅創造了人類本身,而且創造了語言和文化。」關於這一觀點,魯迅先生作了進一步地闡發:「詩歌起於勞動……因勞動時,一面工作,一面唱歌,可以忘卻勞苦,所以從單純的呼叫發展開去,直到發揮自己的心意和感情,並偕有自然的韻調……」〔註12〕這一觀點,近些年遭到了一些質疑。然而,有一點必須承認,勞動並不是原始初民生活的全部,但卻是其維持生存最重要的部分。詩歌的產生與原始的宗教活動關係密切,但勞動的影響也不容忽視。在人類發展的最初階段,人與自然中的鳥獸、蟲魚

〔註12〕魯迅《中國小說的歷史的變遷》,本篇係魯迅一九二四年七月在西安講學時的記錄稿,後收入西北大學出版部一九二五年三月印行的《國立西北大學、陝西教育廳合辦暑期學校講演集》。

並無本質的區別。「在蒙昧階段，人們要從一無所有的環境裏想出最簡單的發明，或者要在幾乎無可借助的情況下開動腦筋，這是極其困難的；在這樣一種原始的生活條件下要發現任何可資利用的物質和自然力量也是極其困難的……。」〔註13〕在漫長的圍繞著生存鬥爭的過程中，少數智者腦中迸發出的智慧火光，雖然可能只是一個小小的生存技巧，或者是一個簡單工具的製作，卻從此將人與動物區分開來，人的自我意識也逐漸萌發。這個時期，人們還無心留戀山間的白雲，也不會去聆聽蟲鳥的低吟。這一時期，「原始詩歌的內容因而也就被局限於人們的直接生活範圍之內，如漁獵和採集的過程及其對象等等」〔註14〕。在古代的典籍中，保留了一首原始歌謠：

　　　　斷竹、續竹，飛土，逐宍。（《吳越春秋卷九·彈歌》）

這首詩是得到學界公認的一首「十分古老的歌謠」。劉逸生在《唐人詠物詩評注》「前言」中說，這是「我們可見的最早的一篇詠物詩」。陳乃凡《歷代詠竹詩叢》中，也將此詩列為首篇。可見，此詩作為詠物詩首篇的地位，已得到了一定的認同。當然，這不是一首詠竹詩，而是一首歌頌勞動工具「弓」的歌謠。「弓箭是一大發明，它給狩獵事業帶來了第一件關鍵性的武器，其發明時間在蒙昧階段晚期。我們用弓箭作為高級蒙昧社會開始的標誌。」〔註15〕這首詩便真實記錄了這一原始文明的偉大轉折。雖只有八個字，卻敘述了彈弓製作以及用來捕獵的整個過程，語言古樸、準確。詩中彷彿有一個手巧的男子，用竹子做著一個飛彈的弓，他想像即將到來的狩獵情景，內心充滿了幸福的期盼。此詩的表現方法，是最直接不過的敘述，也就是傳統詩學中的「賦」。可見，「賦」是最古老的藝術手法。這首詩不僅表現出了原始歌謠古樸的一面，同時也展示

〔註13〕〔美〕摩爾根《古代社會》（上冊），商務印書館，1977年版，頁33、34。

〔註14〕趙沛霖《興的源起——歷史積澱與詩歌藝術》，中國社會科學出版社，1987年版，頁131。

〔註15〕〔美〕摩爾根《古代社會》（上冊），商務印書館，1977年版，頁20。

出獨特的藝術魅力。朱光潛說：「中國最古的有記載的歌謠傳說是《吳越春秋》裏面的『斷竹、續竹；飛土，逐宍』。這就是隱射彈丸的謎語。」〔註16〕雖只有八個字的歌謠，卻同時用了「隱（謎語）」和「賦」兩種表現手法，也使這兩者有了某種必然的聯繫。因此，朱光潛認爲：「中國大規模的描寫詩是賦，賦就是隱語的化身」〔註17〕。由此可知，一些論者在論及詠物詩和賦中的「隱語」時，往往將荀子的《賦篇》作爲源頭，是不夠嚴密的。對於「隱」的藝術效果，劉勰在《文心雕龍》中說：「隱也者，文外之重旨者也」，還說「始正而末奇，內明而外潤，使玩之者無窮，味之者不厭矣」〔註18〕。「隱」的基本特徵是意在言外：「審美意象所蘊含的思想情感不直接用文詞說出來，不表現爲邏輯判斷的形式」〔註19〕。故「隱」往往被作爲一種文字的遊戲，具有益智遣情的功用。但運用於文學作品中，「隱」自有其獨特的藝術感染力。首先，將所詠的主體對象隱藏起來，而把其典型的特徵用富有形象感的文詞表達出來。爲了達到「猜中」的目的，讀者對這些文詞進行反覆揣摩，使得所詠形象在腦中愈加生動、具體。所以，雖稱作「隱」，其表達效果卻是更加鮮明、可感。此外，「隱」中本身就蘊含這一種「奇趣」。創作者通過對所詠對象的仔細觀察和思索，發現其中蘊含的微妙之處，然後借助語言巧妙地表達出來。而閱讀者也會被其中的趣味所打動，得到一種「玩味無窮」的享受。在後來的詩歌創作中，「隱」已成爲詠物詩常見的表現手法。古人寫詩，往往將所詠之物在題目中點出，在詩歌正文再不出現，以此來展示才華，體現特殊的情趣。如楊愼在《升菴詩話》中提到杜牧《鷺鷥》詩：「杜牧之詠鷺鷥詩：『雪衣雪髮青玉觜，群捕魚兒溪影中。驚飛遠映碧山去，一樹梨花

〔註16〕朱光潛《詩論》，三聯書店，1984 年版，頁 33。

〔註17〕朱光潛《詩論》，三聯書店，1984 年版，頁 38。

〔註18〕劉勰著，范文瀾注《文心雕龍》，人民文學出版社，1958 年版，頁 632。

〔註19〕葉朗《中國美學史大綱》，上海人民出版社，1985 年版，頁 227。

落晚風。』分明鷺鷥謎也。」這首古老的《彈歌》，雖然年代久遠，卻依然能給人一種新鮮的感受：「斷竹、續竹」，圍繞「竹」所進行的兩個動作，看似矛盾、對立，但仔細一想，頗覺有趣；所「飛」者「土」，而所「逐」者「宍」，「土」和「肉」在價值上的差異，生動地表現出弓的神奇。反覆品讀此詩，自然感到玩味無窮，不僅要爲人類的勞動創造而讚歎了！

這首質樸而不粗糙，簡單卻不乏韻味的詠物佳作，產生於「人們的自我意識和審美觀念都還處於初級發展階段的時候」〔註20〕，是詩歌史上的奇迹。從這首詩中，我們不僅感受到了當時生產、生活最眞實一面，也體會到了這個民族在最原始時期就已經具有的詩性智慧。而且，我們還發現，「中國人似乎特別注意自然界事物的微妙關係和類似，對於它們的奇巧的湊合特別感到興趣，所以謎語和描寫詩特別發達」〔註21〕。這種「體物」、「狀物」的情致，便是中華民族「物性根基」的一個方面。

2、原始宗教背景下的圖騰頌歌

原始宗教是人的意識發展到一定階段的產物。當人在生存鬥爭中逐漸變得強大起來時，人的自我意識也逐漸清晰。但是，在土地上耕耘，靠天吃飯，常常會遇到難以預料的自然災害，以及酷暑、炎熱和猛獸的侵襲，這些處處摧毀著人類剛剛樹立起的一點自信。人的力量是有限的。現實中挫敗，只能用意識去對抗。人們開始關注自己身邊的一切：他們羨慕鳥兒的自由，夢想著自己能夠在天空翱翔；他們羨慕猛獸的剽悍，希望自己從此不用躲避蟲蛇的危害。於是，人對自己的能力有了期盼，有了崇拜的偶像。他們將一些動物身上所具有的非凡的能力賦予心目中偉大的人物——部落首長或祖先，將他們想像成自己崇拜的自然之物，渴望得到他們的庇護。這些自然之物，作爲

〔註20〕趙沛霖《興的源起——歷史積澱與詩歌藝術》，中國社會科學出版社，1987年版，頁131。
〔註21〕朱光潛《詩論》，三聯書店，1984年版，頁40。

一種精神的寄託，成爲了部落的圖騰，是氏族凝聚力的重要來源。「圖騰有動物，有植物，也有無生物，但習見的還是動物。同一圖騰的分子都自認爲這圖騰的子孫」〔註22〕。人們用內心的虔誠和禱告、祭祀的方式，爲艱難的生存尋找到精神的支撐。於是，浪漫而狂熱的原始宗教遍佈大地，詩、舞、樂三位一體的祝禱儀式如火如荼。

> 昔葛天氏之樂，三人操牛尾投足以歌八闋：一曰《載民》，二曰《玄鳥》，三曰《遂草木》，四曰《奮五穀》，五曰《敬天常》，六曰《達帝功》，七曰《依地德》，八曰《總禽獸之極》。（《呂氏春秋・古樂》）

據趙沛霖《關於葛天氏八闋樂歌的時代性問題》一文考證，這組樂歌是「詠唱秦民族的詩歌」。「第一部分包括『載民』、『玄鳥』、和『總鳥獸之極』三闋。這一部分是詠唱秦民族的圖騰祖先神──玄鳥和秦民族業績的開創者即秦民族的始祖伯益。」〔註23〕這是一首歌頌圖騰的詠物詩。

除了秦民族之外，以「玄鳥」爲圖騰的還有商民族。傳說當中，商契乃其母簡狄吞食了燕卵所生，故後代以燕爲圖騰。於此，還有一個美麗的故事：

> 有娀氏有二佚女，爲之九成之臺，飲食必以鼓。帝令燕往視之，鳴若謚隘。二女愛而爭搏之，覆以玉籃。少選，發而視之，燕遺二卵，北飛，遂不返。二女作歌，一終曰：「燕燕往飛」。實始作北音。（《呂氏春秋・音初篇》）

在這段記載中，有娀氏二女所歌「燕燕往飛」也是一首「圖騰的頌歌」，是「我國詩歌藝術史上極少數表現圖騰崇拜內容的詩篇之一」。「殷之先民望著燕子向北飛去，以虔誠而敬畏的心情讚美和歌頌了他們的圖騰祖先神，表現出對祖先神靈的無限嚮往和懷念。」〔註24〕此外，這

〔註22〕聞一多《聞一多全集・卷三》，湖北人民出版社，1993年版，頁80。
〔註23〕趙沛霖《興的源起──歷史積澱與詩歌藝術》，中國社會科學出版社，1987年版，頁139。
〔註24〕趙沛霖《興的源起──歷史積澱與詩歌藝術》，中國社會科學出版社，1987年版，頁139。

首詩還有一個突出的主題內涵：通過燕子的北去，表達了南方民族對北方故土的懷戀（殷民族源於北方，即古代燕及以北地區，後逐漸南遷，故北地是其宗祖故國），開創了以歌詠舊物抒寫鄉土情懷的詩歌傳統。「西方人認識自然是爲了代表上帝去征服自然」，「爲自己終於脫離自然的桎梏深感慶幸」。而中國人在內心的深處，總是「充滿思鄉之情地去回望那大地上的故鄉」〔註25〕。這種鄉土情懷，是依賴於土地生存的農耕民族獨有的心理感受。「不管是思鄉還是念親，他們都並不是將情感的指向單一地瞄準親人本身，而是?物思人，感物起情，將思念的對象擴大到與親人共存共生的物象世界。」〔註26〕這種借物懷人的表現手法的心理生成，便是人與人之間維繫在圖騰上的宗教情感的共鳴。這首「燕燕往飛」的遠古歌謠，雖止有一句，卻有著突出的美學價值和文化意蘊。

我國是多民族的國家，原始的圖騰藝術豐富多彩。《尚書》中描繪虞舜接受唐堯禪讓時「乃及鳥獸，咸變於前」，舜與禹的交接儀式上「蛟龍踴躍於其淵，龜鱉咸出於其穴」（《尚書‧大傳》）。其中的鳥獸、魚鱉，並非眞正的自然之物，而是模仿各自圖騰翩翩起舞的部落成員。人們隨著節拍舞動，唱著讚美圖騰的歌曲。「圖騰頌歌」是這一時期詠物詩的主要形式。只是由於時間的久遠，保留的很少。

原始人的宗教意識是非常廣泛的，他們將對本氏族圖騰的崇拜心理最終擴大到整個自然界，發展成爲一種自然崇拜。鳥獸、蟲魚，山川、草木，都被他們賦予了某些神奇力量，成爲人們歌頌、祝禱的對象。《詩經》是我國最古老的詩歌總集，眞實地反映了中國文化從原始向文明的過渡狀態。「爲了要眞正地欣賞《詩經》元素，我們不妨

〔註25〕劉成紀《自然美的哲學基礎》，武漢大學出版社，2008 年版，頁 322、323。
〔註26〕劉成紀《自然美的哲學基礎》，武漢大學出版社，2008 年版，頁 322、323。

以原始社會爲依據，不必拘泥於周代的社會史實」〔註27〕。正因爲如此，遠古文獻不足造成的文化斷裂在《詩經》中能夠得到某種程度的彌補。孔子曾經說過，閱讀《詩經》，可以「多識於草木鳥獸之名」。可見，《詩經》中大量的草木鳥獸之名，很早就引起了關注。據今天研究者考察，《詩經》中有草名105種，木名75種，鳥名39種，獸名67種，蟲名29種，魚名20種。這些多被用來作爲「比興意象」的自然之物，往往還印刻著原始宗教的印記。聞一多認爲「三百篇中以鳥起興者，亦不可勝計，其基本觀點，疑亦導源於圖騰」（聞一多《詩經通義・周南》）。以魚爲「興象」，則源自於人們對魚「蕃殖力」的崇拜；對樹木「興象」的起源，是源自於古人的「社樹崇拜」。〔註28〕據考證，《詩經・豳風・鴟鴞》是一首記錄「祝禱儀式上的人神對話」的詩，詩中的鴟鴞就是一個神鳥的形象。〔註29〕

　　《詩經》多用「比興」手法，多以詠物起，但「起情」、「比附」的「物」都不是詩歌審美的主體，所以這些詩歌都不是詠物詩。《詩經》中有一首詠物詩，歷來關注不多。

　　　　採採芣苢，薄言採之。
　　　　採採芣苢，薄言有之。
　　　　採採芣苢，薄言掇之。
　　　　採採芣苢，薄言捋之。
　　　　採採芣苢，薄言袺之。
　　　　採採芣苢，薄言襭之。（《周南・芣苢》）

這首詩依然是一首祝頌之歌，表現遠古時期人們對自然的另一種崇拜。「古說本謂禹因芣苢而生」，「亦有芣苢宜子之傳說」（聞一多《詩經通義・周南》），故古人以爲食芣苢即能受胎而生子，於是這種採摘行動

〔註27〕陳世驤《原興：兼論中國文學特質》，本文轉引自趙沛霖《興的源起——歷史積澱與詩歌藝術》，頁10。
〔註28〕趙沛霖《興的源起——歷史積澱與詩歌藝術》，中國社會科學出版社，1987年版，頁12～67。
〔註29〕葉舒憲《神話意象》，北京大學出版社，2007年版，頁55。

就具有了某種虔誠的「巫術性」〔註30〕。整首詩六章,以疊章反覆讚頌芣苢的茂盛,以「賦」法細緻地描繪了採摘芣苢的整個過程,是一首芣苢「頌歌」。當然,古人採摘芣苢時那種神秘的宗教情感已不易體會,但「讀者試平心靜氣,涵詠此詩,恍聽田家婦女,三三五五,於平原綉野、風和日麗中群歌互答,餘音裊裊,若遠若近,忽斷忽續,不知情之何以移而神之何以況。」卻是一種特殊的田園風味。

三、《易經》對詠物詩的影響

　　除祭祀儀式之外,原始宗教生活的另一個重要組成是占卜。《易經》是一部卜筮之書,大約產生於西周初年,是原始文明的最後階段。其內容涉及農事、畜牧、畋獵、行旅、征伐、爭訟、婚媾、教化等,「不但留有遠古風俗遺迹,還留有殷周之際的若干史影。」〔註31〕《易》共 64 卦,分別由數、象、辭三部分組成。「數」既表示序列,也是一種神秘天機的體現。「卦象」是一些具有象徵意義的物象,「卦辭」是對「象」所對應人事的解讀和闡釋。關於《易》的產生,《易傳》中有一段論述:

> 古者包犧氏之王天下,仰則觀象於天,俯則觀法於地,觀
> 鳥獸之文與地之宜,近取諸身,遠取諸物,於是始作八卦,
> 以通神明之德,以類萬物之情。(《繫辭傳》)

　　包犧氏是傳說中八卦的推演者。古人認為他通過觀察天地、萬物和人事,把握了其中的聯繫而推演出八卦,而這八卦蘊含著天地萬物的普遍規律和道德、性情。《易》的觀念中,「不僅有自然物象與人文事象的相倚相涉,相類相感,而且有天意對人意的深切關懷。」〔註32〕這種勾連天人的思想,來自於農業民族對天象、季候等自然現象的極端關注,和人與自然之間無限親密的聯繫。這種精

〔註30〕葉舒憲《詩經的文化闡釋》,陝西人民出版社,2005 年版,頁 82。
〔註31〕汪裕雄《意象探源》,安徽教育出版社,1996 年版,頁 6、7。
〔註32〕汪裕雄《意象探源》,安徽教育出版社,1996 年版,頁 6、7。

神，是傳統哲學、美學和藝術的主要來源。在詩歌領域，《易》的影響尤其突出，而且許多方面都與詠物詩有關。

1、「觀物取象」——「詠物」之門的真正開啟

上文中所討論的兩類詠物詩，都是在特殊的文化背景之下所產生的，這些詩歌代表了詠物詩的一個重要的時代——原始時代，卻與中國古典詩歌傳統有著本質的區別。「託物寄興，體物緣情」等詠物詩的主流形態，在這些詩中找不到任何蹤迹。《易》中雖沒有一首真正的詠物詩，但所體現的「觀物取象」的審美理念卻為詠物詩的進一步發展開闢了道路。《易》之前的人與自然，是建立在功利性目的上的崇拜。《易經》的「觀物取象」，是通過對物質世界宏觀和微觀的觀察和分析，發掘其中所蘊含的能夠代表「天地之道」和「萬物之情」的物象。作為遠古卜辭，《易》雖也具有濃重的宗教色彩。但這種仰觀俯察的精神，及其所表現出的對自然之物的濃厚興趣，以及對自然所給予的心靈寄託，卻在原始宗教退去之後，永久地保留下來，並且滲入到藝術、文學的創作之中。葉燮《原詩》對中國古典詩歌的源流做出考察之後說：「文章者，所以表天地萬物之情狀也」，「吾又以謂盡天地萬事萬物之情狀者，又莫如詩」。中國古代知識分子，將對天地萬物情狀的展現，作為文學創作的重要旨趣，於是就有了大量的詠物詩的出現。「觀物取象」，賦予了自然物象取之不盡的深邃的審美內涵，才有了詠物詩在齊梁時期的盛行，在唐宋兩朝的繁榮景象和後世的長盛不衰。這正是詠物詩強大的生命力所在。

2、「立象以盡意」——傳統詠物詩創作理念的形成

「《易》卦者，寫萬物之形象，故易者，象也。」《易經》處處關合人事，但卻不直接說出，而是以形象來說明。這些用來隱射義理的形象，便是中國古典文學中「意象」的源頭。

子曰：書不盡言，言不盡意。然則，聖人之意，其不可見

乎？子曰：聖人立象以盡意，設卦以盡情僞，繫辭焉以盡其言，變而通之以盡利，鼓之舞之以盡神。(《繫辭傳》)

《傳》認爲，《易》中之所以「立象」，是爲了「盡意」，爲了表達義理更生動、更全備。也就是說：「概念不能表現或表現不清楚、不充分的，形象可以表現，可以表現得清楚，可以表現得充分。」〔註33〕這是一種重要的創作理念，對傳統文學影響深遠。中國古典詩歌以「言志」、「抒情」爲主，卻很少直接抒寫，而是借助於寫景或者託物來完成，用生動而包含著創作者主觀情韻的物象（意象）來表現。而古代的詠物詩，也很少純粹詠物，往往借助於物象的創造，來實現表情達意的目的。屈原的《橘頌》、李白《峨眉山月歌》，杜甫《春夜喜雨》，這些膾炙人口的詠物佳作，莫不是「立象以盡意」的典範。

3、賦、比、興的出現與詠物詩傳統手法的形成

賦、比、興最早見於周禮：「（大師）教六詩：曰風、曰賦、曰比、曰興、曰雅、曰頌」，是「戰國時代的學者總結《詩經》的藝術經驗而提出來的一組美學範疇」〔註34〕，但卻不是《詩經》的首創。孔穎達說：「凡《易》者，象也，以物象而明人事，若《詩》之比喻也。」清代章學誠也說：「《易》象通於詩之比興」。在《易經》中，一些爻辭，已經與《詩經》的句式很相近：

枯楊生稊，老夫得其女妻。(《大過·九二》)

枯楊生華，老婦得其士夫。(《大過·九五》)

這是比；

鳴鶴在陰，其子和之。我有好爵，吾與爾靡之。

(《中孚·九二》)

密雲不雨，自我西郊，公弋取彼在穴。(《小過·六五》)

這是興；

〔註33〕葉朗《中國美學史大綱》，上海人民出版社，1985年版，頁71。
〔註34〕葉朗《中國美學史大綱》，上海人民出版社，1985年版，頁85。

得敵，或鼓或罷，或泣或歌。(《中孚・六三》)

睽孤見豕負塗，載鬼一車，先張之弧，後說之弧，匪寇，
婚媾。(《睽・上九》)

這些又是「賦」了。

賦、比、興是中國詩歌最基本的三種表達方式，對詠物詩的影響
極其廣泛和深遠。因此，筆者將在下節中專門討論，此處不再贅述。

從以上的分析來看，詠物詩是原始歌謠的重要組成部分。其決定
因素，首先是文學自身的發展規律。不論是蒙昧時期對勞動工具的讚
美，還是原始宗教儀式中對圖騰的歌頌，都是人類意識發展到一定程
度的必然產物。此外，這些古老的詩歌所呈現出的特殊情韻，則深深
地打上了農耕文化的烙印。這一時期的詩歌雖然保存甚少，卻依然是
詠物詩發展不可或缺的部分，代表了詠物詩發展的特殊階段。《易》
是對中國哲學、美學和文學都影響深遠的卜筮之書。不僅爲詠物詩提
供了藝術方法的準備，而且也預示著這一詩體在創作思想上的重大突
破。

附錄二　賦、比、興與詠物詩的藝術傳統

　　詠物詩的傳統可謂源遠流長。如上所言，現今保存的最古老的歌謠《彈歌》「斷竹、續竹；飛土、逐宍」，就是一首歌頌勞動工具的詠物詩。此外，《呂氏春秋·音初》中保存的《燕燕歌》「燕燕往飛」則是一首祝頌部落圖騰的詠物詩〔註1〕。這些詩歌，反映了詠物詩初級階段的真實風貌，是整個發展過程的重要組成部分。但是，就表現手法和藝術美感來說，在這些詩歌中，傳統詠物詩所具有的一些核心的特質還不具備。所以，從原始狀態向傳統詠物詩的轉化，需要一次藝術精神的重大飛躍，既要觀念的，也要技巧的。「賦」、「比」、「興」，就是架在這兩種不同文化背景的詩歌藝術之間的橋梁，承載著總結和開拓的雙重使命。

一、賦、比、興及其詩學意義

　　「賦」、「比」、「興」之名，最早見於《周禮·春官》，是「戰國時代的學者總結《詩經》的藝術經驗而提出的一組美學範疇」〔註2〕。

〔註1〕趙沛霖《興的源起——歷史積澱與詩歌藝術》，中國社會科學出版社，1987年版，頁132～140。
〔註2〕葉朗《中國美學史大綱》，上海人民出版社，1985年版，頁85。

但就其所代表的藝術精神來看,最早在《易經》中已經出現。《易經》中的爻辭,往往以自然物象比附人事,如《漸》卦中「鴻漸於干」、「鴻漸於磐」、「鴻漸於陸」、「鴻漸於木」,「比喻人們處於不同的環境,從而指出其吉凶的結果」〔註3〕,相當於「比」。《小過・六五》中「密雲不雨,自我西郊,公弋取彼在穴」,用雨之將至,引出所卜之事勢在必行,有「起興」的味道。而《中孚・六三》中「得敵,或鼓或罷,或泣或歌」,則又是鋪陳其事,屬於「賦」了。《易經》產生於西周初年,是原始文明的最後階段,是巫文化的產物。其「觀物取象」、「立象以盡意」觀念,「不僅有自然物象與人文事象的相倚相涉,相類相感,而且有天意對人意的深切關懷。」〔註4〕這些思想,經過《易傳》的發掘和理性的闡發,奠定了中國傳統哲學、美學和藝術的思想基礎,對民族文化和審美心理影響深遠。而「賦」、「比」、「興」的藝術精神,經過《詩經》的發揚,隨著儒家政治地位的日益矚目,成為了中國詩學的核心內容。

古人對於「賦」、「比」、「興」的解說,自漢代經學家開始,已成為論詩的首要問題。只是中國古代文論中的相關內容,多隻言片語,難以深入和系統。其中,又以朱熹《詩集傳》論述為代表:「『興』者,先言他物以引起所詠之詞也」;「『比』者,以彼物比此物」;「『賦』者,鋪陳其事而直言之也」。他的觀點,有對前人的總結和發揮,算是比較明晰的。今天的研究者,已經不再局限於對「賦」、「比」、「興」概念的陳述,而是從藝術心理、情景關係、詩歌美學以及發生學、文化學甚至哲學等多方面來進行探究,可謂成果豐厚。在諸多的論作中,最精闢、最透徹地揭示出「賦」、「比」、「興」三者的藝術特徵的,當推葉嘉瑩的《中國古典詩歌中形象與情意之關係例說——從形象與情意看「賦」、「比」、「興」說》一文。對於概念的界定,葉嘉瑩基本上繼承了古代詩學家的傳統觀點:

〔註3〕葉朗《中國美學史大綱》,上海人民出版社,1985年版,頁68。
〔註4〕汪裕雄《意象探源》,安徽教育出版社,1996年版,頁6、7。

所謂「賦」者，有鋪陳之意，是把所欲寫的事物加以直接
敘述的一種表達方法；所謂比者，有擬喻之意，是把所欲
寫的事物借比爲另一事物來加以敘述的一種表達方法；所
謂興者，有感發興起之意，是因某一事物之觸發而引出所
欲敘寫之事物的一種表達方法。〔註5〕

在此基礎上，她認爲「『比』、『興』二者，既然都有著『心』與
『物』之間由此及彼的某種關係」，不似「賦」之容易區分，故又做
了精彩的比較：

首先就「心」與「物」之間相互作用之孰先孰後的差別而
言，一般來說，「興」的作用大多是物的觸引在先，而「心」
的情意之感發在後；而「比」的作用，則大多是已有「心」
的情意在先，而借比爲「物」來表達則在後。

其次再就相互間感發作用之性質而言，則「興」的感發大多
由於感性的直覺的觸引，而不必有理性的思索安排，而「比」
的感發則大多含有理性的思索安排。前者的感發多是自然
的、無意的，後者的感發多是人爲的、有意的。〔註6〕

基於以上已較爲充分的論述，筆者稍作補充。就「比」、「興「而言，
雖都是以「物」寫「心」，但所寫之「心」，似略有不同。「興」強調
「以物起情」，是由「物」所引發的某種感觸，是感性的，所以「興」
往往用來抒情。而「比」，有「比附」之意，以事物的某一方面的特
徵，來類比人事，比如人的美德、才幹等，用來讚美、祝頌或刻畫人
物，往往並非感性的內容。如《關雎》中，以「雎鳩」起興，引出愛
情的渴望；《蒹葭》中的起興，則抒寫一種傷感的心境。而《麟之趾》
以麟之不凡，喻人之神奇、尊貴；《螽斯》以螽斯羽之繁多，比人丁
之興旺。《斯干》中，「如竹苞矣、如松茂矣」則以竹之叢生，松之茂
盛，喻兄弟和睦、家族運昌。這是從「比」、「興」的表現內容來做出
的區分。當然，這種差別並不是很嚴格，正如古人經常將「比興」混

〔註5〕葉嘉瑩《迦陵論詩叢稿》，北京大學出版社，2008 年版，頁 11。
〔註6〕葉嘉瑩《迦陵論詩叢稿》，北京大學出版社，2008 年版，頁 12。

同，稱一些詩歌為「比而興」或者「興而比」﹝註7﹞。這一點，葉嘉瑩的解釋說「情意之感發則可以因人因事而有千態萬狀的變化」，「有時『物』的形象與『心』的情意之間，往往有極為相近之處可以比類」。這一解釋也頗為中肯。

「賦」、「比」、「興」的文化探源，近些年得到了研究者較多的關注。尤其是對「興」的發生原理，自聞一多先生《說魚》始，經過了多年深入而系統地研究，取得了令人矚目的成果。其中，又以趙沛霖《興的源起—歷史積澱與詩歌藝術》一書的解析最為精當。

> 從總根源上看，興的起源植根於原始宗教生活的土壤中，它的產生以對客觀世界的神化為基礎和前提。它經歷了個別的具體的原始興象和作為一般的規範化的藝術形式的興這樣兩個發展階段。所謂原始興象是被神化了的因而具有一定觀念內涵的物象被援引入詩的結果，它完全以其宗教性質和意義為本質；從心理過程來看，則是觀念內容與物象之間的一種聯想。而作為一般規範化的藝術形式的興則是在眾多的原始興象的基礎上產生的，是這些原始形象由於歷史的發展而喪失了其原有的觀念內容而逐漸演化成的抽象的形式（即以「他物」來引起「所詠之詞」）。﹝註8﹞

「興」中的「他物」，在原始宗教中帶有某種象徵性的觀念，而「所詠之詞」含有強烈的宗教情感。所以葉舒憲在《詩經的文化闡釋》中，用「祝咒」、「祈禱」、「謦誦」等方式來解讀《詩經》中的一些作品。隨著人類意識的發展，巫文化向理性文化的嬗變，人們的宗教熱情逐漸減弱，一些「物象」所具有的神性的意義也隨之消退。「以孔子為代表的中國理性傳統卻只拒絕神話的超自然內容，自覺繼承了神話思維﹝註9﹞的方式」﹝註10﹞。去掉了原始宗教的外殼，「自然物象

﹝註7﹞ 朱熹《詩集傳》中稱《下泉》是比而興，《漢光》是興而比。

﹝註8﹞ 趙沛霖《性的源起——歷史積澱與詩歌藝術》，中國社會科學出版社，1987年版，頁5。

﹝註9﹞ 葉舒憲認為：「比興用於詩歌創作，最初並非出於修辭學上的動機，而是由比興所代表的詩的思維方式所決定的，這種引譬連類的思維

與人文事象的相倚相涉，相類相感」的藝術精神被保留下來，成爲了中國詩學的核心內容。而這裏所說的「興」，其實也包含著比。至於「賦」，似乎也並無探究的必要。這是一種沒有技巧的技巧，是人一旦具有自我表達的欲望時，會自然而然使用的方式，故而也產生最早。《彈歌》、《燕燕歌》、《侯人歌》，這些最古老的歌謠，無論詠物或是抒情詩，都無一例外使用「賦」。由此也可推斷《卿雲歌》、《南風歌》等頗具「比興」風味的歌謠是後作無疑了。

　　「賦」、「比」、「興」的結合，並運用於創作之中，是詩歌藝術的重大飛躍。「藝術就是人類的一種創造的技能，創造出一種具體的客觀的感覺中的對象，這個對象能引起我們精神界的快樂，並且具有悠久的價值」〔註11〕。藝術的本質，就是「把心靈的東西也借感性化而顯現出來」。〔註12〕而藝術的美感原理是極其複雜的，「藝術作品所處的地位是介乎直接的感性事物與觀念性的思想之間的」，既不是「純粹的思想」，也不是「單純的物質存在」。〔註13〕也就是說，藝術作品之所以具有感人的力量，給人帶來一種審美的愉悅，既要創造出感性化的外在形象，又要賦予形象深刻的精神內涵。這樣，觀賞者才能透過感性的形象，體會出蘊含其中的「心靈的東西」，從而達到「精神界的快樂」。正如上文中所說，「比興」產生之前的原始歌謠，均爲「直言其情」或「鋪陳其事」的「賦」體。這種「直言其情」缺乏形象的表現，感情再眞摯，因爲缺乏直覺的感官印象而顯得抽象隔閡，難以引起閱讀者的情感共鳴；「鋪陳其事」雖創造了能夠感知的形象，卻因爲審美內涵的缺乏，而難以帶來「精神界的快樂」。「比興」的出現，將人的感情生活和精神世界與自然物象相互勾連，使之「相類相感」，

方式正是神話思維的產物，是神話時代隨著理性的崛起而告終結以後所傳承下來的一種類比聯想的寶貴遺產。」
〔註10〕葉舒憲《詩經的文化闡釋》，湖北人民出版社，1994 年版，頁 392。
〔註11〕宗白華《美學與意境》，人民出版社，2009 年版，頁 17。
〔註12〕〔德〕黑格爾《美學》，商務印書館，1979 年版，頁 48、49。
〔註13〕〔德〕黑格爾《美學》，商務印書館，1979 年版，頁 48、49。

創造出了具有「悠久」價值的藝術形象，也契合了藝術最本質的要求，實現了從原始歌謠向詩歌藝術的飛躍。

二、賦、比、興對詠物詩藝術手法的開創

《詩經》中，自然之物已經成爲了詩歌觀照的重要對象，有了大量的「草木鳥獸之名」，有了鮮活生動的藝術形象的創造：

> 灼灼狀桃花之鮮，依依盡楊柳之貌，杲杲爲出日之容，漉漉擬雨雪之狀，喈喈逐黃鳥之聲，喓喓學草蟲之韻。皎日彗星，一言窮理；參差沃若，兩字窮形；並以少總多，情貌無遺矣。（《文心雕龍‧物色》）

劉勰文中所提及，皆《詩經》中最具代表性的意象，不僅表現在臨摹狀物的逼眞傳神，還準確地表達出了抒情主體的內心感受，是形象與情思的完美統一。故「雖復思經千載，將何易奪」。《詩經》對詠物詩的影響是巨大的。清代俞琰在《詠物詩選序》中稱：「（詠物詩）三百導其源，六朝備其制，唐人擅其美，兩宋、元明延其傳」。現代論者也多執此說：「詠物詩導源於《詩經》的詠物描寫。」〔註14〕「三百篇中關雎、桃之夭夭、楊柳依依、雨雪霏霏之述，都可說是詠物詩之祖先」。〔註15〕然而，古人也同時看到了一點：「《詩經》中沒有完整的詠物詩，雖然其中有不少物象描寫，但主要作用是託物起興，而且這些描寫比較零碎而不集中，比較平板而缺少變化。」〔註16〕《詩經》中詠物詩的饋乏，可以從以下兩方面來理解：其一，《詩經》的時代是文學的早期階段，尚處於文學「不自覺」的時期。詩歌只是人們抒寫自我情感的工具，故還未能出現臨摹物態、怡情遣性的詠物詩。其次，《詩經》中「比興」手法的運用尚處於早期階段，創作者還沒有完全掌握「託物言志」的技巧，「直抒其情」還是自我表達中

〔註14〕育松《詠物詩的興盛及其價值》，《廣西師範大學學報》，1991年第2期。

〔註15〕楊宿珍《觀物思想的具現》，選自蔡俊英編《中國文化新論‧文學篇二》，三聯書店，1992年版，頁37。

〔註16〕覃召文《中國詩歌美學概論》，花城出版社，1990年版，頁45。

不可或缺的最可靠的方式。所以，《詩經》中往往先「言物」，再「言情」，「情」是主體，而「物」用來「起情」，是陪襯。這一「借物起情」的形式也就顯得「比較平板而缺少變化」了。雖然如此，《詩經》中的「賦」、「比」、「興」手法對詠物詩發展依然起著決定性的作用。

（一）「比興」的運用，對創作者思想觀念產生了重大的影響

「比興」產生之前，詠物詩歌詠勞動對象或工具，是勞動感受的自然抒寫，是一種淺層次的情感體驗；圖騰頌歌代表了一種普遍的意識，是一種帶有功利目的的生存需要，審美的成份著實很少。「比興」的出現，帶來了「觀物取象」、「立象以盡意」的自然觀照，人與自然外物之間的關係發生了本質的變化。

一方面觸物以起情，一方面索物以託情，必然促使人們對自然景物作深入細緻的觀察，有意識地在主體以外的自然物象上面尋找象徵的意義。由此在長期的社會實踐和創作實踐中，習慣漸漸轉化為近乎本能的東西，對自然景物的感受更加敏銳、深刻。〔註17〕

自然界成為了人們審美的對象，人與自然之間的微妙的關係也逐漸被發現，伴隨著一些重要的自然哲學的形成，自然在人的面前變得充滿了情韻、充滿了哲理，成為了人類取之不盡的精神寶藏。於是，這個早已存在於宇宙中的客觀自然世界逐漸被人類情感化、倫理化、主觀化、人化了。孔子曰：「知者樂水，仁者樂山；知者動，仁者靜；知者樂，仁者壽。」（《論語·雍也第六》）他通過對自然的觀察，不僅看到了人與自然性情的相通，而且從中體悟到了人生的真諦。「凡音之起，由人心生也。人心之動，物使之然也。感於物而動，故形於聲。」（《禮記·樂記十九》）人們很早就發現了自然對人情感的牽動與觸發，並且將其視為一切藝術靈感的源泉。於是，客觀世界自然之物所潛藏

〔註17〕王可平《情景交融與山水文學》，《解放軍外國語學院學報》，1990 年第 03 期。

的巨大的審美價值得到充分的發掘，成爲了詩人們吟誦的重要對象，而「比德」與「物感」也隨之成爲了詠物詩最重要的創作原理。

（二）「賦」、「比」、「興」開創了詠物詩最基本的三種表現手法

劉熙載《藝概》說：「詠物隱然只是詠懷，蓋有個我也。」（《藝概》卷二）從表面上看，詠物詩以某物爲描寫和歌詠的主體，但其實依然是離不開「言志」、「詠懷」的抒情詩。所以，「藝術形象」與「主觀情志」的關係問題，在詠物詩中表現得尤其突出。而這一問題，如前文所論，隨著「賦」、「比」、「興」成爲中國詩歌最基本的藝術表現手法之後迎刃而解。「敘物以言情謂之賦，情物盡也；索物以託情謂之比，情附物也；觸物以起情謂之興，物動情者也。」〔註18〕「賦」、「比」、「興」爲詠物詩提供了處理「物象」與「情志」之間關係的三種方法，從而也成就了三種最基本的詠物詩模式。

1、「敘物以言情」的「賦體」詠物詩

「賦者，鋪陳之稱也」，是將一個事物從時間或空間上展開描寫。這種手法在《詩經》中較「比」、「興」更爲廣泛。據統計，在朱熹《詩集傳》中，被釋爲「賦」的有 727 處，「比」110 處，「興」274 處。「賦」居最多數，占百分之六十三點七，超過「比」、「興」的總和。除卻與詠物無關的敘事成份，「狀物」亦不在少數。總體而言，《詩經》中的「狀物」也有兩種情況。一種是將數種名物簡單羅列，突出豐富性；一種是對某一事物從多個方面展開描寫，突出形象性。如《小雅・南山有臺》鋪排十種樹木「南山有臺，北山有萊」、「南山有桑，北山有楊」、「南山有杞，北山有李」、「南山有栲，北山有杻」、「南山有枸，北山有楰」，體現出鎬京南山（西安以南秦嶺）繁富的物產。《周頌・潛》中「猗與漆沮，潛有多魚。有鱣有鮪，鰷鱨鰋鯉。」又羅列了六種鮮美魚類，表現漆、沮二河豐美的水產。這兩首詩共同的特點，是

〔註18〕胡寅《崇正辯 斐然集》，中華書局，1993 年版，頁 386。

通過細數名物，營造一種喜慶的氣氛，包含著對自然眞摯的讚美和感激之情。這種手法後來集中出現在以「體物」爲主的漢大賦中。第二種的「狀物」是對某一事物進行多角度多層次地細緻描繪，將其形象生動地展現在讀者面前。最典型的例子，莫如《衛風》中描寫美女齊姜的《碩人》：

> 碩人其頎，衣錦褧衣。齊侯之子，衛侯之妻，東宮之妹，
> 邢侯之姨，譚公維私。
>
> 手如柔荑，膚如凝脂，領如蝤蠐，齒如瓠犀，螓首蛾眉。
> 巧笑倩兮，美目盼兮。
>
> 碩人敖敖，說于農郊。四牡有驕，朱幩鑣鑣，翟茀以朝。
> 大夫夙退，無使君勞。
>
> 河水洋洋，北流活活。施罛濊濊，鱣鮪發發，葭菼揭揭，
> 庶姜孽孽，庶士有朅。

「人」本不屬於物，但當作爲一種審美對象，被客觀化之後，在文學中便與物沒有了本質的區別，所以詠美人的詩歌，也可納入詠物一類，其發端，便是這首《碩人》。詩歌前半部分從這位美女的身段、著裝寫起，鋪排了她的無比顯赫的家庭背景，然後從皮膚、脖頸到五官做了細緻的描繪，最後對她的氣質風神做了點睛式的總結。詩歌後半段，不惜筆墨渲染這位美女隆重豪華的婚禮，充滿了寫作者無比的讚美與艷羨。

在《詩經》中，賦往往被部分使用，來描繪物態。如《桃夭》中，鋪陳桃樹開花、結果和枝葉繁茂的三種狀態，使「起情」之物更加生動，所以，這首詩總體來說是「興體」。《詩經》中，眞正的「賦體」詠物詩只有《碩人》。這首詩中，雖然也部分地使用了「比」，還通過「河水」、「葭菼」來烘托婚禮的氣氛，但這些都圍繞表現齊姜之美展開，抒寫的是對表現對象的讚美之情。所以，是「敍物以言情」的「賦體」。

「賦」體的詠物詩，將所詠之物作爲詩歌的審美對象，通過形狀、

姿態、聲色的描繪，將形象生動地表現出來。胡守仁在《中國歷代詠物詩辭典序》中，將詠物詩分爲四類：一、純粹詠物；二、以物比人；三、詠物見志；四、詠物寓意。此處的「純粹詠物」，便相當於「賦體」詠物詩一類了。因爲『賦』比較單純和清楚，所以相關的討論便大都集中在比興上。當「比」、「興」的文化與哲學意蘊被深層發掘的同時，「賦」的研究價值卻往往被忽略。但是，如果說「比」的「索物以比」表現出較強的目的性和主觀性，而「興」中的「起情」又表現出主體較爲被動的方面，那麼「賦」中所體現的主客體關係顯得更加自由，更接近審美活動的本質，是眞正因「物」而發的歌詠。「賦體」詠物在漢代以「賦」的形式成爲了文學的主流，而詩歌形式則到了南朝宮廷詩歌創作中才得到發展。但是，這種詠物詩在「詩言志」的主流觀念影響下，歷來不被稱道，甚至頗遭非議。如劉勰在《物色》就對同時期詩歌「窺情風景之上，鑽貌草木之中」的詠物風尙大爲批判。清代方觀貞批評李嶠詠物詩時說：「詠物題極難，初唐如李巨山多至數百首，但有賦體，絕無比興，癡肥重濁，只增厭惡。」(方觀貞《輟鍛錄》)〔註19〕但是，無論如何，賦體都是詠物詩重要的組成部分。

2、「索物以託情」的「比體」詠物詩

「比」，即「引譬連類」，「以彼物比此物」。《詩經》中的「比」，最初往往某種宗教情感有關。人們崇拜自然，對自然之物的某些突出的習性、本領極其羨慕，於是就有用一些簡單的比譬，來表達對自己或他人的良好祝願。如《螽斯》：

> 螽斯羽，詵詵兮。宜爾子孫，振振兮。
> 螽斯羽，薨薨兮。宜爾子孫。繩繩兮。
> 螽斯羽，揖揖兮。宜爾子孫，蟄蟄兮。(《周南·螽斯》)

「子孫」在農耕文化的背景之下，是一個人生命的延續、晚年的慰藉和家族的希望。多子多福的在遠古時期已成爲一種深入人心的觀念。螽斯(蝗蟲)和魚一樣具有超強的繁殖能力，於是也得到了遠古

〔註19〕郭紹虞等編，《清詩話續編》，上海古籍出版社，1983年版，頁1839。

人的崇拜，就有了這個頗具狰厲之美的比附，表達了對君子家族興旺的美好祝願。當然，這只是「比」中最簡單的情況。隨著鐵器時代的到來和生產力逐步發展，人從周遭自然的束縛中逐漸得以擺脫，人的種群意識也隨之覺醒。人所獨有的精神價值如美德、人格，成爲了詩歌詠頌的主體。將這種抽象的內容借助於物的某種特徵形象地表達出來，具有著更高的藝術技巧和理性思維的水平。

　　麟之趾，振振公子。于嗟麟兮。

　　麟之定，振振公姓。于嗟麟兮。

　　麟之角，振振公族。于嗟麟兮。(《周南·麟之趾》)

　　漢劉向《說苑》稱，「麒麟，麇身牛尾，圓頭一角，含信懷義，音中律呂，步中規矩，擇土而踐，彬彬然動則有容儀」。這裏用作喻體的是麒麟，它並非純粹的自然之物，而是人們按照自己的審美理想創造出的神化了的獸，具有遠古圖騰崇拜的意味。詩中以麒麟比「公子」，自是讚美他美好、不凡的品德。在《詩經》中，人們多選擇自己所崇拜的自然之物作爲比譬，以頌「君子之德」。如《小雅·斯干》中，以竹的叢生，喻兄弟和睦之情，以松之繁茂，喻家族之興旺。《秦風·終南》中，將「君」比作「終南」，贊頌其儀容之美和威嚴氣質。

　　這種將自然山水、草木的某些特徵，與人類社會的某種道德理想或人格特徵相提並論，以物喻人的美學思想，稱之爲「比德」。其所產生的文化根源，一方面是神話思維的延續，而另一方面，也是人與自然之間「異質同構」的樸素思想的反映。在原始人看來，人來源於自然，存在於自然之中，與自然之間有著千絲萬縷的聯繫。對於自我的認識，人們需要借助於自然來完成，用自然的眼光來觀照，借助於自然來發現和表達自己。這個時候，人將自己看做自然的一部分，是「自然化的人」。如果神話思維所表現的是人對自然的崇拜，而「異質同構」的思想，則更多了幾分人與自然的平等意識，是生產力發展和人自我認識提高的表現。

　　「比德」是中國古代詠物詩主要的創作手法之一。只是當這一傳

統運用於詠物詩，並進一步發展成為藝術表現的技巧時，其審美的本質也發生了變化。《詩經》中，先言「物性」，再比「人格」，「物性」是客觀存在的，「人格」卻是主觀意識的產物，雖然很貼切，但兩者卻是獨立的。「物性」是「人格」的比附，只有當「人格」被明確地表達出來之後，「物性」所具有某些象徵性內涵才能被發現。「物性」所具有的精神價值不能獨立於「人格」而存在，所以無法形成真正的詠物詩。而當這種「比德」進入詠物詩之後，要求「物」的描寫占據了整首詩的主要篇幅，寫「物」也要同時承擔寫「人」的責任。於是，往往將「人格」移入「物性」，將「物」人格化，以達到「索物以託情」的目的。將自然人格化、道德化，是人與自然關係的較高層次，故而在《詩經》的時代還不可能出現。

我國文學史上第一首以「比德」創作的詠物詩是《橘頌》。屈原生活在戰國末年，鐵器已相當發達，人類為自己所建立的秩序逐漸趨於完善，人類社會完全獨立於自然界而存在。人與自然之間的隔閡也逐漸加深，人的主體意識成為詩歌關注的核心。「楚辭」中「香草美人」的手法，以物性之美，比譬人格之美。詩人馳騁想像，因詩情的需要而取捨萬物，以人間標準判別物性善惡，「善鳥香草以配忠貞，惡禽臭物以比讒佞」，是自然人化的突出體現，與《詩經》已大不相同。《橘頌》作為第一首文人詠物詩，在詠物詩發展中具有特殊的意義。

> 后皇嘉樹，橘徠服兮。受命不遷，生南國兮。
> 深固難徙，更壹志兮。綠葉素榮，紛其可喜兮。
> 曾枝剡棘，圓果摶兮。青黃雜糅，文章爛兮。
> 精色內白，類可任兮。紛緼宜修，姱而不醜兮。
> 嗟爾幼志，有以異兮。獨立不遷，豈不可喜兮？
> 深固難徙，廓其無求兮。蘇世獨立，橫而不流兮。
> 閉心自慎，終不失過兮。秉德無私，參天地兮。
> 願歲並謝，與長友兮。淑離不淫，梗其有理兮。
> 年歲雖少，可師長兮。行比伯夷，置以為像兮。

詩中，橘被賦予了「壹志」、「異志」、「獨立不遷」、「無求」、「橫而不流」、「自愼」、「秉德無私」、「淑離不淫」等美好的人格特徵，是詩人道德理想的寄託。這首詩不僅開創中國詩歌「託物言志」的傳統，而且詩中人與物的切合交融、不離不即，爲歷代詠物詩創造了典範。後來的詠物詩中，有相當一部分是按照「香草美人」的「比德」手法創作的。如梅、蘭、竹、菊四君子，被賦予高潔、自持的品格特徵而尤得文人嘉賞，歷朝歷代，每有佳作。

3、「觸物以起情」的「興體」詠物詩

「觸物以起情謂之興，物動情者也。」（胡寅《斐然集・與李叔易書》）興的發生原理，一方面是趙沛霖所說宗教背景之下「觀念內容與物象之間的一種聯想」，一方面也是人本能的一種體現。「人生而靜，天之性也；感於物而動，性之欲也。」（朱熹《詩經傳序》）這種「感物而動」的現象，即使在現代人的生活中，依然會不時地出現，更何況在農業社會生產力相對低下的周代。在「日出而作，日落而息」的生活中，時序的變化主宰著草木的榮衰，左右著人們的勞動狀態、生活感受。人生一世，草木一秋，人與草木禽獸所共有的對自然節奏的感知，使得人情物理在古人的思緒中早就打成一片。鳥兒成雙入對，引發多情少年對如花美眷的思戀；桃花盛開、繁榮似錦的燦爛，怎不讓人產生無限美好的生活遐想？而深綠轉黃的蘆葦叢，讓人頓生蕭索，難以自持。所以古人認爲「人稟七情，應物斯感，感物吟志，莫非自然」（劉勰《文心雕龍・明詩》）。人受到了自然界的感發而產生情緒，吟而爲句，便成爲了詩。這就是詩歌發生學中的「感物」說。這一藝術理念自《禮記》提出，在中國古典詩學中備受推崇。直到清代王夫之依然認爲：「情者，陰陽之幾也；物者，天地之產也。陰陽之幾動於心，天地之產應於外。故外有其物，內可有其情矣；內有其情，外必有其物矣。」（《詩廣傳》卷一）所以，「興」不僅被視爲「中國詩學的核心概念」〔註20〕，

〔註20〕葉舒憲《詩經的文化闡釋》，陝西人民出版社，2005年版，頁393。

而且「體現了我國詩歌藝術的本質要求，集中了我國詩歌藝術的重要美學特徵」。〔註21〕所以，大部分的詠物詩都是受外物的感發而以「興」的美學規律來創作的。所以，「興體」是詠物詩的主流。

「興體」詠物詩與「比體」都是借外物來抒寫主觀情感，但卻有本質的不同。錢鍾書《管錐編・毛詩正義》中說：「『觸物』似無心湊合，信手拈起，復隨手放下，與後文附麗而不銜接，非同『索物』之著意經營，理路順而辭脈貫。」指出「比」中「物」與「心」是一種刻意的安排，「興」中「物」與「心」是一種無意的湊合。也就是葉嘉瑩所說「自然的、無意的」和「人爲的、有意的」的差別。此外，「興」還可以王夫之的「現量說」來解釋。王夫之評價詩歌的標準是「或可以興，或不可以興」。他曾經批評賈島的「僧敲月下門」一句「只是妄想揣摩，如說他人夢」。他認爲作詩應該「即景會心」、「因景因情」，並稱之爲「禪家所謂現量也」。這種「自然靈妙」既是「可以興」的表現，包含著審美的當下性、直覺性和眞實性。由此可知，「興體」詠物詩是一種直覺性的詩性感發，而「比體」則是一種理性的選擇，表現出更明顯的技巧性。如杜甫《望嶽》中，泰山的奇偉神秀激起了詩人勇攀高峰的豪邁之氣，這種感情是詩人初到泰山而未曾極頂時那一刻最眞實的感受。而屈原《橘頌》中之橘樹，可在眼前，亦可不在眼前，是被詩人意念化的事物。而「興體」與「賦體」的不同，則在於雖都爲抒寫情感，但情感的本質很不相同。「賦體」詠物詩的情感較爲單一，一般是對所詠物體的讚美或抒寫觀感，而「興體」所抒寫的其實是主體自身已經存在的情感，只是經由客體的感發而已。

《詩經》中《芣苢》是唯一一首「興體」詠物詩。全詩共六章，描繪芣苢茂盛的狀態，鋪寫採摘的整個過程，抒寫的是一種虔誠的「受胎生子」的渴望。但是，這裏「物象」到「情志」的過渡，要依靠原

〔註21〕趙沛霖《興的源起——歷史積澱與詩歌藝術》，中國社會科學出版社，1987年版，頁1。

始宗教所賦予芣苢的特殊的象徵性內涵來完成。脫離著這種觀念先入性，這種聯想關係將不復存在。《詩經》中的大多「起興」之物，本身並不具有抒情性，情感的最終揭示，要依靠「直言」來完成。於是，就形成了先詠「他物」再抒情的固定模式，整首詩中詠物成份較少，還不能形成詠物的詩體。但「興」為詠物詩開拓了一個全新的創作理念，而大量的「興體」詠物詩的出現，還有待創作技巧的進一步完善。

三、詠物詩藝術手法的發展和演變

上文是通過「賦」、「比」、「興」三種基本的抒情原理對詠物詩所做的大致歸類。但是，在古代詠物詩的創作現實中，情況卻要複雜得多。這是因為，隨著詩歌的發展，一些新的藝術技巧被用於其中，而「賦」、「比」、「興」在其本身的發展中，也會根據時代精神的需求或作家個人的審美傾向而被改造，從而失去了原來的風貌，這是文學發展的必然結果。

1、「比體」詠物詩中擬人化手法的運用

對自然物象的擬人化描寫在《詩經》中也已經出現，只是並沒有引起太多的關注。《豳風·鴟鴞》經葉舒憲考證，認為是「祝禱儀式上的人神對話」。但是，如果抹去殘存的原始宗教色彩，純以文學的眼光來審讀，自然是一首「禽言詩」。尤其《尚書·金縢》有「（周）公乃為詩以遺王，名之曰《鴟鴞》」的附會，更使得此詩有「託物言志」的藝術價值。「禽言詩」不同於一般詠物詩，雖也是以「物」為表現主體，但卻不是描繪物色，而是擬人化的寫物，賦予「物」人的思維和語言能力，是另一種人化自然的方式。但是這些詩能否歸於詠物詩，歷來肯定的並不多。筆者則認為：一，這些詩雖未「體物」、「狀物」，但通體言「物」，與「詠物」之名並不違背；二，此類詩數量不多，至今還未有一個合理的歸屬，並且在諸多詩體中，將其置於「詠物詩」似最為切合；三、這些詩歌對其他形式的詠物詩產生了重要的影響。

物的擬人化手法，在漢樂府中得到了極大的發展。漢代是浪漫的
楚文化和中原以儒家爲代表的理性文化結合的典範。既有長篇富麗的
大賦，又有感於哀樂、緣事而發的樂府詩。漢賦抒寫的是人存在於宇
宙中的自命不凡，而漢樂府則第一次將人世間的苦樂、愛恨做了充分
的揭示。即使是在這充滿現實色彩的樂府中，也馳騁著瑰麗的想像和
楚人獨有的浪漫情懷。《雉子班》、《烏生》、《蝶蝶行》、《雙鵠行》、《枯
魚過河泣》等詩歌，都是通過動物慘遭傷害的不幸，折射人世間的苦
難，慨歎生命的無常和短暫。這裏，不僅有擬人化的語言，而且有催
人淚下的故事情節。如《蝶蝶行》，應該是最早的詠蝶詩了，卻不是
寫蝴蝶翩翩飛舞的姿態，而是講述其如何在苜蓿叢中被老燕捕食，成
爲子燕腹中之餐的經過。敘事詩的發展在漢代算一個高潮。將敘事手
法用於詠物之中，當然也是漢代的創造。只是這些詩歌離傳統觀念中
的詠物詩有一定距離。魏晉之時，這種帶有寓言性質純敘事詩已經不
多了，曹植的《野田黃雀行》算一個特例。但是在魏晉文人適當地減
少了敘事成份，強化了抒情之後，一種全新的詠物詩形象也隨之出現。

　　庭陬有若榴，綠葉含丹榮。
　　翠鳥時來集，振翼修形容。
　　回顧生碧色，動搖揚縹青。
　　幸脫虞人機，得親君子庭。
　　馴心託君素，雌雄保百齡。

　　這是東漢末年蔡邕的《翠鳥》，此詩「採用比興手法，喻才士脫
險後託身得所，顯然借鳥自喻」〔註22〕。這是一首「比體」的詠物詩，
較屈原《橘頌》又有些不同。《橘頌》中對橘樹的描寫，已經不再如
《詩經》那樣純客觀描述，而是將人類社會的道德觀念以及自身的人
格理想寓於其中，給「物性」賦予對應的象徵性內涵。但就其所描寫
之「物性」而言，還未脫離橘本身的現實。比如「受命不遷」、「綠葉
素榮」、「曾枝剡棘」、「圓果摶兮」、「精色內白」等物性特徵，都是客

〔註22〕魏耕原《謝朓詩論》，中國社會科學出版社，2004 年，頁 170。

觀存在的。而《翠鳥》這首詩，前六句刻畫翠鳥動姿，後四句用擬人手法，爲翠鳥虛構了逃脫網羅的身世背景，其中可以找到漢樂府敘事詩的痕迹。後兩句用擬人法，借鳥抒寫對可以託付終身的君子之感激。這首詩中，前六句的客觀描寫只是陪襯，後四句的擬人化抒情以及「幸脫虞人機」的描述，是亂世文人的自我寫照，已經完全脫離了「物」的本性，而打上了人的烙印。

這種將所詠之物擬人化的「比體」詠物，是魏晉南北朝詩歌的普遍現象。曹植《吁嗟篇》用第一人稱擬人化的手法敘寫蓬草隨風飄轉、孤助無依的經歷，抒發內心的悲苦。再如謝眺的《席》也是這方面的典範：

　　本生潮汐池，落景照參差。汀州蔽杜若，幽渚奪江蘺。
　　遇君時採擷，玉座奉金巵。但願羅衣拂，無使素塵彌。

用擬人手法賦予蘆葦曲折的經歷和人的情思，雖出身荒僻之地，卻有卓越之姿。得君子憐賞採擷，織而爲席，卻渴望時時保持純淨，潔身自好，顯然是借蘆席代寒門士子表露心迹。

2、「興體」詩中對典型物象的選擇和「移情」手法

如何使所描寫的自然之物本身帶有較強的抒情性，從而減少直接抒情在詩中所佔的成份，是「興體」詠物詩體制完善的必然要求。在這方面，大詩人屈原作了可貴的探索。雖然「楚辭」中沒有一首「興體」的詠物詩，但其中的一些景物描寫的抒情性較之《詩經》已明顯增強。如《九歌·湘夫人》：「帝子降兮北渚，目眇眇兮愁予。裊裊兮秋風，洞庭波兮木葉下」；再如《九歌·山鬼》：「雷填填兮雨冥冥，猿啾啾兮狖夜鳴，風颯颯兮木蕭蕭，思公子兮徒離憂。」這些描寫所具有的超強感染力，源自於以下兩個方面：一、對景物生動的描寫；二、根據情感的需要，選取了最具感發力的典型物象。《湘夫人》中，爲了表現湘夫人降臨北渚，沒有見到愛人的失落心境，選取了秋景中最易令人產生蕭索落寞情緒的秋風、落葉和動蕩的湖面等物象，進行了傳神地描寫，令人無需見「愁」，而愁心自起。《山

鬼》中，用雷聲、雨聲、風聲、猿哀鳴聲和落葉聲，將各種淒厲的
能夠震撼人心的聲音交織在一起，烘托山鬼失戀後的痛苦心靈，令
人爲之色動。在《詩經》的「興體」詩中，「心隨物動」，「物」與「心」
的組合具有一種偶然性、突發性，並且往往只是個體獨特的情感體
驗。有些詩歌，情與景的結合非常默契，如《小雅・採薇》中「昔
我往矣，楊柳依依。今我來思，雨雪霏霏」和《君子于役》中的寫
景，以及《黍離》、《蒹葭》等詩的「起興」。但也有一些詩歌的起興
並不成功，甚至讓人匪夷所思。所以朱熹在《詩綱領》一文中說：「詩
之興，全無巴鼻」。似有些誇張，但也確實說明在《詩經》中，某些
興象與情感之間難以作出確切的解釋。其中重要的原因是創作者所
選取的「起興」物象，不能引起讀者的情感共鳴。《楚辭》作爲第一
部文人詩集，表現出了更高的寫作技巧和更強的創作意識。屈原在
用自然之物表現情感時，已經開始帶有選擇性地把一些具有較強的
感發作用的景物有意識地進行安排，使情與景的融合向前邁了一大
步。屈原之後，又有宋玉的《九辯》「建立了一種非常典型的情景組
合模式，那就是以典型的秋天景象來表現文人情懷」〔註23〕。這種
「組合模式」對後來的山水詩、詠物詩，尤其是「悲秋」主題影響
深遠。所以，以《秋興》八首著稱的杜甫也忍不住感歎：「搖落深知
宋玉悲，風流儒雅亦吾師」。而距離宋玉最近，且在其影響下創作的
詠物詩可能要數漢武帝劉徹的《秋風辭》：

> 秋風起兮白雲飛，草木黃落兮雁南歸。蘭有秀兮菊有芳，
> 懷佳人兮不能忘。汎樓船兮濟汾河，橫中流兮揚素波，簫
> 鼓鳴兮發棹歌。歡樂極兮哀情多，少壯幾時兮奈老何！

這首詩前四句寫秋景，五、六句敘於秋風中泛舟之事，後三句抒寫秋
風所引起的樂極生悲的情緒。其突出的特點在於選取了秋天最具代表
性的一些興象：風逐雲飛、草木黃落、北雁南歸、蘭菊綻放，以美好

〔註23〕 王德明《中國古代詩歌情景關係研究》，廣西人民出版社，2005年版，
頁110。

但卻短暫的景物描寫，爲後面的悲劇情懷做鋪墊。

典型物象的選取只是增加藝術形象抒情性的一個方面。在漢代之後的「興體」詠物詩中，詩人往往直接將自己的情感移入物象之中，讓物象也帶上了某種「人」的情緒，這種手法，稱之爲「移情」。「移情」手法在《古詩十九首》中已大量運用。其促成因素，一方面與「漢樂府」中的擬人手法有關。因爲被擬人化，故而物也具有了人的情感。其次，還與漢代詩歌強烈、直露和誇張的情感表達有關。如《古歌》所寫：「秋風蕭蕭愁殺人。出亦愁、入亦愁。座中何人誰不懷憂」。既然人人「懷憂」，那麼物物「懷憂」亦未嘗不可。「移情」手法，在詠物詩中的運用極爲廣泛。這裏試舉兩首詠雁詩。其一爲庾信《秋夜望單飛雁詩》：

　　失羣寒鴈聲可憐，夜半單飛在月邊。
　　無奈人心復有憶，今暝將渠俱不眠。

庾信一人流落北方，內心充滿了對故國、親人的思念。夜中見一單飛大雁，不禁勾起了身世之感，從而以己之心度雁之情。於是，「失群」、「寒」、「可憐」、「不眠」等本屬於人的感受，都移至於雁身。

再如杜甫《孤雁》詩：

　　孤雁不飲啄，飛鳴聲念群。誰憐一片影，相失萬重雲。
　　望盡似猶見，哀多如更聞。野鴉無意緒，鳴噪自紛紛。

此詩作於大曆初漂泊夔門之時。詩人正值歸家途中，卻屢遭病患，難以成行。一隻孤雁令他情難自禁。他感念國家、親朋，食不下咽，所以筆下孤雁也是「不飲啄」；他日日登高，向北遙望，渴盼至深，幾生幻境，故筆下之雁亦「望盡似猶見，哀多如更聞」。

這種移情之法，即王國維所云：「以我觀物，則物皆著我之色彩」。這種帶有主觀色彩的景物描寫，用於詠物詩中，賦予「物」人的感受、哀樂，使詩歌中直言其情的需求大大下降，甚至出現了通篇詠物，不見抒情的作品。從而，「物」在詩歌中的主體性得到了保障，而詠物詩的體制則進一步完善和成熟。

3、詩賦欲麗和「賦體」詩的形式化

「詩賦欲麗」是曹丕在《典論・論文》中提出的對詩與賦兩種文體的藝術要求,強調辭採的華美。此處借用來說明「賦體」詠物詩在漢代之後的發展傾向。

「賦體」詠物詩與漢代的長篇大賦有著必然的聯繫。首先,這兩種文學都以「體物」、「狀物」爲主,其源頭都可追述到荀子的《賦篇》,具有一定的血緣關係。其次,「賦」較之於其他文類,抒情性、說理性都很弱,是一種純文學的文體。而且,「賦體」詠物詩較之「比體」、「興體」,融入的主觀情感也要少很多。此外,從創作群體和動機來說,長篇大賦多爲文學侍從所作,主要用來進獻給統治者,博得賞識。而「賦體」詠物詩多爲唱和、應制,作爲文人圈中的文字遊戲,是宮廷詩人的最愛。所以,「馳騁才華」是兩種文學形式共同的創作旨趣。基於以上原因,「賦體」詠物詩與賦在藝術風格的相通也是必然的。

劉勰在《詮賦》中說:「賦者鋪也。鋪採摛文。體物寫志也」。鋪排文採是「賦體」文學的必然要求:

> 賦大半描寫事物,事物複雜多端,所以描寫起來要鋪張,才能曲盡情態。因爲要鋪張,所以篇幅較長,詞藻較富麗。
> 〔註24〕

此外,賦也是最講究形式美的一種文體:

> 賦側重於橫斷面的描寫,要把空間紛呈對峙的事物情態都和盤托出,所以最容易走向排偶的路。〔註25〕

南朝詠物詩的發達,與宮廷詩人群體的創作分不開:

> 在宮廷詩中占主導地位的有兩類詩。第一類從文體上模仿民間抒情詩——樂府。……第二類是正規應景詩,用優雅和巧妙的形式讚美朝臣的日常生活事物。〔註26〕

當詠物詩在宮廷文人的文學活動中成爲了主流,其「賦體」文學

〔註24〕朱光潛《詩論》,三聯書店,1984年版,頁225~227。
〔註25〕朱光潛《詩論》,三聯書店1984年版,頁225~227。
〔註26〕〔美〕宇文所安,《初唐詩》,三聯書店2004年版,頁5~57。

的特徵也就表現得越突出，所以宮廷應制詠物多爲「賦體」詩：

> 隨蜂遶綠蕙，避雀隱青薇。映日忽爭起，因風乍共歸。出沒花中見，參差葉際飛；芳華幸勿謝，嘉樹欲相依。

劉孝綽是梁武帝時期宮廷文學活動的重要參與者，而且博得了「文壇巨擘」的美譽。他的這首《詠素蝶詩》是宮廷詠物詩的典範。此詩主要展現素蝶的動態。詩人不厭其煩，分別寫蝶在草叢、綠蔭、日光下、風中、花間和葉際飛舞的各種姿態，其六句詩的篇幅，也算達到了鋪陳的極致。最後一句替蝶抒懷，希望春天能夠持久。詩中雖亦有抒情，但其實是此類詩的套式，並無多少眞實的感觸。此詩的重點，在於描繪蝴蝶身姿，並無多少寄託的成份，算是一首「賦體」詠物詩。除鋪排描寫之外，每一聯都用對仗。而「綠蕙」、「青薇」、「芳華」、「嘉樹」，可謂辭採富麗。其中的幾個動詞，弄筆的痕迹頗爲明顯。

美國學者宇文所安在《初唐詩》中，對南朝至初唐宮廷應製詩形式化進行了深入地分析。他首先發現了宮廷詩在發展過程中所逐漸形成的「慣例」，和「這些慣例作爲一種特殊的、一致的時代風格，開始於五世紀，逐漸地演變成一套代表詩歌高雅趣味的約束法則」。而這些法則的意義在於「使得即席賦詩時可行而不受窘」，「把天才拉平、把庸才擡高」〔註27〕。這些法則中，既包含詩歌形式的程序化，也包含一些寫作的技巧。在這裏，他將宮廷詩的模式稱爲「三步式」，「由主題、描寫式的展開和反應三部分組成」。當然，這並不適合詠物詩。宮廷詠物詩多爲逐漸接近律詩的五言詩，往往前三聯（六句）狀物，後兩聯抒情。如上面提到的劉孝綽的《詠素蝶詩》。在寫作技巧上，宇文還發現了一個有趣的現象：宮廷詩人在創作時，「運用那些圍繞著每一個通行的詩歌主題發展而來的典故群」〔註28〕。初唐時期，類書的編撰漸盛，如《藝文類聚》、《初學記》等。而這些工具書

〔註27〕〔美〕宇文所安，《初唐詩》，三聯書店2004年版，頁5～57。
〔註28〕〔美〕宇文所安，《初唐詩》，三聯書店，2004年版，頁5～57。

「主要被用來指導學生和知識貧乏的詩人」，使他們在臨題時不至於腹內空空，下筆無物。詠物詩典故的運用，也是「賦體」詠物詩內容程序化的一個重要方面。比如唐太宗的《賦得臨池柳》：

　　　　貞條障曲砌，翠葉負寒霜。拂牖分龍影，臨池待鳳翔。

這首詩中，只有第一句算是自創。「翠葉負寒霜」是前人詠竹慣用語：東方朔《七諫・初放》有「上葳蕤而防露兮，夏泠泠而來風」，謝朓《秋竹曲》有「但能淩白雪，貞心蔭曲池」等。第三句聯繫關於竹與龍的無數傳說，將竹影比作龍影。第四句用的是鳳凰與練實的典故，或直接化用劉孝威《枯葉竹》「勿嫌鳳不至，終當待聖明」句。這首詩思想空洞、毫無才氣，是典型附庸風雅的應景詩。

　　當然，辭採的講究，形式的嚴格，以及典故的運用對「賦體」詠物詩的影響並不完全是消極的。從詠物詩整體發展來看，也是必然要經歷的階段。而且，對詩歌語言技巧貼切、適當地把握，也是優秀詠物詩創作的重要方面。如盛傳已久的「雍鷺鷥」、「崔鴛鴦」、「鄭鷓鴣」、「謝蝴蝶」等名家名作，都能以「摹寫之工得名當世」（謝宗可《詠物詩・四庫全書總目》），算是成功的範例了。

4、「賦」、「比」、「興」三體的混同及各種手法的合用

　　在詠物詩發展的早期，「賦體」、「比體」、「興體」的體例分別是比較明顯的。如屈原的《橘頌》、曹植的《吁嗟篇》，「索物」以自比，「比體」特徵明顯。劉邦《大風歌》、漢武帝《秋風辭》，前者由風起的動盪，聯想到政權的危機，慨歎猛士不再；後者見秋日麗景，樂極生悲，感歎人生易逝。這都是典型的「興體」詩。「賦體」詠物詩作為一種更接近於純文學的形式，在南朝宮廷文學活動中受到重視，而且講究體物工巧，辭採富麗。這三種詩體在唐代之前就已經得到了長足的發展。「魏晉南北朝是文學自覺的時代，文學的藝術特質得到充分的發展，文學創作積累了豐富的經驗。」〔註29〕但同時也應看到，

〔註29〕袁行霈主編《中國文學史》（第二卷），高等教育出版社，1999年版，頁199。

魏晉南北朝是一個分裂和動亂的時期，文學發展的不平衡極其突出。地域的差異、群體的差異，使得這一時期的文人都生活在自己狹小的圈子裏，各自選擇不同的方式來表達自己，從而缺乏一種融彙貫通的氣魄。唐代是一個詩歌集大成的時代。唐代詩人不僅有著漢代人包括宇宙、總攬人物的「體物」胸襟，也有著自由的社會氣氛所培養出的獨特氣質、風度和卓異人格，以及指點江山、積極進取的濟世情懷。於是，自然、社會和自我都成爲詩歌觀照的對象，都要融入他們的精神和藝術生活之中。而詩歌創作中的一些主要方面，如題材、形式、方法、技巧、語言等，又有前人的可貴探索和豐富的藝術積累。這些，都是唐詩創造輝煌的重要前提。

在唐人的詠物詩裏，尤其是盛唐之後的作品，已經很難確切地區分賦、比、興三體，各種手法的運用也已經融彙貫通，妙合無際了。這一時期的詠物詩，藝術水平達到了歷史的最高峰。以杜甫的《春夜喜雨》爲例：詩歌熱情地讚美了春雨，並將其的性格、風采生動而深刻地展現出來，頗得「體物」的神妙；而春雨隨春而至，本平常不過，卻激發了詩人對生活、對自然、對一切美好事物和情感的無限熱愛。品讀此詩，人們也極易體會到春雨中所蘊含的詩人對自我人格美好的期許。可謂一詩而「賦」、「比」、「興」兼得。再如，李義山《錦瑟》一首。既有南朝宮廷詩的情趣和辭採的綺麗，又有魏晉失意文人的哀怨和深婉。詩中「將自己的悲劇性身世境遇和悲劇心理幻化成一系列象徵性圖景。」既有「形象的鮮明性、豐富性，又具有內涵的朦朧性和抽象性。」其抒情「既沒有通常抒情方式所具有的明確性，又具有較之通常抒情方式更爲豐富的暗示性」〔註30〕。他的詠物詩是各種詩歌傳統與自身的才華、個性和獨特的人生體驗的完美結合。可以說，李商隱將詠物詩的抒情性、內涵的豐富性、深邃性推向極致，他的詩是這一詩體所獨具的語言美、形式美、意境美、情感美的集中體現。

以上對詠物詩藝術的形成、發展和演變做了回顧，並對詠物詩創

〔註30〕周嘯天《隋唐五代詩詞鑒賞》，四川人民出版社，2003 年版，頁 348。

作中一些主要表現手法和技巧做了簡單的論述。當然，詠物詩從遠古時期的發源到唐代的成熟完善，經歷了一個漫長的過程，其間情況較之文中所論要複雜得多。唐代之後，詠物詩依然處在不斷的發展之中。各個時代的文人，都用獨特的方式思考著自己的藝術處境，探索著突破前人和展現自我的道路。當然，其成就的大小又與所處時代的文化環境息息相關。在良好的社會氣氛之下，宋代的詩人走出了自己的道路，成就了唐代之後的另一個輝煌。元、明兩代，文人的生存環境極度惡化，再加上前兩代詩歌高峰的強勢逼迫，影響了文學創造性的發揮。但是，中國詩壇數百年的沉寂，並不是一潭死水。這是一個蓄勢待發的年代，將要迎接的，是另一個詩歌輝煌的到來。

附錄三　儒、釋、道與詠物詩 的文化傳統

　　中國的哲學是儒、釋、道的哲學；中國的美學是儒、釋、道的美學；中國的文人精神，是在儒，釋、道三者的對立、互補和相互滲透中形成的。中國的藝術與文學，也是在這三者的消長和貫通中漸創佳境。對詠物詩來說，儒、釋、道精神的影響更是多方面的：它不僅浸染著創作者的審美胸襟和藝術旨趣，左右著他們的詩學觀念和創作方法，就連描寫對象和其所蘊含的精神特質，也無不與創作者社會觀念和審美境界息息相關。沒有儒、釋、道精神的滋養，詠物詩只能是供人消遣的艷麗花朵，即使不自甘凋零，也會由於色彩的單調而帶來審美的疲勞，最終遭人遺棄。正是儒、釋、道精神在不同時代所激蕩起的熱烈、深沉而又極富新鮮感的文人情懷，和豐富的個體生命體驗的結合，造就了詠物詩的搖曳多姿、深刻雋永和豐實厚重。以下，筆者就儒、釋、道思想中，對詠物詩發展產生重大影響的哲學、美學和詩學觀念作一簡單論述。

一、「詩言志」與「比興爲上」——從儒家詩學觀說起

　　儒家思想的發源最早，也是農耕社會生產力發展的必然要求。早

在西周初年，周公爲了實現社會的穩定和有序，在「原始巫術禮儀基礎上」，制定了「一整套典章、制度、規範、儀節」〔註1〕，這便是儒家所極力推崇和維持的「禮」的來源。「禮」是儒家思想的核心，在孔子之後的兩千多年裏，一直是儒學家們維護、尊奉和不斷完善、闡釋直至宗教化的對象。在這種理念的影響下，儒家的知識分子都自覺地將維護「禮」，維護社會的安定有序作爲自己的責任，並且將一切能夠影響人意識的因素，如哲學思辨、審美活動，以及藝術和文學創作，賦予了帶有社會功利性的價值訴求。

孔子認爲，審美和藝術對於人的精神的影響特別深刻有力，所以審美和藝術在人們爲達到「仁」的精神境界而進行的主觀修養中就能起到一種特殊的作用。〔註2〕

「克己復禮爲仁。」（《論語・顏淵》）「仁」其實就是對「禮」的遵守和維護。葉朗在這裏看到了孔子「十分重視審美和藝術的作用」，這種「作用」指的是政治教化的作用，就是通過審美和藝術提高人對社會秩序的自覺意識。在周代，音樂是最早被用來作爲政教工具的藝術。《禮記・樂記》中記載：「故樂也者，動於內者也；禮也者，動於外者也。樂極和，禮極順。內和而外順，則民瞻其顏色而弗與爭也。」在很早的時候，「樂」和「禮」就被緊密地聯繫在一起，表現出「既統一又分化，既合作又分工的特徵」〔註3〕。《樂記》中相當生動透徹地描述了「樂」的感化作用：「是故樂在宗廟之中，君臣上下同聽之則莫不和敬；在族長鄉里之中，長幼同聽之則莫不和順；在閨門之內，父子兄弟同聽之則莫不和親。」音樂之外，孔子是第一個發現詩歌「美育」（即政治教化）價值的人。他說：「興於詩，立於禮，成於樂」（《論語・陽貨》）。將詩歌與禮、樂相提並論，強調其對人的社會意識的啓發和引導。「詩，可以興、可以觀、可以群、可以怨，邇之事父，遠

〔註1〕 李澤厚《中國思想史論》（上），安徽文藝出版社，1999年版，頁12。
〔註2〕 葉朗《中國美學史大綱》，上海人民出版社，1985年版，頁43、44。
〔註3〕 李澤厚《美學三書》，安徽文藝出版社，1999年版，頁234、235。

之事君。」(《論語・陽貨》) 這更加詳盡地論述，尤其突出了「詩教」與「禮」之間緊密的關係。

孔子正是看到了「審美、藝術和社會的政治風俗有著重要的內在聯繫」〔註4〕，故而「又反過來對審美和藝術進行規定」〔註5〕。孔子在欣賞完《韶》樂之後，誇贊其「至善」、「至美」。在聽過《武》樂之後，稱其「至美」但未「至善」。所謂「美」只是藝術作品的形式之美，而「善」是對其所蘊含的道德價值的要求，是更為重要的。這種理念滲透到文學中，便是「詩言志」的詩學觀。所謂「志」，本指人心中所想。但從先秦開始，儒家觀念中的「志」就被賦予了某種道德要求，所以「詩言志」是特指「詩歌所表現的與政教相聯繫的人生態度和理想抱負」〔註6〕。這一理念經過漢儒和宋代理學家的繼承和發揮，一直貫穿儒家詩學的始終。到清代王夫之，依然強調「詩言志，非言意也；詩達情，非達欲也。」(《詩廣傳》卷一) 並且特別將「志」、「情」和「意」、「欲」加以區分：「意」，是「念之所覬得者」，是一個人內心的欲求和想法，與「欲」其實相近，是「私」而「小者」。很明顯，這裏的「志」帶有道德的成份，「情」也並非普通意義上的情，而是其所說的「性之情」。「性」是宋明理學中「天地之性」，就是「天理」，是帶有強烈宗教色彩的道德倫理。

在傳統觀念中，詠物詩是一種感於物而力求工切的「體物」、「狀物」，以「窮物之情，盡物之態」的詩體，與儒家詩教觀所要求的「詩言志」相去甚遠。這樣的詩歌，在儒家論詩者眼裏備受鄙視，認為其「裁剪整齊而生意索然」，「標格高下，猶畫之有匠耳」(王夫之《薑齋詩話》)，甚至稱不上真正的詩歌，是多數士大夫所不忍為之的。於是，「託物言志」成為傳統詩學家對詠物詩的必然要求，而儒家詩學傳統

〔註4〕李澤厚《美學三書》，安徽文藝出版社，1999年版，頁234、235。
〔註5〕李澤厚《美學三書》，安徽文藝出版社，1999年版，頁45。
〔註6〕張少康《中國文學理論批評史》，北京大學出版社，2005年版，頁20。

中的「比」、「興」傳統，是架在「體物」、「狀物」和抒寫「情志」之間的藝術橋梁，成爲詠物詩創作者最爲崇尚的表現方法。

　　詠物以託物寄興爲上。（薛雪《一瓢詩話》）

　　詠物一體，就題言之，則賦也；就所以作詩言之，即興與比也。（李重華《貞一詩話》）

　　詠物詩必須有寄託，無寄託而詠物，試貼體也。

（施補華《峴傭說詩》）

唐代之前的詠物詩，或如齊梁宮體詩般「生意索然」，或如建安、正始或永明文人那樣抒寫自我的情志，與社會現實聯繫不夠緊密。在儒家詩學的影響下，從唐代開始，一些重要的詩歌主題出現在詠物詩中，使得詠物詩的現實性逐漸增強。

　　白小群分命，天然二寸魚。細微沾水族，風俗當園蔬。

　　人肆銀花亂，傾箱雪片虛。生成猶拾卵，盡其義何如。

杜甫的這首《白小》，是一首政治諷喻詩。詩人通過描寫「天然二寸」的白條魚被食者捕盡殺絕的悲慘場景，表現出一種偉大的悲憫情懷和對社會現實的關切。「觀此白小，而暴君之橫斂亦猶是也」〔註7〕。

　　再如朱熹的《墨梅》：

　　夢裏清江醉墨香，蕊寒枝瘦凜冰霜。

　　如今白黑渾休問，且作人間時世妝。

　　梅花是清高與堅貞的象徵，往往被用來作爲文人士子自我人格的寄託。而此處，詩人卻由水墨之梅聯想到了社會的不良現象，用辛辣的筆法進行了揭露和嘲諷，有針砭時弊的社會意義。

　　自此，詠物詩逐漸擺脫了作爲宮廷文字遊戲和遣情娛志工具的宿命，成爲文人士子抒寫遠大理想（如李白《上李邕》）、憂時憫世，甚至「匡維世教」的有效而重要的藝術手段，具備了現實主義精神和社會性價值，成就了嚴正、陽剛的藝術氣質。這也是詠物詩歷經兩千年餘年而長盛不衰的重要原因。

〔註7〕佚名《杜詩言志》，江蘇人民出版社，1983年版，第199頁版。

二、從「觀物取象」到「格物窮理」──儒家功利性審美與詠物詩

　　儒家的自然審美依然是建立在實用理性基礎之上的，其源頭可以追溯到《易經》中的「觀物取象」，即通過對自然現象的考察，來洞悉人情事理。孔子的自然美學思想，對後世影響很大。他曾經立於川上感歎：「逝者如斯夫，不捨晝夜」（《論語·子罕》）。這裏有對自然的體察，也有由彼推人，感歎人生苦短，以及勸勉奮進之意。他還說：「歲寒，然後知松柏之後雕也」（同上）。這極易使人產生自然與人的道德品格之間的聯想。孔子關於自然最經典深刻的論述莫過於「智者樂水，仁者樂山；知者動，仁者靜；智者樂，仁者壽」（《論語·雍也》）。不僅揭示了人與自然在一些品質上的默契，也揭示出自然中所蘊含的能夠對人的意識產生重要影響的潛質。

　　但是看來，孔子確有這樣的意思，即自然物的某些特點和人的道德屬性有類似的地方，因此人在欣賞自然美時就可以把他們聯繫起來，可以把自然物作為人的道德屬性的一種象徵。這樣一來，在自然美的欣賞中，也就包含了道德的內容。孔子似乎認為，人們欣賞自然美所得到的愉悅正是由於在欣賞中包含有這種道德內容。〔註8〕

　　一個人在欣賞帶有道德象徵的自然之物，在被感動或者產生一種崇拜心理的同時，其道德境界會有一定程度的提升。所以，自然審美和欣賞音樂，誦讀「詩三百」一樣，都會具有「美育」，即政治教化的意義。

　　孔子的這種比附也被稱為「比德」，在後世詠物詩中被廣泛接受，成為重要的創作方法。第一次將「比德」運用在詠物詩中的詩人是屈原，而《橘頌》也是文學史上第一首由文人創作的詠物詩。以此可以看出，文人對用自然「比德」有一種本能的偏愛。此後，大量的自然意象被用在以「比德」手法創作的詠物詩中，其中又以松柏、竹、菊、梅、蘭這些最為常見，也最得文人嘉賞，謂之「五君子」。在文人筆

〔註8〕葉朗《中國美學史大綱》，上海人民出版社，1985年版，頁56。

下，這些意象被賦予了在惡劣環境中能堅持操守的忠貞，從而成爲儒家人格理想的象徵，被道德化、觀念化，是人化自然的突出代表。

如果說，孔子對自然帶有功利性的審美源自於《易經》中「觀物取象」，那麼，這一理念經過《易傳》的闡釋和發揮，成爲了後世儒家的政治哲學和宇宙觀的主要源流。

> 昔者聖人之作易也，將以順性命之理。是以立天之道曰陰陽，立地之道曰柔與剛，立人之道曰仁與義。（《易傳·說卦》）

> 有天地然後有萬物，有萬物然後有男女、有男女然後有夫婦，有夫婦然後有父子，有父子然後有君臣，有君臣然後有上下，有上下然後有禮義有所錯。（《易傳·序卦》）

「從天地萬物到男女夫婦到倫常禮義，『易』以貫之」〔註9〕。在《易傳》中，已經有明顯的「天人感應」的觀念。儒家認爲，人類社會從一開始，就是從外界物象的觀察模擬中構建的。這既說明宇宙蘊含著微妙神奇的道理，也說明人類社會與自然物理的異質同構。所以，宇宙規律可以用來證明人類社會等級制度和倫理綱常的科學性、必然性。漢代董仲舒的「天人合一」便是這一思想的產物：

> 天地之氣，合而爲一，分爲陰陽，判爲四時。
> （《春秋繁露·五行相生》）

> 王者配天，謂其道。天有四時，王有四政，四政若四時，通類也。天人所同有也。慶爲春，賞爲夏，罰爲秋，刑爲冬。慶賞罰刑之不可不具也。如春夏秋冬之不可不備也。
> （《春秋繁露·四時之副》）

「董仲舒的貢獻在於，他最明確地把儒家的基本理論與戰國以來風行不衰的陰陽家的五行宇宙論具體地配置安排起來，從而使儒家的倫常政治綱領有了一個系統論的宇宙圖式作爲基石。」〔註10〕孔子只是將自然道德化、理想化，而董仲舒則要將漢代極端強化的君主專政體制納入宇宙的運行之中。他擡出「天」作爲宇宙和人間的最高主宰，

〔註9〕李澤厚《中國思想史論》（上），安徽文藝出版社，1999年版，頁128。
〔註10〕李澤厚《中國思想史論》（上），安徽文藝出版社，1999年版，頁150。

其目的就是爲了說明「天子」的至高無上，要說明皇權的神聖不可侵犯。如果說孔子對自然還有一些感性的讚美，那麼在董仲舒的理論中，自然被借來作爲政治宣傳的工具，其審美性價值完全被抹殺。此處所體現的，是漢代社會中人的意識的極度膨脹，是時代精神的突出代表。當然，這種虛妄的意識膨脹，會隨著歷史的前行和大漢王朝統治的敗落，最終遭遇鄙視和淘汰。

　　宋代文人渴望重振儒學。雖然也繼承了天人合一的思維模式，但宋代理學家無論是對自然還是民衆卻要溫和謙遜得多。「（宋明理學）以釋道的宇宙論、認識論的理論成果爲領域和材料，再建孔孟傳統。」〔註11〕道家和禪學的觀物之法，是建立在與自然平等和交融的基礎上的。同樣，宋代理學家也提出了「以物觀物，性也」，「夫所以謂之觀物者，非以目觀之也，非觀之以目而觀之以心（邵雍《觀物外篇》）」。然而，初讀其中的「以物觀物」、「以心觀物」，頗似佛道之理。但仔細品味，卻只是形似而神不似。道家「以物觀物」是「物我兩忘」中對自然人性的復歸，以自然的人去觀照自然之「物」；禪家的「以心觀物」是擺脫一切世俗欲念之後對自然純粹無功利的審美境界。而儒家所謂的「觀物」之「物」，是一種蘊含著「天地之性」的人。而所謂「天地之性」亦並非道家之「性情」，而是剔除了人的直覺感受之後被道德化的「天理」。可見，儒家所謂的「以物觀物」，依然帶有先入爲主的道德觀念，是人對自然中所蘊含的帶有政治功利性的審美價值的發現和體會，依然是「非觀之以心而觀之以理」。而朱子的「格物致知」便是在此基礎上提出的。

　　　格物是物物上窮其至理，致知是吾心無所不知。格物是靈
　　　細說，致知是全體說。（《朱子語類》卷十五）

「格物致知」是宋明理學所崇尙的修養方法。「格物」是建立在儒家對自然中所蘊含的道德內涵的認識：

　　　萬物皆有此理，理旨同出一源。但所居位不同，則其理之

〔註11〕李澤厚《中國思想史論》（上），安徽文藝出版社，1999 年版，頁 225。

用不一。如爲君須仁，爲臣須敬，爲子須孝，爲父須慈。
物物各具此理。而物物各異其用，然莫非一理之流行也。
（《朱子語類》卷十八）

「格物」的目的，就是通過體察「萬物」深切體會朱子所謂的「此理」，即漢儒強加在自然宇宙上的倫理綱常。所謂「致知」則是將這些道理熟識於心，做到融會貫通並自覺遵守。當然，要達到「致知」的境界，需要「今日格一物，明日格一物」，對多個事物進行體察和探究，發現其中所蘊含的「天理」，即「窮理」，並且在多次的審美實踐中，實現「致知」的終極目標。

這種哲學觀念，表現在詩歌之中，就是宋詩對「理趣」的崇尚。而「窮理」往往要通過「格物」來完成，於是宋代的詠物詩也非常發達。宋代之前，詠物詩多用比興手法，或託物以言志，或借物以抒情，抒寫的都是詩人的主觀感受。到了宋代，出現了大量的帶有哲理性的詠物詩，這正是當時社會理學意識的產物。如朱熹的《觀書有感》：

半畝方塘一鑒開，天光雲影共徘徊。
問渠那得清如許，爲有源頭活水來。

通過對清如明鏡的方塘的體察，得出人要不斷地獲取知識，才能保持心胸的豁達、明朗的道理。

宋詩中「格物窮理」的風氣，從周敦頤、邵雍等開其風氣之後就已經盛行。蘇軾、王安石等都創作了許多哲理性的詠物詩。如有名的《題西林壁》：

橫看成嶺側成峰，遠近高低各不同。
不識廬山眞面目，只緣身在此山中。

通過對廬山橫看、側看、遠看、近看、仰視、俯視不同觀感，體悟出了認識事物要跳出自我認識的偏頗，著眼於全局，才能把握本質的道理，也是「格物窮理」。

當然，理學家在政治哲學中所強調的「理」帶有濃重的道德色彩，尤其排斥人的眞情實感的介入，要「存天理、滅人欲。」但在文學家的作品中，並沒有充斥著這種迂腐的氣息。「士大夫階層的理性意識

多集中在對人生或人性的反省和思考方面。正是在這個問題上，文學家和理學家存在著深刻地分歧，於是文學和儒學別爲二途」〔註12〕。蘇軾認爲：「幽居默處而觀物之變，盡其自然之理」。此處的「自然之理」與理學家之「天地之性」完全不同，是「寓於事物的變化之中，是具體的能爲人感知的存在」〔註13〕，更貼近於老子「道」的內涵。可以這樣說，「格物窮理」作爲一種由宋代儒學復興所帶來的社會觀念，在詠物詩的創作中，被進行了藝術的改造。在政治哲學中，「理」與「情」根本對立。但詩歌是不能脫離人的直覺感受而存在的，沒有「情」的說「理」只能陷於枯燥乏味的道德說教，從而偏離藝術的根本。在詠物詩的創作中，文學家將「情」與「理」結合起來，「在把握物理的基礎上寓情於物象之中」〔註14〕，使得這些詩歌，既充滿了一種理性的深邃，又洋溢著生動感人的情趣之美。

　　　泉眼無聲惜細流，樹陰照水愛晴柔。
　　　小荷才露尖尖角，早有蜻蜓立上頭。(楊萬里《小池》)

這首小詩似乎稱不上一首哲理詩，因爲太形象、太生動，宛若一幅鮮活的畫圖。但仔細體會，「無聲」、「細流」的泉眼，不正好說明了「小池」之「小」麼？就在這個不很起眼的小小角落裏，有平靜的水面、如畫的倒影，和露出尖尖小角的荷花。當然，在這初夏的美景中，最靈動的是那些點點的蜻蜓，它們似乎也體悟出流光的易逝，而朝夕不怠地盡情玩賞。宇宙之中，美隨處可見，分秒變化，只要你稍加體會，感動就在眼前，這就是蘊含其中的「自然之理」。

三、「物我爲一」和「以情觀物」——道家的感性美學　　與詠物詩

　　同處於春秋亂世，孔子的眼中只有「禮崩樂壞」、道德淪落，對社會秩序的維護是他觀照一切事物的不二法門。對儒家來說，自然宇

〔註12〕張毅《宋代文學思想史》，中華書局，1995 年版，頁 112、113。
〔註13〕張毅《宋代文學思想史》，中華書局，1995 年版，頁 112、113。
〔註14〕張毅《宋代文學思想史》，中華書局，1995 年版，頁 112、113。

宙的價值在於其規律性的運行能夠被用來作爲等級制度、三綱五常的驗證。同時，士大夫也能夠通過對物中之「理」的體察，得到一種道德的提升。同處於亂世，老子卻要深刻得多。他首先看到了道德的虛妄：「上德不德，是以有德；下德不失德，是以無德。」（《道德經》）同時也體味到了人世間的悲哀：「天地不仁，以萬物爲芻狗；聖人不仁，以百姓爲芻狗」。（同上）在他看來，一切災難的根源，是名利的紛爭，和所謂「聖人」自作主張推行的偏狹觀念。這些，使得視聽混淆，民眾喪失了思考和分辨的能力，使社會變得崇尚機巧，而人距離純潔質樸的本性越來越遠。所以，他呼籲：「絕聖棄智，民利百倍；絕仁棄義，民復孝慈；絕巧棄利，盜賊無有」（同上）。只有回到沒有私欲、沒有紛爭、沒有機巧，也無需仁義道德的純淨自由的社會，才能獲得人性的復歸。由此，儒家所崇尚的一切社會性價值，都被道家顛覆了。國家體制、等級制度、道德、仁義甚至理性的思維方式，這些被認爲是人類精神文明最值得驕傲的象徵，都被道家否定了。對於人生，道家追求的是：「致虛極，守靜篤。萬物並作，吾以觀其復。」（同上）。其理想的人生境界，是宛如樹木一般，立在廣袤的平野，無知無欲，隨風搖擺，領略四季的變化，坦然面對生命的輪迴。這種「物化」的追求，在《莊子》中描寫得更爲浪漫：「昔者莊周夢爲蝴蝶，栩栩然蝴蝶也，自喻適志與，不知周也。俄然覺，則蘧蘧然周也。不知周之夢爲蝴蝶與？蝴蝶之夢爲周與？周與蝴蝶則必有分矣。」（《莊子‧齊物論》）

中國哲學，都是天人合一的哲學；人與自然，都有異質同構的傾向。但儒、道兩家，卻有本質的不同。儒家認爲，人間的秩序與宇宙的運行是同構的，後者可以印證前者的法定性。而人與自然之物的關係，卻比較複雜：一方面，「格物」可以「窮理」，「物」中蘊含著某種人情物理，但並不意味著人與自然之物的等同。「人之超然萬物之上，而最爲天下貴也。人，下長萬物，上參天地。」（《春秋繁露‧天地陰陽》）在儒家的等級觀念裏，一切都不是平等的。在物類之中，人是

高高在上的主宰。所以儒家美學，最突出的特徵是對自然的主宰和人化。道家厭惡一切人的社會屬性，渴望回到「悠悠上古，厥初生民」的遠古時期，回到「人與物遊」的生存狀態。「夫物芸芸，各復歸其根」（《道德經》）。此處的「物」，就有人的一份，人只是芸芸眾生的一部分。在自然宇宙之中，人和「物」是平等的，並且「物」中蘊含著令人神往的「道」，而這正是人類所逐漸失去的。所以莊子說：「天地與我並生，而萬物與我爲一」（《莊子·齊物論》），道家渴望親近自然，與之合而爲一，將自己自然化、物化。

此外，儒、道兩家的「觀物」理念中，在對待主體情感的態度上也有明顯的分歧。宋代理學家的「格物」之道，強烈反對「情」的融入。「以物觀物，性也；以我觀物，情也。性公而明，情偏而暗。」（邵雍《觀物外篇》）儒家對外物的觀照，是帶有道德意味的評判。個人情感的界入，會削弱政治教化的效果，故而被認爲是褊狹的。與之相反，道家「以物觀物」，並不排斥「物」與「物」之間真實的情感交流。

> 飄風不終朝，驟雨不終日，孰爲此者，天也。天地尚不能久，而況於人乎？（《道德經》）

> 山林與，皋壤與，使我欣欣然而樂與！樂未畢也，哀而繼之。哀樂之來，吾不能御，其去弗能止。悲夫，世人直爲物逆旅耳。（《莊子·知北遊》）

站在我們面前的兩位哲人，是那樣地傷感，那樣地感性。身處在天地之間，他們卻從沒感到自己的崇高。面對外物的感發，他們任由自己的心靈在悲喜中自由地暢遊，毫不掩飾，毫不做作。

道家不僅不排斥自然對情感的激發，還積極提倡一種融情於物的審美態度。

> 莊子與惠子遊於濠梁之上，莊子曰：儵魚出遊從容，是魚之樂也，惠子曰：子非魚，安知魚之樂？莊子曰：……我知之濠上也。（《莊子·秋水》）

惠子的一句「子非魚安知魚之樂」，在後世流傳甚廣，而莊子「我知

之濠上也」卻並未得到太多的讚賞。確實，作爲哲學來品味，後一句缺乏理性的論證而顯得主觀臆斷。但作爲文學作品來欣賞，卻另有一番意蘊。聞一多先生說，莊子是「最眞實的詩人」，「他的思想的本身就是一首絕妙的詩」。詩人是直覺的，感性的，喜歡推己及人、「以物觀物」。莊子雖立於濠上，他的心卻已經隨著魚兒暢游水中。「我」快樂，所以魚快樂！

　　與儒家與自然之間生硬隔裂的審美關係相比，道家認爲「人與其用自命不凡的主體性去重塑對象世界，還不如將自己彙入其中」〔註15〕。有了「情」的加入，「人」與「物」顯得那樣地親密，那樣和諧，「人」與「物」的融合又是那樣地自然而然，那樣地徹底，那樣地充滿了生趣和美感。

　　《莊子》書中充滿奇幻瑰麗的想像，充滿雋永的諧趣，也充滿對於世界萬物的細緻入微的描繪。莊子的觀察力往往勝過常人百倍。他知道「生物之以息想吹」。他形容馬「喜則交頸相靡，怒則分背相踶。」他又看見「澤雉十步一啄，百步一飲」。他又知道「槐之生也，入季五日而兔目，十日而鼠耳，更旬而始規，二旬而葉成」。他確實是「一位寫生的妙手」。〔註16〕

　　在中國傳統的詩學觀念中，「情」是核心。比如，中國古代的詩歌發生學，多是建立在「感物」的基礎之上的。《禮記‧樂記》中已有「情動於中」的理念。頗受儒家思想浸染的劉勰，也積極主張「人稟七情，應物感斯；感物吟志，莫非自然」。甚至儒學大師朱熹在《詩經集傳》中也大談「感於物而動」是「性之欲也」。這些觀念，都是在道家「以情觀物」的影響下形成的。因此，李澤厚說：

> 儒家強調的是官能、情感的正常滿足和抒發（審美與情感、官能有關），是藝術爲社會政治服務的實用功利；道家強調的是人與外界對象的超功利的無爲關係亦即審美關係，是

〔註15〕劉成紀《自然美的哲學基礎》，武漢大學出版社，2008年版，頁331。
〔註16〕葉朗《中國美學史大綱》，上海人民出版社，1985年版，頁110。

> 内在的、精神的、實質的美，是藝術創造的非認識性的規
> 律。如果說，前者（儒家）對後世文藝的影響主要是在主
> 題內容方面；那麼，後者則更多在創作規律方面，亦即審
> 美方面。而藝術作爲獨特的意識形態，重要性恰恰是其審
> 美規律。〔註17〕

儒家的「觀物」理念是「認識性」的，而道家卻是「審美性」的。「審美性」的關係則更接近藝術的本質。所以，中國的藝術家都是儒道互補的，尤其是在文學觀念上，總離不開對道家精神自覺的認可和接受。

正因爲儒道互補，特別是道補儒之不足，才避免了中國文學美學的僵化，走向儒學的社會片面性。按照現代美學的觀點反思中國文學美學史，眞正具有純美學色彩的，大多是道家美學所哺育的文學藝術作品。〔註18〕

中國古代的詠物詩，最具感染力，最讓人愛不釋手的，絕不是那些工於臨摹的狀物詩，也不是「格物窮理」的說理詩，往往是那些既具有形象美，又有雋永的理趣，同時又充滿了詩人動人的感性體驗的作品。

在大詩人李白留下的近千首詩中，「月」出現了四百餘次。可以說，李白是當之無愧的「詠月」聖手。李白筆下的月，不用筆，而是用心、用性、用情，甚至用生命來譜寫。從離開家鄉、仗劍遠遊開始，月的形象幾乎伴隨了他的一生。「峨眉山月半輪秋，影入平羌江水流。」（《峨眉山月歌》）這一刻起，詩人就深深地體會到了月的溫暖。那映在山間的一輪，是游子留給家鄉的最後一瞥，充滿了留戀，充滿了深情；那隨波流淌的月影，又如兒時親密的友伴，在初次離家的旅途中與他形影相隨，排遣他內心的孤獨和落寞。「夜發清溪向三峽，思君不見下渝州」，所以，即使只是短暫的分別，詩人也會思之不已。於是，就有了「舉頭望明月，低頭思故鄉」的

〔註17〕李澤厚《美學三書》，安徽文藝出版社，1999 年版，頁 60。
〔註18〕吳功正《中國文學美學》（下卷），江蘇教育出版社，2001 年版，頁 861。

靜夜之思。可以說，正是月留給詩人美好的情感體驗，鑄就了這些絕世的名篇。

> 花間一壺酒，獨酌無相親。舉杯邀明月，對影成三人。
> 月既不解飲，影徒隨我身。暫伴月將影，行樂須及春。
> 我歌月徘徊，我舞影零亂。醒時同交歡，醉後各分散。
> 永結無情遊，相期邈雲漢。

這首《月下獨酌》，是李白中年仕途受挫時所作。此刻的詩人，與月神交已久。月已經融入了他的生命，成為親人、友伴、知己。曾經有多少次，詩人就這樣站在月下，舉著酒杯。狂歌，與月影共舞，任清冷的光輝填滿他酒醉的虛空。世事難料，人心不古，只有這輪明月與他不離不棄：得意時，驅散他的狂躁；失意時，撫慰他的傷痛。這種無言的關愛，映襯著人世間的浮華，揮灑著詩人天真的浪漫和深情。在中國人的心目中，李白和月已經融為一體，密不可分。所以，人們堅信，在他生命的最後一刻，也一定去擁抱了月亮。

四、「見山三階段」——禪宗對詠物詩審美境界的開拓

佛教西來，中國的知識分子正處在亂世的困頓和絕望之中。儒家夢想中的清平世界遙不可及，而道德操守又顯得那麼荒誕和虛偽；面對現實中觸目驚心的存在危機，道家的超然物外只能作為一種自我欺騙的手段，藥與酒的麻醉也只能帶來身體的殘害。於是，佛教以其對生死的觀照、對個體生命痛苦的深切同情，占據了他們的心靈。但是，對中國知識分子來說，儒道所崇尚的對生命的珍惜，對美好生活的追求精神，已經深入了他們的靈魂。因此，西方佛陀所崇尚的酷烈的修行精神，以及近乎瘋狂的宗教情懷，最終都消解在理性樂觀的人生體驗之中。「苦」是佛家對人生的界定，「空」是佛家的世界觀。在印度佛教看來，人生的真諦就在於通過各種痛苦的體驗，達到對「空」的「覺悟」。「佛」便是對覺悟者的稱呼，「釋迦」是唯一的覺悟者，是唯一的「佛」。這些觀念一經傳入中國，發生了奇異的變化。中國修行者，人人都以「佛陀」自詡，甚至「青

青翠竹，總是法身，鬱鬱黃花，無非般若」。如此輕易地「覺悟」，其「慧根」只在道家的「超脫」和「虛靜」。於是，兩類文化、兩種哲學對接，互爲表裏，融通無礙。

世所公認，禪是中國的產物，是被士大夫道化了的佛教。在中國，禪與其說是一種信仰，不如說是一種觀照方式，一種審美的胸襟。當人們以「空」的方式將一切身外的、內心的，富貴、榮辱、功業、浮名、欲求，甚至一切既定的思維觀念和語言模式徹底否定和拋棄之後，以從未有過的空明澄澈的心靈去觀照生活和自然世界，將會是何等的自在和美妙。

禪宗非常喜歡講大自然，喜歡與大自然打交道。它所追求的那種淡遠的心境和瞬刻永恒，經常借大自然來使人感受或領悟。〔註 19〕

禪宗有名的公案「拈花微笑」，就是借助於世尊靈山會上手拈的一支花朵來引導弟子領悟的。此外，佛教的一些精彩的對答機鋒，都是借助於對自然的審美活動來實現對佛理的直覺感性體驗。所以，禪學的興盛，必然是對詠物詩創作的又一次促進。在歐陽修《六一詩話》中，記載了一則這樣的故事：

> 國朝浮圖，以詩名於世者九人，故時有集號九僧詩，今不
> 復傳矣。余少時聞人多稱之。其一曰惠崇，餘八人者，忘
> 其名字也。余亦畧略記其詩，有云：「馬放降來地，雕盤戰
> 後雲。」又云：「春生桂嶺外，人在海門西。」其佳句多
> 類此。其集已亡，今人多不知有所謂九僧者矣，是可歎也！
> 當時有進士許洞者，善爲辭章，俊逸之士也。因會諸詩僧
> 分題，出一紙，約曰：「不得犯此一字。」其字乃山、水、
> 風、雲、竹、石、花、草、雪、霜、星、月、禽、鳥之類，
> 於是諸僧皆閣筆。

當然，對詩僧的吟風弄月，歐陽文忠公不乏嘲諷之意。但這段記載，也從一個側面反映了釋家論理詩對自然物象的偏愛。當然，詩僧並非佛理詩的唯一創作者，文人墨客參禪悟道者比比皆是，並且其詩歌的

〔註 19〕李澤厚《中國思想史論》，安徽文藝出版社，1999 年版，頁 214。

藝術水平也遠遠勝出，此處暫不論述。

佛家對自然的觀照，與儒、道兩家又有不同。「在禪宗典籍中，最爲生動地談論禪悟思維的一段話，莫過於青原惟信禪師的見山見水三階段了。」〔註20〕

> 老僧三十年前未參禪時，見山是山，見水是水。及至後來，親見知識，有個入處，見山不是山，見水不是水。而今得個休歇處，依前見山是山，見水祇是水。(《五燈‧惟信》)

吳言生在《禪宗詩歌境界》中，將這三個階段作爲禪宗審美感悟的三種遞進式的境界，分別稱爲「原悟」(「執迷」)、「初悟」和「徹悟」。並且認爲，第一階段實際上是人生而有之的，「知性、悟性還沒有介入前的原始而簡單的感知」，是由最初意識的混沌狀態到對自然界用二元對立的觀念做出的分辨；第二階段是在獲取了佛法的理念和師家言句的指點後，帶著一種渴求參悟的目的性去觀照對象，由於「求禪覓悟，沉溺於斷空，致使徹悟飛躍無法實現，參禪者對現前的山水無法觀照，以至於見山不是山，見水不是水」；第三階段是禪家審美的最高境界，實現了對「否定」的「否定」，是「無禪之禪」，脫離了一切「情塵意想」的「超悟體驗」〔註21〕。這一解釋詳盡、透徹，是在對佛法大意深切體悟之後極爲科學的分析。只是，形象的藝術，具有含義的不確定性，可以任由欣賞者去發揮想像。因此，筆者於此借「見山三階段」對中國傳統的自然美學觀的發展過程作以比附，亦未嘗不可。

原始社會，人的個體意識還未徹底覺醒之前，人與自然是一種二元對立的狀態。自然是人們勞動的對象、生活資料的來源，也同時是時時要面對的生存威脅。這時，「見山是山，見水是水」，在人的意識中主客體的區分非常鮮明，並且表現出一種功利的需求關係。隨著生產力的發展，人的意識逐漸清晰。人開始了對自身生存狀態的關注，自然也同時進入了人們的思維。儒家醉心於人所創造的社會文明，醉

〔註20〕吳言生《禪宗詩歌境界》，中華書局，2001年版，頁16。
〔註21〕吳言生《禪宗詩歌境界》，中華書局，2001年版，頁16。

心於人類所獨有的理性思維。於是，面對自然，「以物比德」、「格物窮理」，甚至渴望將自然納入人類的社會模式之中，將其主觀化、道德化。儒家眼中的自然，是意念的產物，所以「見山不是山，見水不是水」。道家則表現出與儒家自然觀的根本背離。它否定一切具有社會性價值的東西，從最根本否定所謂的秩序和等級。《道德經》開篇便說：「道可道，非常道。」天地萬物並非無迹可尋，但也絕不是儒家道德之「道」。道家的「道」是神秘而難辨的。「道之爲物，惟恍惟惚」。說它不存在，但卻是「道生一，一生二，二生三，三生萬物」，沒有道就沒有萬物。說它存在，它卻又「衣養萬物而不爲主，常無欲可名於小」，養育了萬物卻從不主宰它們，連一個名字都沒有，甚至你可以認爲它微乎其微。道家的「道」，是介乎於虛實、有無之間的，「沒有具體形象的，是不能單憑感覺把握的」〔註22〕。老子稱讚「大道泛兮」，其實是以「道」的廣博深邃，反襯道德倫理的偏頗；「不名有」、「不爲主」又是對專制體制、等級觀念的批判。同時，在老子的宇宙體系中「人法地，地法天，天法道，道法自然」。不論人自認爲多麼偉大，在「道」面前都是微不足道，而人生的意義就在於對「道」的遵循和體會。此外，老子還提出了「滌除玄鑒」的自然觀照之法。「滌除」就是洗去人們內心的功利之心、道德觀念，使頭腦變得像鏡子一樣純淨清明。「鑒」是體察、觀照，「玄」即是「道」。就是要求排除主觀的欲念和成見，以純淨虛靜的心靈去體察外物，以達到對「道」的領悟。這一觀念，在魏晉時期發展成爲「澄懷味象」。在道家的自然審美觀念中，已經有意識地擯棄了儒家所崇尚的功利心、道德觀念對審美活動的干擾。道家雖然提出「玄鑒」的審美目的性，但由於「道」本身並沒有規定性，並且「道法自然」，所以，審美結果已經很接近審美對象的本體性和自然性，已經很接近「見山是山，見水只是水」的美學境界。

　　禪宗的觀照法，便是在道家「澄懷味象」的基礎上發展而來。所

〔註22〕葉朗《中國美學史大綱》，上海人民出版社，1985年版，頁25。

以，「人們常把莊與禪密切聯繫起來，認為禪即莊」，「特別是在藝術領域中，莊禪常常渾然一體，難以區分」。〔註 23〕但其實，兩者的區別也很明顯。以孟浩然和王維詩歌作為比較，可以深切體會到其中的不同。同樣是面對暮春落花之景，受道家影響頗深的孟浩然寫到：「夜來風雨聲，花落知多少」（《春曉》）。詩中表現出對花的憐惜，以及由此而引發的惆悵。同樣的情境，王維詩中卻說：「花落家僮未掃，鶯啼山客猶眠」（《田園樂》）。表現的是一種「不在意」，以及內心極度地平靜。王、孟詩歌的主要區別在「情」上。孟浩然「相望始登高，心隨雁飛滅。愁因薄暮起，興是清秋發」（《秋登萬山寄張五》），情緒總是被外物左右和牽絆。王維的筆下，卻是「隨意春芳歇，王孫自可留」。春自有春的美，秋自有秋的好，何時何境，他都能以一顆平常之心去面對，泯滅了悲喜。究其原因，與二人崇尚的哲學觀相關。孟浩然「紅顏棄軒冕，白首臥松雲」（李白《贈孟浩然》），頗受道家浸染；王維篤信佛教，歷來傳為佳話。就道家來說，放棄了事功、放棄了名利，放棄了人身之外的一切負累，但精神卻沒有得到徹底的自由，因為有一樣不曾「放下」，那即是「生命」。道家珍視「生命」，自己的、他人的、自然之物的，即使是身形支離的殘疾，即使是百無一用的樗材，在道家看來，都蘊含著偉大的生命價值。故而，道家的審美觀照，離不開「情」的介入，歡喜的、傷感的、同情的、悲憫的……以此「觀物」，怎能不著「我」之色彩？但是這一切，在佛法中被徹底清除。佛家參悟了情色、超越了生死，脫落了情塵欲念，以鏡花水月之心觀照一切，無悲無喜，自然能夠達到「見山是山，見水只是水」的至高審美境界。蘇軾說，「不識廬山真面目，只緣生在此山中」，便是參破了這個道理。

> 禪宗哲學是超越性哲學，超越塵世而出世，不同於老莊哲
> 學超越現實，回歸自然原始。……這是一種超越感。不受
> 功利干擾，不為情物掣肘，收歸本心，心澄意澈，如平滑

〔註23〕李澤厚《中國思想史論》，安徽文藝出版社，1999年版，頁217。

　　　　明鏡，可以洞鑒外物。當它一旦被引入審美領域，不是和

　　　　審美的超越性態度相合轍嗎？〔註24〕

　　禪宗創造了與外物之間最自由、最純粹的審美關係，這種獨特的

觀照之法，移入詩歌之中，自然別開一種境界。

　　　　木末芙蓉花，山中發紅萼。

　　　　澗戶寂無人，紛紛開且落。（王維《辛夷塢》）

以禪詩詠物，依然是王維最爲稱道。這首詩中，空山寂谷中自開自落

的辛夷花，極易引起常人青春易逝、壯志難酬的失意之感，或者獨處

幽僻，才志難申的惆悵。但在王維的詩中，這些意緒全然不見。看花

之時，心中便只有花了；開了、落了，那樣生動、那樣美，但卻是那

樣的稀鬆平常。這綻放的花朵，不會因無人觀賞而少發一枝，也不會

爲誰而多開一朵。若以此心觀照，萬物莫不如此。領悟至此，面對生

命，只需處之泰然：燦爛時盡情體味，零落時也無需落淚。就在這花

開花落的生生滅滅中，佛心與物理的融合已經渾然無迹，達到了最高

的藝術境界。

　　儒、釋、道三家對自然的審美，代表了三種不同的精神境界，沒

有高下之分，更不是你消我長的簡單更替。自南北朝開始，三家思想

就已經根植於文人的頭腦之中，影響著他們的人生追求、氣質品格和

藝術精神，你中有我、我中有你、水乳交融，難以分辨。在前文中，

筆者爲論述需要，對三家的自然美學觀進行了比較和界定，但在實際

的詠物詩創作中，這種分界並不明顯。如詠「五君子」的詩歌，在表

現方法上，是「比德」，包含著儒家的審美精神。但詩中所體現的獨

立不群、潔身自好的人格風神，又契合了道家的追求。文中所提到的

主要作家，王維、李白、杜甫、蘇軾，都是在多元化的社會風氣影響

下，三教合流的典範。包括朱熹，又何嘗不是三者兼收。正是這種融

通互補，成就了詠物詩豐厚的精神內涵和絕妙的藝術魅力，成就了它

的多姿多彩、歷久不衰的超強生命力。

〔註24〕吳功正《中國文學美學》，江蘇教育出版社，2001年版，頁883。

參考文獻

（一）史籍、年譜、評傳、筆記等

1. 《漢書》，班固撰，中華書局 1962 年版。
2. 《宋史》，脫脫等撰，中華書局 1977 年版。
3. 《隋書》，魏徵等撰，中華書局 1973 年版。
4. 《明史》，張廷玉等撰，中華書局 1974 年版。
5. 《明遺民錄》，孫靜庵撰，浙江古籍出版社 1985 年版。
6. 《明季北略》，計六奇撰，中華書局 1984 年版。
7. 《明季南略》，計六奇撰，中華書局 1984 年版。
8. 《清史稿》，趙爾巽等編，中華書局 1977 年標點本。
9. 《清史列傳》，王鍾翰點校，中華書局 1987 年版點校本。
10. 《中國通史》，范文瀾等著，人民出版社 2008 年版。
11. 《明詩紀事》，陳田輯撰，上海古籍出版社 1993 年版。
12. 《清詩紀事》，錢仲聯主編，上海古籍出版社 1987 年版。
13. 《萬年少年譜》，羅振玉撰，永豐鄉人雜著本。
14. 《錢謙益年譜》，方良撰，線裝書局 2007 年版。
15. 《柳如是別傳》，陳寅恪著，三聯書店 2001 年版。
16. 《吳梅村年譜》，馮其庸，葉君遠撰，江蘇古籍出版社 1990 年版。
17. 《吳偉業評傳》，葉君遠撰，首都師範大學出版社 1999 年版。
18. 《方文年譜》，李聖華撰，人民文學出版社 2007 年版。
19. 《顧炎武年譜》，周可眞撰，蘇州大學出版社 1998 年版。

20. 《顧炎武評傳》，許蘇民撰，南京大學出版社 2006 年版。

21. 《黃宗羲年譜》，黃炳垕撰，中華書局 1993 年版。

22. 《黃宗羲評傳》，徐定寶撰，南京大學出版社 2007 年版。

23. 《王夫之年譜》，王之春撰，中華書局 1989 年點校本。

24. 《王夫之評傳》，蕭萐父，許蘇民撰，南京大學出版社 2002 年版。

25. 《王夫之學行繫年》，劉春建撰，中州古籍出版社 1989 年版。

26. 《屈大均年譜》，鄔慶時撰，廣東人民出版社 2006 年版。

27. 《王士禛年譜》，王士禛撰，惠棟補，中華書局 1992 年點校本。

28. 《王漁洋事迹徵略》，蔣寅撰，人民文學出版社 2001 年版。

29. 《儒林瑣記，雨窗消意錄》，朱克敬著，嶽麓書社 1996 年版。

30. 《三垣筆記》，李清著，中華書局 1982 年版。

31. 《板橋雜記》，余懷著，上海古籍出版社 2001 年版。

32. 《廣東新語》，屈大均著，中華書局 1985 年版。

33. 《救狂砭語，金陵覽古，餘生紀略》，潘耒、余賓碩、陳孚益等著，上海古籍出版社 1983 年版。

34. 《金陵五記》，黃裳著，江蘇古籍出版社 2001 年版。

（二）經解、子釋、總集、別集、全集、選集等

1. 《尚書正義》，孔國安傳，孔穎達等正義，上海古籍出版社 1990 年版。

2. 《詩經集傳》，朱熹注，上海古籍出版社 1987 年版。

3. 《毛詩正義》，李學勤主編，北京大學出版社 1999 年版。

4. 《論語注疏》，何晏等注，上海古籍出版社 1990 年版。

5. 《禮記集說》，陳浩注，上海古籍出版社 1987 年版。

6. 《老子校釋》，朱謙之撰，中華書局 1984 年版。

7. 《莊子集釋》，郭慶藩撰，中華書局 1961 年版。

8. 《楚辭章句疏證》，黃靈庚編，中華書局 2007 年版。

9. 《全漢賦》，費玉剛等校釋，廣東教育出版社 2006 年版。

10. 《文選》，蕭統編，李善注，上海古籍出版社 1986 年版。

11. 《先秦漢魏南北朝詩》，逯欽立輯校，中華書局 1983 年版。

12. 《玉臺新詠箋注》，徐陵編，穆克宏點校，中華書局 1985 年版。

13. 《增訂注釋全唐詩》，陳貽焮主編，文化藝術出版社 2001 年版。

14. 《全宋詩》，北京大學古文獻研究所編，北京大學出版社 1991 年版。

15. 《佩文齋詠物詩選》，張玉書等編，四庫全書本。

16. 《御選唐詩》，陳廷敬等編，四庫全書本。

17. 《三體詩選》，周弼選編，四庫全書本。

18. 《唐賢三昧集》，王士禛選編，四庫全書本。

19. 《詠物詩選》，俞琰選編，成都古籍書店 1984 年版。

20. 《金聖歎選批唐詩》，金聖歎選批，浙江古籍出版社 1985 年版。

21. 《中國歷代詠物詩辭典》，陶今雁主編，江蘇教育出版社 1992 年版。

22. 《唐人詠物詩評注》，劉逸生選評，中山大學出版社 1985 年版。

23. 《隋唐五代詩詞鑒賞》，周嘯天撰，四川人民出版社 2003 年版。

24. 《明遺民詩》，卓爾堪輯，中華書局 1961 年版。

25. 《晚晴簃詩彙》，徐世昌輯，中華書店 1988 年影印本。

26. 《清詩別裁集》，沈德潛輯，上海古籍出版社 1984 年版。

27. 《清詩選評》，朱則傑注評，三秦出版社 2004 年版。

28. 《清詩選》，福建師範大學中文系古典文學教研室選注，人民文學出版社 1984 年版。

29. 《陶淵明集箋注》，陶淵明著，袁行霈撰，中華書局 2003 年版。

30. 《杜詩詳注》，杜甫著，仇兆鰲注，中華書局 1979 年版。

31. 《崇正辨·斐然集》，胡寅著，中華書局 1993 年版。

32. 《鄭思肖集》，鄭思肖著，上海古籍出版社 1991 年版。

33. 《月泉吟社》，吳渭編，清咸豐間浦江吳氏家刻本。

34. 《元好問集》，元好問著，山西古籍出版社 2004 年版。

35. 《錢牧齋全集》，錢謙益著，上海古籍出版社 2003 年版。

36. 《錢謙益詩選》，裴世俊選注，中華書局 2005 年版。

37. 《吳梅村全集》，吳偉業著，上海古籍出版社 1999 年版。

38. 《吳梅村詩集箋注》，吳偉業著，程穆衡等箋注，上海古籍出版社 1982 年版。

39. 《黃宗羲全集》，黃宗羲著，浙江古籍出版社 1985 年版。

40. 《顧亭林詩箋釋》，顧炎武著，王翼民箋釋，中華書局 1998 年版。

41. 《日知錄集釋》，顧炎武著，黃汝成集釋，花山文藝出版社 1990 年版。

42. 《船山全書》，王夫之著，嶽麓書社 1996 年版。

43. 《王船山詩文集》，王夫之撰，中華書局 1984 年版。

44. 《歸莊集》，歸莊著，中華書局 1962 年版。

45. 《余懷集》，余懷著，廣陵書社 2005 年版。

46. 《吳嘉紀詩箋校》，吳嘉紀著，楊積慶箋校，上海古籍出版社 1980 年版。

47. 《屈大均全集》，屈大均著，人民文學出版社 1996 年版。

48. 《屈大均詩詞編年箋校》，陳永正主編，中山大學出版社 2000 年版。。

49. 《翁山文外》，屈大均著，嘉業堂叢刊本。

50. 《嵞山集》，方文著，上海古籍出版社 1979 年版。

51. 《漁洋精華錄集釋》，王士禛著，李毓芙，牟通，李茂肅編，上海古籍出版社 1999 年版。

52. 《蠶尾後集》，王士禛著，康熙刻本。

53. 《賴古堂集》，周亮工著，上海古籍出版社 1979 年版。

54. 《安雅堂全集》，宋琬著，上海古籍出版社 2008 年版。

55. 《雪翁詩集》，魏耕著，浙江古籍出版社 1985 年版。

56. 《居易堂集》，徐枋著，上海書店 1986 年影印本。

57. 《愚庵小集》，朱鶴齡著，上海古籍出版社 1979 年版。

58. 《朱彝尊詩詞選注》，朱彝尊著，王鎮遠選注，上海古籍出版社 1988 年版。。

59. 《思復堂文集》，邵延採著，浙江古籍出版社 1987 年版。

60. 《霜紅龕集》，傅山著，續修四庫全書本。

61. 《變雅堂遺集》，杜濬著，續修四庫全書本。

62. 《魏叔子集》，魏禧著，續修四庫全書本。

63. 《獨漉堂集》，陳恭尹著，續修四庫全書本。

64. 《曝書亭集》，朱彝尊著，四庫全書本。

65. 《學餘堂詩集》，施閏章著，四庫全書本。

（三）詩學、美學、哲學、史學著作

1. 《文心雕龍注》，劉勰著，范文瀾注，人民文學出版社 1958 年版。

2. 《古畫品錄》，謝赫著，四庫全書本。

3. 《歷代詩話》，何文煥輯，中華書局 1981 年版。

4. 《歷代詩話續編》，丁福保輯，中華書局 1983 年版。

5. 《清詩話》，丁福保輯，上海古籍出版社 1999 年版。

6. 《清詩話續編》，郭紹虞選編，上海古籍出版社出版 1983 年版。

7. 《宋詩話考》，郭紹虞著，中華書局 1979 年版。

8. 《清詩話考》，蔣寅著，中華書局 2005 年版。

9. 《詩人玉屑》，魏慶之著，中華書局 2007 年版。

10. 《苕溪漁隱叢話》，胡仔著，人民文學出版社 1962 年版。

11. 《詩話總龜》，阮閱編，人民文學出版社 1987 年版。

12. 《瀛奎律髓彙評》，方回選評，上海古籍出版社 1988 年版。

13. 《詩藪》，胡應麟著，上海古籍出版社 1958 年版。

14. 《詩源辨體》，許學夷撰，杜維沫校點，人民文學出版社 1987 年版。

15. 《四溟詩話》，薑齋詩話，謝榛、王夫之著，人民文學出版社 1961 年版。

16. 《帶經堂詩話》，王士禎著，人民文學出版社 1963 年版。

17. 《池北偶談》，王士禎著，中華書局 1982 年版。

18. 《分甘餘話》，王士禎著，中華書局 1989 年版，。

19. 《原詩·一瓢詩話，說詩晬語》，葉燮，薛雪，沈德潛著，人民文學出版社 1979 年版。

20. 《藝概》，劉熙載著，上海古籍出版社 1978 年版。

21. 《甌北詩話》，趙翼著，人民文學出版社 1963 年版。

22. 《中國詩論史》，霍松林主編，黃山書社 2007 年版。

23. 《中國詩學史（清代卷）》，劉誠著，鷺江出版社 2002 年版。

24. 《中國詩學史（明代卷）》，朱易安著，鷺江出版社 2002 年版。

25. 《中國詩學史（宋金元代卷）》，黃寶華，文師華著，鷺江出版社 2002 年版。

26. 《魏晉南北朝文學思想史》，羅宗強著，中華書局 1996 年版。

27. 《隋唐五代文學思想史》，羅宗強著，中華書局 1999 年版。

28. 《宋代文學思想史》，張毅著，中華書局 1995 年版。

29. 《中國文學理論批評史》，張少康著，北京大學出版社 2005 年版。

30. 《中國文學批評史大綱》，朱東潤著，上海古籍出版社 2001 年版。

31. 《中國文學批評史》，羅根澤著，上海書店出版社 2003 年版。

32. 《中國美學史大綱》，葉朗著，上海人民出版社 1985 年版。

33. 《中國思想史論》，李澤厚著，安徽文藝出版社 1999 年版。

34. 《美學三書》，李澤厚著，安徽文藝出版社 1999 年版。

35. 《魯迅雜文全編》，魯迅著，人民文學出版社 2006 年版。

36. 《關於白璧德大師》，梁實秋著，巨浪出版社 1977 年版。

37. 《朱自清古典文學論文集》，朱自清著，上海古籍出版社 1981 年版。

38. 《藝術與生活》，周作人著，河北教育出版社 2002 年版。

39. 《聞一多全集》，聞一多著，湖北人民出版社 1987 年版。

40. 《朱光潛全集》，朱光潛，安徽教育出版社 1987 年版。

41. 《管錐編》，錢鍾書著，三聯書社 2007 年版。

42. 《談藝錄》，錢鍾書著，三聯書社 2007 年版。

43. 《詩詞例話》，周振甫著，中國青年出版社 1962 年版。

44. 《周振甫講《文心雕龍》》，周振甫著，鳳凰出版社 2005 年版。

45. 《中國詩學》，葉維廉著，三聯書社 1992 年版。

46. 《中國文學論叢》，錢穆著，三聯書店 2002 年版。

47. 《美學與意境》，宗白華著，人民出版社。

48. 《中國文學美學》，吳功正著，江蘇教育出版社 2001 年版。

49. 《文學概論》，楊春時，俞兆平著，人民文學出版社 2002 年版。

50. 《迦陵論詩叢稿》，葉嘉瑩著，北京大學出版社 2008 年版。

51. 《神話意象》，葉舒憲著，北京大學出版社 2007 年版。

52. 《詩經的文化闡釋》，葉舒憲著，湖北人民出版社 1994 年版。

53. 《詩學原理》，徐有富著，北京大學出版社 2007 年版。

54. 《詩歌分類學》，古遠清著，中國地質大學出版社 1989 年版。

55. 《意象探源》，汪裕雄著，安徽教育出版社 1996 年。

56. 《自然美的哲學基礎》，劉成紀著，武漢大學出版社 2008 年。

57. 《自然美系統》，李丕顯著，復旦大學出版社 1990 年版。

58. 《中國詩歌美學概論》，覃召文著，花城出版社 1990 年版。

59. 《興的源起——歷史積澱與詩歌藝術》，趙沛霖著，中國社會科學出版社 1987 年版。

60. 《靈境詩心——中國古代山水詩史》，陶文鵬，韋鳳娟著，鳳凰出版社 2004 年。

61. 《中國山水詩研究》，王國纓著，中華書局 2007 年版。

62. 《中國古代詩歌情景關係研究》，王德明著，廣西人民出版社 2005 年。

63. 《禪宗詩歌境界》，吳言生著，中華書局 2001 年版。

64. 《謝朓詩論》，魏耕原著，中國社會科學出版社 2004 年版。

65. 《原始思維與中國文論的詩性智慧》，吳中勝著，中國社會科學出版社 2008 年版。

66. 《屈騷精神及其文化背景研究》，王德華著，中華書局 2004 年版。

67. 《古代社會》，〔美〕摩爾根著，商務印書館 1977 年版。

68. 《文鏡秘府論校注》，〔日〕弘法大師撰、王利器校注，中國社會科學出版社 1983 年版。

69. 《中國詩史》，〔日〕吉川幸次郎著，安徽文藝出版社 1986 年版。

70. 《初唐詩》，〔美〕宇文所安著，三聯書店 2004 年版。

71. 《美學》，〔德〕黑格爾著，商務印書館 1979 年版。

72. 《普列漢諾夫美學論文集》，〔俄〕普列漢諾夫著，人民文學出版社 1983 年版。

（四）文學史及清詩研究著作

1. 《中國文學史講話》，胡行之著，光華書局 1932 年版。

2. 《中國文學史》，袁行霈主編，高等教育出版社 1999 年版。

3. 《中國文學史新著》，章培恒等主編，復旦大學出版社 2007 年版。

4. 《清詩史》，朱則傑著，江蘇古籍出版社 2000 年版。

5. 《清代詩歌發展史》，霍有明著，陝西人民出版社 1993 年版。

6. 《清詩史》，嚴迪昌著，浙江古籍出版社 2002 年版。

7. 《清詞史》，嚴迪昌著，江蘇古籍出版社 2001 年版。

8. 《清詩流派史》，劉世南著，人民文學出版社 2004 年版。

9. 《清代文學批評史》，鄔國平、王鎮遠著，上海古籍出版社 1995 年版。

10. 《中國近三百年學術史》，康有為著，東方出版社 2004 年版。

11. 《清代學術概論》，梁啓超著，上海古籍出版社 1998 年版。

12. 《清代文學論稿》，蔣寅著，鳳凰出版社 2009 年版。

13. 《學術年輪》，蔣寅著，中國文聯出版社 2000 年版。

14. 《清初詩歌》，趙永紀著，光明日報出版社 1993 年版。

15. 《清初詩壇——卓爾堪與《遺民詩》研究》，潘承玉著，中華書局 2004 年版。

16. 《論唐詩繁榮與清詩演變》，霍有明著，中國社會科學出版社 1997

年版。

17. 《文藝的復古與創新》，霍有明著，中國戲劇出版社 1997 年版。

18. 《清代文學研究》，季羨林主編，北京出版社 2001 年版。

19. 《貳臣人格》，張仲謀著，東方出版社 2009 年版。

20. 《官場詩客》，高章採著，中華書局 2004 年版。

21. 《南宋遺民詩人群體研究》，方勇著，人民出版社 2000 年版。

22. 《明代後期士人心態研究》，羅宗強著，南開大學出版社 2006 年版。

23. 《晚明清初思想十論》，王汎森著，復旦大學出版社 2008 年版。

24. 《明清之際士大夫研究》，趙園著，北京大學出版社 1999 年版。

25. 《山魂水魄——明末清初節烈詩人山水詩論》，時志明著，鳳凰出版社 2006 年版。

26. 《清初廟堂詩歌集群研究》，馬大勇著，吉林人民出版社 2007 年版。

27. 《清代詩學話語》，李劍波著，嶽麓書社 2007 年版。

28. 《清代詩學研究》，張健著，北京大學出版社 1999 年版。

29. 《船山詩學研究》，陶水平著，中國社會科學出版社 2001 年版。

30. 《錢謙益文學思想研究》，丁功誼著，上海古籍出版社 2006 年版。

31. 《吳梅村詩歌藝術新論》，伍福美著，華中師範大學出版社 1998 年版。

32. 《王士禛詩歌研究》，王利民著，中華書局 2007 年版。

33. 《王士禛與清初詩歌思想》，黃河著，天津人民出版社 2002 年版。

（五）學術論文

1. 王颺《清詩歷史地位再評議》，《蘇州大學學報》，2006 年第 1 期。

2. 王利民《傳存三千靈鬼的心魂——評嚴迪昌著〈清詩史〉》，《南陽師範學院學報》，2005 年第 11 期。

3. 於慧《近六年清詩研究綜述》，《蘇州大學學報》，2006 年第 4 期。

4. 蔣寅《清代詩學研究之我見》，《蘇州大學學報》，2005 年第 3 期。

5. 育松《詠物詩的興盛及其價值》，《廣西師範大學學報》，1991 年第 2 期。

6. 王可平《情景交融與山水文學》，《解放軍外國語學院學報》，1990 年第 3 期。

7. 張兵《遺民及遺民詩之流變》，《西北師大學報》（社會科學版），1998 年第 4 期。

8. 方勇《南宋遺民對陶淵明形象的重新闡釋》,《文史知識》, 2001 年第
   12 期。

9. 趙永紀《清初著名詩人施閏章》,《江淮論壇》, 1985 年第 3 期。

10. 李春光《論清朝統治者對漢文化的吸收及其社會影響》,《社會科學
    輯刊》, 2002 年第 3 期。

11. 楊慶華《詠物詩芻議》,《河北大學學報》, 1984 年第 2 期。

12. 于志鵬《中國古代詠物詩概念界說》,《濟南大學學報》, 2004 年第 2
    期。

13. 鄧樂群《王船山〈雁字詩〉的遺民情結》,《青海師範大學學報》(社
    會科學版), 1991 年第 4 期。

14. 鍾繼剛《〈板橋雜記〉「遺民情懷」辨》,《西華師範大學學報》, 2007
    年第 3 期。

15. 張兵《遺民與遺民詩之流變》,《西北師大學報》(社會科學版), 1998
    年第 4 期。

16. 劉紅娟《歸莊交遊考述 —— 兼談清初士人思想》,《紅河學院學報》,
    2008 年第 1 期。

17. 馬甲《花都青樓往事一八三〇至一九三〇》,《萬象》, 2003 年第 4
    期。

18. 黃裳《關於余淡心 —— 〈金陵五記〉後記》,《讀書》, 1982 年第 3
    期。

19. 王英志《論屈大均的山水詩》,《文學遺產》, 1996 年第 6 期。

20. 嚴志雄《體物、記憶與遺民情境 —— 屈大均一六五九年詠梅詩探
    究》,《中國文哲研究集刊》, 2002 年第 2 期。

21. 梁志成《論屈大均》,《漢中師院學報》(哲學社會科學版), 1986 年
    第 2 期。

22. 陳祖言《從金陵到虞山：錢謙益圍棋詩中的心理路程》,《常熟理工
    學院學報》(哲學社會科學), 2009 年第 1 期。

23. 莫林虎《儒佛融合對錢謙益詩歌創作的影響》,《宜春學院學報》(社
    會科學版), 2007 年第 5 期。

24. 張稔穰《袁凱〈白燕〉詩及其白燕意象的創造》,《文學遺產》, 2007
    年, 第 6 期。

25. 李聖華《王士禛〈秋柳四首〉「本事」說考述》, 瀋陽師範大學學報
    (社會科學版), 2005 年第 5 期。

26. 胡晶晶《論王士禛的痛苦內容和解脫方式》,《廣東技術師範學院學

報》，2008 年第 1 期。

27. 黃河《王士禛初登詩壇心態與詩學觀念》，《江海學刊》，2001 年第
　　期。

28. 孫康宜《成爲典範：漁洋詩歌及詩論探微》，《文學評論》，2001 年第
　　一期。

29. 蔣寅《王士禛與江南遺民詩人群》，《北京大學學報》（哲學社會科學
　　版），2005 年 9 月。

30. 余吉生《宋代文人的瓊花書寫》，揚州大學學報，2008 年第 5 期。

（六）學位論文

1. 趙紅菊《南朝詠物詩研究》，上海師範大學，2005 年。